ABENTEUERPFAD · TEIL 6 VON 6

Aus dem Herzen der Hölle

IMPRESSUM

Editor-in-Chief • James Jacobs
Senior Art Director • Sarah E. Robinson
Managing Editor • F. Wesley Schneider
Development Leads • Adam Daigle and Rob McCreary
Editors • Judy Bauer, Logan Bonner, Christopher Carey, and Patrick Renie
Editorial Assistance • Jason Bulmahn, Mark Moreland, Stephen Radney-MacFarland, and Sean K Reynolds
Editorial Intern • Jerome Virnich
Graphic Designer • Andrew Vallas
Production Specialist • Crystal Frasier
Cover Artist • Daryl Mandryk
Cartographer • Rob Lazzaretti
Contributing Artists • Alex Alexandrov, Dave Allsop, Steve Ellis, Jorge Fares, Andrew Hou, Diana Martinez, Roberto Pitturru, Craig J Spearing, Doug Stambaugh, and Kieran Yanner
Contributing Authors • Adam Daigle, Amanda Hamon, Robin D. Laws, Rob McCreary, Mark Moreland, Erik Morton, Jason Nelson, and William Thrasher
Publisher • Erik Mona
Paizo CEO • Lisa Stevens
Vice President of Operations • Jeffrey Alvarez
Director of Sales • Pierce Watters
Finance Manager • Christopher Self
Staff Accountant • Kunji Sedo
Technical Director • Vic Wertz
Campaign Corrordinator • Mike Brock

Special Thanks • The Paizo Customer Service, Warehouse, and Website Teams

Deutsche Fassung: Ulisses Spiele GmbH
Produktion: Mario Truant
Originaltitel: From Hell's Heart
Übersetzung: Jan Enseling, Ulrich-Alexander Schmidt
Lektorat und Korrektorat: Tom Ganz, Michael Mingers, Anne-Janine Naujoks-Sprengel, Thorsten Naujoks, Mario Schmiedel, Oliver von Spreckelsen
Layout: Christian Lonsing

Dieses Produkt verwendet das *Pathfinder Grundregelwerk*, die *Pathfinder Monsterhandbücher I, II und III*, sowie die *Pathfinder Expertenregeln*, die *Pathfinder Ausbauregeln - Magie*, die *Pathfinder Ausbauregeln II - Kampf* und das *Pathfinder Spielleiterhandbuch*.

Dieses Abenteuer ist mit der Open Game License (OGL) kompatibel und kann für das *Pathfinder Rollenspiel* oder die Edition 3.5 des ältesten Fantasy-Rollenspiels der Welt benutzt werden. Die OGL kann auf Seite 96 dieses Produktes nachgelesen werden.

Product Identity: The following items are hereby identified as Product Identity, as defined in the Open Game License version 1.0a, Section 1(e), and are not Open Content: All trademarks, registered trademarks, proper names (characters, deities, etc.), dialogue, plots, storylines, locations, characters, artwork, and trade dress. (Elements that have previously been designated as Open Game Content or are in the public domain are not included in this declaration.)
Open Content: Except for material designated as Product Identity (see above), the game mechanics of this Paizo Publishing game product are Open Game Content, as defined in the Open Game License version 1.0a Section 1(d). No portion of this work other than the material designated as Open Game Content may be reproduced in any form without written permission.

Ulisses Spiele GmbH
Industriestraße 11, 65529 Waldems
www.ulisses-spiele.de
Art.-Nr.: US53040
ISBN 978-3-86889-247-5

Paizo Publishing, LLC
7120 185th Ave NE
Ste 120
Redmond, WA 98052-0577
paizo.com

Pathfinder Adventure Path #60: From Hell's Heart © 2012, Paizo Publishing. All Rights Reserved.
Paizo Publishing, LLC, the golem logo, Pathfinder, and GameMastery are registered trademarks of Paizo Publishing, LLC; Pathfinder Chronicles, Pathfinder Companion, Pathfinder Roleplaying Game, and Titanic Games are trademarks of Paizo Publishing, LLC.
© 2013 Deutsche Ausgabe Ulisses Spiele GmbH, Waldems, unter Lizenz von Paizo Publishing, LLC., USA. Alle Rechte vorbehalten.

Inhaltsverzeichnis

Vorwort	4
Aus dem Herzen der Hölle von Jason Nelson und Rob McCreary	6
NSC-Galerie von Jason Nelson	46
Piratenschätze von Jason Nelson	54
Fortführung der Kampagne von Adam Daigle	56
Die Seemonster Golarions von Adam Daigle	62
Die Chroniken der Kundschafter: Der Schatz im Fernen Thallai, Teil 6 von 6 von Robin D. Laws	70
Bestiarium von Adam Daigle, Amanda Hamon, Mark Moreland, Eric Morton und William Thrasher	76
Vorschau	96

Nachladen und Zielen!

Mit dem vorliegenden Abenteuer „Aus dem Herzen der Hölle" endet der *Pathfinder Abenteuerpfad* „Unter Piraten". Doch zugleich enthält der Band eine Premiere: Erstmals haben Feuerwaffen auf Golarion einen bedeutsamen Auftritt und unsere ikonische Schützin, Lirianne, scheint darüber sehr begeistert zu sein! Feuerwaffen waren schon immer Teil des Hintergrundes von Golarion. Erstmals erwähnt wurden sie im Pathfinder-Hardcover *Golarion*, dem Kampagnenband. Im *Weltenband der Inneren See* wurden die Spielwerte für Pathfinder aktualisiert. Dort werden auch die beiden Regionen beschrieben, in denen Feuerwaffen bereits Fuß fassen konnten: das Großherzogtum von Alkenstern in der Manaöde, wo die Waffenwerke Feuerwaffen herstellen, sowie der Fesselinselarchipel, wo Orkankönig Kerdak Knochenfaust diese Technologie frühzeitig zum persönlichen Gebrauch und auf seinem Flaggschiff übernommen hat. Es wird euch sicher nicht überraschen, wenn ich sage, dass Feuerwaffen bei Pathfinder ein heikles Thema sind. Als wir bekanntgaben, dass in den *Ausbauregeln II: Kampf* die neue Klasse des Schützen und vollständige Regeln für Feuerwaffen enthalten sein würden, bekamen wir einiges an Reaktionen hinsichtlich der Pros und Contras. Manche Leute liebten die Idee, dass Feuerwaffen Teil des Regelkanons werden sollten, während für andere Feuerwaffen nichts in der Fantasy zu suchen haben sollten. Alle sind sehr leidenschaftlich bei diesem Thema; vor allem, wenn es um ihr Lieblingsrollenspiel geht. Da Feuerwaffen hauptsächlich in den Dickbänden behandelt werden, können diejenigen sie verwenden, die in ihrer Kampagne Feuerwaffen nutzen wollen, während alle anderen sie nicht nutzen müssen.

Die meisten von uns bei Paizo finden die Idee, auf Golarion Feuerwaffen zum Einsatz zu bringen, zumindest bis zu einem gewissen Grad gut. In James Jacobs interner Kampagne „Das Reich des Skorpiongottes" spiele ich sogar einen Schützen. Vieles auf Golarion basiert auf dem alten „Schwert und Pistole"-Pulp-Genre, in dem Feuerwaffen und Fantasy frei gemischt wurden. Auch Gary Gygax ließ sich in der Erstauflage des *Spielleiterhandbuches* für AD&D darüber aus, Feuerwaffen in Fantasywelten zu nutzen.

VORWORT

Auf Golarion findet man sogar Roboter und Raumschiffe, daher dürften primitive Feuerwaffen die Phantasie nicht überanstrengen. Wir wissen aber, dass Feuerwaffen nicht jedermanns Geschmack sind, daher sind sie dem Kanon beschränkt, nicht weit verbreitet und relativ neu. Im Gebiet der Inneren See kommen alle Feuerwaffen von einem Ort – Alkenstern – und sind überall sonst ausgesprochen selten zu finden.

Während des *Pathfinder Abenteuerpfades* „Unter Piraten" haben wir versucht, hinsichtlich Feuerwaffen sehr vorsichtig vorzugehen. Da Feuerwaffen auf Golarion eine Seltenheit sind, sind die Massen an Piraten, denen die SC im Laufe der Handlung begegnen, nicht mit solchen Waffen ausgerüstet. Wir haben aber in Textkästen Hinweise platziert, wo der SL Feuerwaffen unterbringen könnte, falls er mehr davon in seiner Kampagne haben will. Allerdings konnten wir nicht ganz auf Feuerwaffen verzichten. Die Kampagne handelt schließlich von Piraten und die meisten Leute bringen Piraten mit Steinschlosspistolen, Kanonen und bläulichem Pulverrauch in Verbindung, der aufsteigt, wenn Schiffe Breitseiten aufeinander abfeuern. Außerdem stehen die SC am Ende Kerdak Knochenfaust gegenüber, welcher bekanntermaßen ein Liebhaber des Schwarzpulvers ist. Solltest du daher von Anfang an Feuerwaffen verwenden, ist dir bei „Aus dem Herzen der Hölle" die Arbeit zu guten Teilen bereits abgenommen. Kerdak Knochenfaust und sein Erster Maat, Tsadok Goldzahn, haben Feuerwaffen und die *Schnöder Mammon* hat aufgrund des Gewichtes der Kanonen an Bord großen Tiefgang. Der Kasten in diesem Abenteuer gibt Tipps, den beiden sogar fortschrittliche Feuerwaffen zur Verfügung zu stellen, damit sie technologisch den Spielercharakteren etwas voraus sind.

Doch was ist, wenn du festgelegt hast, dass es auf deiner Version von Golarion keine Feuerwaffen gibt? Es ist natürlich ein wenig Aufwand, aber du solltest in der Lage sein, sie ebenso leicht aus dem Spiel zu entfernen, wie andere SL sie in ihre Kampagne eingefügt haben. Weder Kerdak Knochenfaust, noch Tsadok Goldzahn sind Schützen; daher ist es kein Problem, ihre Feuerwaffen mit traditionelleren Schusswaffen zu ersetzen. Ebenso können die Kanonen in den Meereshöhlen und an Bord der *Schnöder Mammon* durch Ballisten ersetzt werden. Der alkensternstämmige Schütze Omara Kalverine kann durch zwei Piratenscharfschützen mit Armbrüsten ersetzt werden. Doch selbst wenn dir die Idee, Feuerwaffen in einer Fantasyrunde zu nutzen, nicht zusagt, solltest du zumindest versuchen, das Abenteuer so zu leiten, wie es geschrieben ist. Sollten die SC im Lauf des Abenteuerpfades noch keinen Feuerwaffen begegnet sein, dann mag es ein spannendes und interessantes Ende der Kampagne geben, wenn ihnen die Endgegner mit solch mächtigen, neuen Waffen gegenübertreten. Vielleicht kommst du auch zu dem Schluss, dass Feuerwaffen in sorgfältig bemessener Dosierung ebenso ein natürlicher Teil eines Fantasyspiels sein können wie Magier und magische Schwerter. Wie immer hoffen wir, dass ihr euch auf den Foren meldet; sei es bei paizo.com oder im Pathfinderforum von Ulisses, um von euren Erfahrungen und Ansichten zu berichten. Lasst uns wissen, ob ihr in künftigen Produkten mehr (oder weniger) Feuerwaffen auf Golarion sehen wollt!

AUF DEM TITELBILD

Das Titelbild dieses Bandes zeigt uns Kerdak Knochenfaust, den Orkankönig des Fesselinselarchipels und Kapitän der *Schnöder Mammon*. Knochenfausts Besessenheit von Feuerwaffen ist wohlbekannt. Er besitzt eine Pistole und die *Schnöder Mammon* ist als einziges Schiff im Archipel mit Kanonen ausgestattet. Knochenfaust herrscht seit 38 Jahren über die Fesseln, doch könnte seine Herrschaft mit dem Abschluss des *Pathfinder Abenteuerpfades* Unter Piraten im Abenteuer „Aus dem Herzen der Hölle" zu einem Ende kommen...

Rückkehr nach Varisia

Der *Pathfinder Abenteuerpfad* „Unter Piraten" mag dem Ende entgegengehen, doch dafür kommt als nächstes in dieser Reihe der Auftakt des Zerbrochenen Sterns. Da beim US-amerikanischen Verlag Paizo das zehnjährige Bestehen und das fünfjährige Bestehen der Abenteuerpfadreihe gefeiert werden, kehren wir zurück dorthin, wo alles seinen Anfang nahm: das wilde Grenzland von Varisia und die Ruinen des uralten Thassilon. Nicht nur geht es zum Schauplatz des ersten Abenteuerpfades (*Das Erwachen der Runenherrscher*) zurück; der Zerbrochene Stern ist quasi auch dessen Fortsetzung und greift die Ereignisse des Runenherrscher-Abenteuerpfads auf, sowie die Geschehnisse der anderen Abenteuerpfade, die in Varisia spielen. Wer diese Abenteuerpfade gespielt hat, wird wahrscheinlich viele Namen und Orte wiedererkennen, allerdings muss man diese Kampagnen nicht gespielt haben; sie sind keine Voraussetzung für den Zerbrochenen Stern. Spieler, welche mit den alten Abenteuerpfaden also nicht vertraut sind, werden dennoch haufenweise Herausforderungen finden, wenn sie Varisia erstmals erkunden.

Der Zerbrochene Stern ist auch der erste Abenteuerpfad, bei dem die SC als Angehörige der Gesellschaft der Kundschafter beginnen. Im ersten Abenteuer ist ihre Operationsbasis die Loge in Magnimar unter dem Kommando des Kundschafterhauptmannes Celia Heidmark. Im Laufe der Kampagne werden die SC ganz Varisia bereisen und eine Reihe großer Gewölbe auf der Suche nach den Bruchstücken eines uralten Artefakts erkunden, welches als der *Zerbrochene Stern* bekannt ist.

All dies geschieht hier im nächsten Band, wenn der Zerbrochene Stern beginnt! – Wir sehen uns!

Rob

Rob McCreary
Developer
rob@paizo.com

Aus dem Herzen der Hölle

💀 Teil Eins: Die Chelische Armada

Die SC müssen die Piratenherrscher der Fesselinseln vereinen, damit sie eine Flotte bilden und eine chelische Invasion der Pirateninseln aufhalten können.

Seite 8

💀 Teil Zwei: Sturm auf die Gefahrenburg

Nach dem Sieg über die Chelische Armada kehren die SC nach Port Fährnis zurück, um in die Gefahrenburg einzudringen und den Orkankönig zu stürzen.

Seite 18

💀 Teil Drei: Die Meereshöhlen der Mammonfeste

Während der Erkundung der Höhlen unter der Gefahrenburg stellen die SC endlich Orkankönig Kerdak Knochenfaust auf dem Deck seines Flaggschiffs, der Schnöder Mammon.

Seite 26

Aufstiegsübersicht

„Aus dem Herzen der Hölle" ist ein Abenteuer für vier Charaktere und verwendet die mittlere Aufstiegsgeschwindigkeit.

13 Die SC beginnen dieses Abenteuer auf der 13. Stufe.

14 Die SC sollten die 14. Stufe erreichen, während sie die Meereshöhlen unter der Gefahrenburg erkunden. Die letzten Begegnungen dieses Abenteuers stellen eine enorme Herausforderung dar; selbst den heldenhaftesten (oder verachtenswertesten) Piraten wird alles abverlangt werden. Sollten die SC erst die 14. Stufe erreichen, wenn sie die *Schnöder Mammon* entern, könntest du ihnen gestatten verbündete NSC mitzunehmen, wenn sie sich dem Orkankönig stellen.

Aus dem Herzen der Hölle

Abenteuerhintergrund

Schon seit Jahren halten sich leise Gerüchte über chelische Sympathisanten unter den Piratenfürsten im Fesselinselarchipel, doch bis die chelische Marine Kapitän Barnabas Harrigan gefangen nehmen konnte, blieben es nur unbestätigte Gerüchte. Möglicherweise brachte dieses Gemunkel Harrigan sogar erst auf die Idee, sich zu ergeben und sein Schicksal zu beeinflussen, als die *Wermuth* aufgebracht wurde. Zu seinem Glück hatte er sich niemand anderer als Druvalia Thrune ergeben, Admirälin der chelischen Marine und Angehörige des Herrscherhauses von Cheliax. Admirälin Thrune ihrerseits suchte bereits seit langer Zeit nach einer Möglichkeit, ihren Status innerhalb der chelischen Regierung und ihre Machtstellung zu verbessern und dank der Gefangennahme Harrigans konnte sie endlich einen Plan in Gang setzen, um ihre Ziele zu verwirklichen.

Die Fesselinseln sind Cheliax schon lange ein Dorn im Auge. Seit Beginn ihres Bestehens macht die Piratenkonföderation das Reisen entlang der garundischen Westküste zu einem gefährlichen Unterfangen. Doch seitdem die Konföderation sich zudem mit Sargava verbündet und dessen Unabhängigkeit aus der chelischen Herrschaft unterstützt hat, fraß sich dieser Affront mit den Jahren immer tiefer in den chelischen Hochmut und das Bewusstsein dieser stolzen Nation. Druvalia Thrune weiß, dass die Person, welche einen erfolgreichen Schlag gegen die Fesseln führen und den Orkankönig und Port Fährnis niederringen wird, nicht nur großes Ansehen und Prestige erlangt, sondern zudem genug Macht gewinnen wird, um innerhalb der chelischen Regierung ganz nach oben aufzusteigen. Als ihr Harrigan in die Hände fiel, handelte Druvalia deshalb sofort. Sie gehörte zu den wenigen, die wussten, dass ihr Großonkel Ezaliah Thrune einen besonderen Hass auf den Orkankönig Kerdak Knochenfaust hegte – und auch warum dies so war. Denn der war Ezaliah Thrune hatte bisher zweimal versucht, eine Anwendung des thuvischen Sonnenorchideenelixiers zu erwerben. Doch in beiden Fällen wurde das Elixier auf dem Weg zu ihm von Gefolgstreuen des Orkankönigs geraubt. Beim ersten Mal wurde das Schiff, welches das Elixier transportierte, von Knochenfaust selbst geentert. Beim zweiten Mal setzte Ezaliah einen von ihm loyalen Untergebenen ein, der sich mit dem Elixier nach Cheliax zurückteleportieren sollte. Doch in diesem Fall brachten Knochenfausts eigene Leute den Beauftragten auf magischem Wege dazu, stattdessen zu den Fesseln zu teleportieren. Zurück blieb nur eine verhöhnende Nachricht, welche Ezaliah noch heute vor Wut zum Kochen bringt. Ezaliah Thrunes Vermögen genügt für einen dritten und letzten Versuch, das Elixier zu erwerben, doch als seine Großnichte ihm einen anderen Weg vorschlug, stellte der verbitterte alte Mann fest, dass sein Durst nach Rache stärker war als seine Furcht vor dem Tod. So nutzte er sein beachtliches Vermögen und seine politische Macht, um sicherzustellen, dass Druvalia die Mittel erhielt, um eine Armada nach Süden gegen die Fesseln zu führen.

Es ist ein riskanter Plan – sollte es Druvalia nicht gelingen, die *Orkankrone* nach Cheliax zu bringen, haben sie und Ezaliah mehr zu fürchten als die Schande des Versagens. Beide sind jedoch von ihren Erfolgsaussichten überzeugt. Genaugenommen halten sie es nicht für möglich,

> ### ZUSÄTZLICHE REGEL
> Der *Pathfinder Abenteuerpfad* „Unter Piraten" macht von mehreren neuen Regeluntersystemen Gebrauch:
> **Feuerwaffen:** Regeln zu Feuerwaffen (inklusive Kanonen) und Schwarzpulver sind in den *Pathfinder Ausbauregeln II: Kampf* enthalten.
> **Seeschlachten:** Regeln zum Aufbau von Flotten und Massenkämpfen zu See sind im fünften Band dieses Abenteuerpfades enthalten.
> **Plündergut, Ruchlosigkeit und Verruf:** Die Regeln für Plündergut, Ruchlosigkeit und Verruf sind im ersten Band dieses Abenteuerpfades enthalten.
> **Schiff-zu-Schiff-Kampf:** Beispielspielwerte für Schiffe und Regeln für Kämpfe zwischen Schiffen werden im *Pathfinder Spielerleitfaden Unter Piraten* vorgestellt.

dass ihr Plan scheitern könnte, da Barnabas Harrigan und Ezaliahs finanzielle Unterstützung nur zwei der Säulen sind, auf denen der Plan ruht. Die dritte Säule ist eine geheime (und recht illegale) Allianz, welche Druvalia und ihr alter Großonkel mit dem Erzteufel Geryon eingegangen sind. Dieser hat Druvalia seinen machtvollen Segen verliehen, damit sie ihre Armada sicher durch das Auge von Abendego führen kann, und ihr eine große Anzahl an Teufeln zur Unterstützung gesandt. Im Gegenzug haben Druvalia und Ezaliah ihm als Bezahlung eine ihrer Seelen versprochen – wessen Seele hängt davon ab, wer von beiden zuerst stirbt. Ezaliah weiß, dass der risikoreiche Lebensstil eines Großneffen eines Tag ihr Ende bedeuten wird, während sich Druvalia sicher ist, dass sie nur ein paar Jahre (oder vielleicht auch nur Monate) abwarten muss, bis ihr Großonkel eines natürlichen Todes stirbt. Druvalia und Ezaliah hegen keinen Zweifel daran, dass der jeweils andere den Preis bezahlen wird, ebenso wie für sie feststeht, dass der Angriff auf die Fesselinseln gar nicht scheitern kann.

Allerdings könnte Druvalias Wissen über die Verteidigungslinien der Fesseln sowie ihr Zugang zu den von den Piraten geschützten Geheimnissen zur Navigation in der Region und die Unterstützung eines Erzteufels gar nicht ihr größter Vorteil sein beim bevorstehenden Angriff. Ihr wohl größter Trumpf und damit die entscheidende Schwäche der Fesseln könnte sein, dass Kerdak Knochenfaust nach 38 Jahren der Herrschaft als Orkankönig faul und arrogant geworden ist. Er verlässt sich darauf, dass jede chelische Flotte, welche den Fesseln gefährlich werden könnte, um das Auge von Abendego herumsegeln müsste und daher lange vor ihrer Ankunft bemerkt werden würde, so dass die Piraten genug Zeit zur Vorbereitung hätten. Daher ist der Orkankönig nicht auf einen Angriff vorbereitet, der aus dem Auge von Abendego selbst auf sein Reich erfolgt. Seine standhafte und zunehmend sturere Weigerung, selbst angesichts der jüngsten Beweise, welche die SC möglicherweise vorlegen können, eine Piratenflotte

FEUERWAFFEN IN AUS DEM HERZEN DER HÖLLE

Obwohl Feuerwaffen auf Golarion selten sind, spielen sie in diesem Abenteuer eine bedeutsame Rolle, da der Endgegner der SC – der Orkankönig persönlich – schon lange Feuerwaffen benutzt. Solltest du von Beginn an Feuerwaffen in deinem Spiel genutzt haben, kannst du „Aus dem Herzen der Hölle" auf die folgende Weise modifizieren, um noch mehr Feuerwaffen in diesem Abenteuer zur Anwendung kommen zu lassen. Feuerwaffen würden zwar keine große Rolle bei der Seeschlacht mit der Chelischen Armada in Teil Eins spielen, allerdings kannst du einige NSC mit Feuerwaffen ausstatten. Die chelischen Marineoffiziere könnten statt Langbögen Hakenbüchsen oder Donnerbüchsen führen. Auch könnte Druvalia Thrune anstelle einer Repetierarmbrust einen Bündelrevolver besitzen. Die Piraten im Lagerhaus (Bereich **D**) und in den Meereshöhlen unter der Mammonfeste (Teil Drei) könnten Pistolen besitzen und die Piratenscharfschützen könnten mit Musketen ausgestattet sein.

Die Feuerwaffen der bedeutenden NSC könnten zudem durch fortschrittlichere Waffen ersetzt werden, da Kerdak Knochenfaust Zugang zur aktuellsten Waffentechnologie hat. Sein Erster Maat Tsadok Goldzahn (Bereich **K4**) könnte anstelle eines Bündelrevolvers eine Schrotflinte benutzen, während der Waffenhändler aus Alkenstern, Omara Kalverin (Bereich **Q**) ein meisterhafter Gewehrschütze sein könnte. Der Orkankönig selbst könnte einen magischen Revolver besitzen. In seiner privaten Schatzkammer (Bereich **K7**) oder seiner Seetruhe auf der *Schnöder Mammon* (Bereich **Q5a**) könnten sich sogar weitere fortschrittlichere Feuerwaffen befinden.

gegen diese Bedrohung aufzustellen, macht die Fesseln unorganisiert und offen für einen Angriff durch Admirälin Druvalia Thrune. Und so wird es geschehen, sollten die SC keine eigene Flotte nach Norden zum Auge führen, um sie zu besiegen!

Abenteuerzusammenfassung

Am Ende von „Der Preis der Niedertracht" verfügten die SC nicht nur über schlüssige und schwerwiegende Beweise für den Verrat Barnabas Harrigans am Fesselinselarchipel, sondern stießen zudem auf den Umstand, dass eine riesige Armada chelischer Schiffe auf dem Weg zu den Fesseln ist. Diese nutzen mächtige Magie, um sich vor den Winden des Auges von Abendego zu schützen, so dass der Wirbelsturm ihre Annäherung verbirgt. Doch sollten die SC nun die Hilfe und Unterstützung des Orkankönigs suchen, reagiert dieser stur und arrogant und deutet sogar an, dass die SC ihre „Beweise" dieses bevorstehenden Angriffes gefälscht hätten, um ihn zu erniedrigen und auszutricksen.

Es obliegt daher den SC, die Verteidigung der Fesselinseln zu übernehmen. Da viele der Piratenfürsten zu feige sind, sich dem Orkankönig direkt zu widersetzen, sind nur die SC und ihre Flotte bereit, sich Admirälin Druvalia Thrune von Cheliax in den Weg zu stellen. Auch wenn noch ein paar Verbündete zu ihnen stoßen, sind es letztendlich die SC, die nach Norden segeln, der Armada entgegen, wo es am Rande des Sturms zu einer epischen Schlacht kommt. Sollten die SC siegreich sein, können sie als Preis das chelische Flaggschiff kapern, während sie die zerschlagene Armada in die Flucht jagen!

Angesichts des Sieges der SC über die Chelische Armada verlangen die Piratenherrscher nach einem neuen Herrscher für die Fesselinseln und nominieren einen der SC, die Krone des Orkankönigs für sich zu beanspruchen und Kerdak Knochenfaust, dessen Nichtstun klar ersichtlich die Fesseln beinahe ins Verderben geführt hätte, von seinem Thron zu stoßen. Die Piratenherrscher schätzen, dass viele Knochenfaust loyal eingestellte Freie Kapitäne nun den SC die Treue schwören werden, wissen aber auch, dass der Orkankönig nicht kampflos seinen Thron räumen wird. Alle Freien Kapitäne können es förmlich riechen – ein Kampf um die Herrschaft über den Archipel steht bevor, wie man ihn seit Knochenfausts Machtübernahme vor 38 Jahren nicht mehr gesehen hat!

Die SC müssen dafür nach Port Fährnis zurückkehren, wo sich der Orkankönig in die Meereshöhlen unter der Gefahrenburg zurückgezogen hat. Während ihre Flotte und ihre Verbündeten für eine Ablenkung sorgen, können die SC von unten her in die Gefahrenburg eindringen. Dort finden sie den Orkankönig an Bord seines Schiffes, der *Schnöder Mammon*, in einer großen Höhle weit unter der Insel. Und dort entscheidet sich die Zukunft der Fesseln in einem letzten, blutigen Kampf!

TEIL EINS: DIE CHELISCHE ARMADA

Dank der Informationen, an welche die SC in Harrigans Festung zum Ende von „Der Preis der Niedertracht" gelangt sind, wissen sie, dass die Chelische Armada unter Admirälin Druvalia Thrune das Auge von Abendego durchsegelt und zur Invasion der Fesselinseln ansetzt. Sie besitzen auch den Zeitplan der Invasion, demnach die Armada in naher Zukunft aus dem Schutz des Auges hervorkommen wird. Natürlich solltest du den Zeitplan den Bedürfnissen deiner Kampagne anpassen, deinen Spielern aber auch verdeutlichen, dass sie besorgniserregend wenig Zeit haben, um die Freien Kapitäne der Fesseln zu warnen und sich auf die bevorstehende Invasion vorzubereiten.

Eine außerordentliche Notfallratssitzung

Zwar mag es so erscheinen, als wäre es ratsam, die Kunde von dem Angriff in den Straßen von Port Fährnis und anderen Häfen zu verbreiten, um die Fesseln zu warnen und aufzurütteln, doch mit einem Fertigkeitswurf für Wissen (Lokales) gegen SG 10 sollte man erkennen, dass dies in Wahrheit kaum etwas bringen wird. Als Angehörige des Rates der Piraten haben die SC die Möglichkeit, zu einer außerordentlichen Ratssitzung zu rufen. Sollten sie ihre Verbündeten wie Tessa Schönwind oder Arronax Endymion um Rat fragen, werden diese ihnen diese Vorgehensweise empfehlen, da die SC nun Beweise für die

Aus dem Herzen der Hölle

drohende Gefahr vorlegen können und daher eigentlich nur die Mehrheit der Piratenherrscher versammeln müssten, um etwas in Bewegung zu setzen. Um diese Option zu nutzen, müssen die SC nach Port Fährnis zurückkehren. Der Zeitplan gestattet zum Glück die Reise von Harrigans Tölpelinsel zur Hauptstadt der Fesseln. Wenn die SC dort eintreffen, solltest du die Gelegenheit nutzen, dass du alle Piratenherrscher, Kerdak Knochenfaust eingeschlossen, an einem Ort hast. Diese Szene kann der krönende Abschluss der Mission der SC sein, zu Piratenherrschern aufzusteigen, denn auf ihren Ruf hin kommen ihre Verbündeten und Gegner gleichermaßen nach Port Fährnis. Auf der Tagesordnung dieses Treffens sollte nur ein einziger Punkt stehen: die Bedrohung einer bevorstehenden chelischen Invasion.

Die SC werden aber bald feststellen, dass der Orkankönig über grenzenlos Sturheit und Arroganz verfügt. Lass die SC den Sachverhalt vortragen und die Beweise vorlegen, doch egal was sie sagen und an Beweisen liefern, können sie Kerdak Knochenfaust nicht davon überzeugen, dass ihre Bedenken begründet sind. Er geht so weit anzudeuten, dass die SC die Beweise gefälscht hätten, um ihren Angriff auf einen alten Feind zu rechtfertigen. Doch selbst für den Fall, dass die Beweise echt sind, weist er darauf hin, dass es den Stärken der Chelaxianer und ihrer Geschwaderkonzentration nur entgegenkäme, wenn man sich ihnen auf dem offenen Meer stellt, schließlich hätten sie ja auch noch ihre teleportierenden Verbündeten. Knochenfaust ist der Ansicht, dass die Freien Kapitäne sich am besten schlagen, wenn sie kleinere gezieltere Angriffe führen oder von den Verteidigungsstellungen aus angreifen würden.

„Sollte diese chelische Gefahr echt sein und nicht nur eine Farce, welche die blutigen Neulinge unter uns erfunden haben, um ihren Rivalen Harrigan in schlechtes Licht zu rücken, welcher ihrer Ansicht nach offenbar weitere Schande verdient als die reine Niederlage, dann sollen diese Teufel doch unsere Häfen angreifen, nachdem sie schon den Zorn von Abendego selbst ertragen mussten!"

Der Orkankönig wird immer sturer, je länger das Treffen andauert, und erklärt die Ratssitzung schließlich für beendet und seine Entscheidung für endgültig. Knochenfaust schlägt vor, dass die Piratenherrscher ihre Geschwader für den Ernstfall bereithalten, relativiert seine Worte aber gleich, indem er darauf hinweist, dass alles, was sich bisher durch das Auge von Abendego an die Fesseln anschleichen wollte, danach definitiv nicht in der Lage gewesen ist, auch nur eine Insel einzunehmen. Er deutet sogar an, dass jeder närrische Kapitän, der nach Norden segelt, um gegen Phantome zu kämpfen, als Verräter gebrandmarkt werden könnte – insbesondere falls all dies nur eine Täuschung sein sollte, um die Verteidiger der Fesseln von einem anderen Angriff abzulenken.

Nach der Ratssitzung sind so manche Piratenherrscher enttäuscht und lassen ihrem Missmut Luft. Die SC können mit einem Fertigkeitswurf für Wahrnehmung gegen SG 20 vielleicht sogar mithören, wie jemand den Orkankönig leise flüsternd einen Feigling nennt oder erklärt, dass die Inseln einen neuen Anführer brauchen könnten. Jeder darauf angesprochene Pirat stottert sich aber rasch Gründe zurecht, weshalb es doch besser sei, Kerdak Knochenfausts Rat zu befolgen – schließlich sei er schon seit 38 Jahren der Orkankönig und muss daher wissen, was er tut!

Mit einem Fertigkeitswurf für Motiv erkennen erkennen die SC jedoch, dass viele Piratenherrscher ihren Wunsch unterstützen könnten, sich der Chelischen Armada zu stellen, aber weder Ruf, noch Leben riskieren wollen, indem sie offen dem Orkankönig zuwiderhandeln. Sollte allerdings anderseits jemand die Initiative ergreifen und die feindliche Flotte mit einer eigenen angreifen, würde dieser Jemand sich einiges an Unterstützung sichern können, sollte er zudem einen Wechsel im Machtgebilde des Archipels anstreben.

Falls die SC all dies nicht selbst erkennen, sollte ein vertrauter Verbündeter wie z.B. Tessa Schönwind die SC darauf aufmerksam machen. Sie könnte die SC ansprechen, nachdem der Orkankönig die Versammlung aufgelöst hat, und sie ermutigen, die Dinge selbst in die Hand zu nehmen. Tessa würde sogar so weit gehen, den SC ihre Unterstützung zuzusichern, sollten diese erst die chelische Flotte vernichten und dann nach der Macht im Archipel greifen. Wie viele andere Piraten der Fessel ist Tessa keine Anhängerin des gegenwärtigen Orkankönigs, will aber auch nicht selbst herrschen. Fragt man sie nach dem Warum, so weist sie darauf hin, dass der Orkankönig kaum noch das Meer sieht und oft tage-, wenn nicht wochenlang die Gefahrenburg nicht verlässt. „Mein Herz schlägt immer noch für das Meer", würde Tessa sagen, „Vielleicht werde ich sesshaft, wenn ich alt und grau bin, doch jetzt bin ich viel zu ruhelos, um irgendwo Wurzeln zu schlagen – auch nicht in einer so ‚schönen' Stadt wie Port Fährnis."

Du solltest Tessa (oder welchen NSC du auch als Ratgeber in diesem Fall nutzt) die SC ermutigen lassen, nach Norden gegen die Chelische Armada zu segeln. Wenn sie Admirälin Thrune besiegen können, dann werden sie zweifelsohne eine Welle der Unterstützung im Archipel erzeugen – und am Ende sich die Orkankrone greifen können.

Vorbereitungen zum Krieg

Nach den Geschehnisse in „Der Preis der Niedertracht" sollten die SC bereits über eine Flotte verfügen, benötigen aber wahrscheinlich etwas Zeit für Reparaturen oder um neue Schiffe anzuwerben, sollte es während der Schlacht gegen Harrigans Flotte zu Verlusten gekommen sein. Hier ist es wieder sehr praktisch, die chelische Zeitplanung absichtlich vage zu halten – der Angriff steht kurz bevor und daher stehen die SC unter Zeitdruck, sie sollten aber dennoch ihre Flotte wieder aufbauen und möglicherweise auch erweitern können, wenn daran Bedarf besteht. Alle Verbündeten, an welche die SC sich im vorherigen Abenteuer nicht gewandt haben, können sicherlich behilflich sein, doch drei davon sind besonders begierig darauf, die SC zu unterstützen.

Arronax Endymion
(Pathfinder Abenteuerpfad „Unter Piraten" Teil 5):
Sofern die SC den Namen des Fürsten von Höllenhafen im letzten Abenteuer reingewaschen haben, ist Arronax nun wahrscheinlich ein Verbündeter der SC und kann ihnen

starke Unterstützung bieten. Sollten die SC sich an ihn wenden, erhalten sie umgehend seine Hilfe. Endymion führt sein persönliches Geschwader, die Verdammten, und fügt es der Flotte der SC zu. Er zählt als Bedeutender „Bonus"-Charakter (neben den SC) und verleiht der Flotte der SC den Flaggschiffvorteil Vergeltung. Sollte Endymion zudem als Kommodore der Verdammten fungieren, zählt dieses Geschwader nicht gegen das Maximum an Geschwadern, aus denen die Flotte der SC bestehen kann, so dass die SC effektiv ein Bonusgeschwader erhalten. Die Spielwerte für das Geschwader enthalten bereits die Boni für einen Bedeutenden Charakter als Kommodore.

Die Verdammten

Zusammenstellung 5 Segelschiffe
Kommodore Arronax Endymion (Beruf [Seefahrer] +15, CH-Modifikator +2)
TP 15; **Moral** 3
Verteidigungswert 25
Angriffswert +17; **Schaden** 1W6+7
Moralwurf +4

Der Meister der Stürme
(*Pathfinder Abenteuerpfad* „Unter Piraten" Teil 3):
Der Meister der Stürme hat bisher keine bedeutende Rolle gespielt, sieht man von seiner Schiedsrichterposition während der Regatta der Freien Kapitäne ab. Er fürchtet, dass sein Heimathafen Schauerhafen aufgrund seiner nördlichen Lage das erste Ziel der Chelischen Armada sein könnte. Der Zeitplan, an den die SC gelangt sind, bestätigt diese Sorge. Daher lässt der Meister seine Schiffe in Schauerhafen vor Anker, bietet den SC aber seine persönliche Unterstützung an. Solange der Meister der Stürme mit den SC reist, zählt er als zusätzlicher Bedeutender Charakter und verleiht der Flotte der SC den Flaggschiffvorteil Defensivtaktiken. Seine Meisterschaft des Windes und der Stürme verleiht allen Fertigkeitswürfen für Beruf (Seefahrer) einen Bonus von +4, wenn es gilt, während einer Seeschlacht die Initiative zu bestimmen.

Tessa Schönwind
(*Pathfinder Abenteuerpfad* „Unter Piraten" Teil 3):
Tessa Schönwind unterstellt ihr eigenes Geschwader, Schönwinds Glück, den SC, um sie in der kommenden Schlacht zu unterstützen. Tessa fungiert als zusätzlicher Bedeutender Charakter und verleiht der Flotte der SC den Flaggschiffvorteil Tollkühne Manöver. Sollte Tessa zudem als Kommodore von Schönwinds Glück agieren, inspiriert sie ihre Mannschaften zur Loyalität und erhöht so die Moral des Geschwaders um +2. Die folgenden Spielwerte enthalten bereits die Boni für einen Bedeutenden Charakter als Kommodore.

Schönwinds Glück

Zusammenstellung 7 Segelschiffe
Kommodore Tessa Schönwind (Beruf [Seefahrer] +15, CH-Modifikator +4)
TP 21; **Moral** 5
Verteidigungswert 25
Angriffswert +17; **Schaden** 1W6+9
Moralwurf +6

Die Zeit läuft ab!

Gemäß der Seekarten und sonstigen Informationen, die die SC bei Barnabas Harrigan erbeutet haben, plant Admirälin Druvalia Thrune, ihre Armada durch das Auge von Abendego zu den Fesselinseln zu führen und dann direkt zum Angriff auf Schauerhafen, Höllenhafen und schließlich Port Fährnis nach Süden zu segeln. Sollten die SC darauf warten, dass die Chelische Armada zu ihnen kommt, wird diese zunächst den Häfen der Fesselinseln gewaltige Schäden zufügen. Je länger die SC mit ihrem Angriff warten, umso mutiger werden die Geschwader des Hauses Thrune.

Zu Beginn von „Aus dem Herzen der Hölle" ist die Chelische Armada fast bereit für den Schlag gegen die Fesseln. Die ersten Tage wartete Admirälin Druvalia Thrune geduldig vom Sturm verborgen in den südlichen Ausläufern des Auges von Abendego, während ihre Mannen die letzten Vorbereitungen für den Angriff treffen. Die Armada hat zwar den Segen Geryons beim Durchfahren des Auges, doch auch die Hilfe eines Erzteufel macht die Reise durch den ewigen Sturm nicht zu einem Kinderspiel, so dass die Flotte Zeit braucht, um sich zu sammeln und zu organisieren.

Die folgende zeitliche Übersicht präsentiert das Vorgehen der Armada und ihre Erfolge, solange sich ihr niemand entgegenstellt. Du solltest den Zeitpunkt, an dem die Flotte das Auge verlässt, den Bedürfnissen der SC anpassen, damit diese eine Chance haben, eine eigene Flotte aufzustellen. Doch sobald Admirälin Thrune ihren Feldzug beginnt, sollten ihre Angriffe entsprechend schnell und gnadenlos ausfallen und sich weitestmöglich an den Zeitplan halten, bis die SC schließlich die Armada stellen. Die (erfolgreiche) Strategie der Admirälin besteht darin, auf dem Weg nach Port Fährnis über so viele Ortschaften im Archipel herzufallen wie möglich, ehe die Piraten eine Verteidigungslinie aufbauen können. Zähle daher die Tage mit, welche die SC für ihre Vorbereitung für den Angriff auf die Chelische Armada benötigen.

Aus dem Herzen der Hölle

Zeitplan des Angriffes der Chelischen Armada

Tag 1	„Aus dem Herzen der Hölle" beginnt! Admirälin Thrunes Flaggschiff, *Abrogails Zorn*, liegt vor Anker am Südrand des Auges von Abendego und wartet auf das Eintreffen der restlichen Flotte, damit der Angriff beginnen kann. Die SC treffen an diesem Tag in Port Fährnis ein, nachdem sie die Piratenherrscher zu einer außerordentlichen Ratssitzung zusammengerufen haben. Es dauert 1W4 Tage, bis genug Piraten zusammenkommen, um eine theoretisch beschlussfähige Versammlung zu bilden. Sollten die SC sich auf andere Weise vorbereiten, dann behalte die von ihnen dafür genutzte Zeit im Auge, denn ansonsten könnten sie nicht genug Zeit haben, um den Rat zusammenzurufen, ehe Admirälin Thrune angreift.
Tag 5	Admirälin Thrune führt die Chelische Armada nach Süden und verlässt den Schutz des Auges von Abendego zwei Stunden nach Mitternacht.
Tag 6	Die Chelische Armada erreicht mit der Morgendämmerung die Sturminsel und greift Schauerhafen mit der aufgehenden Sonne im Rücken an. Die Armada versenkt die meisten Schiffe des Meisters der Stürme, während die mit der Flotte reisenden Teufel in die Stadt teleportieren und für schnelle, entsetzliche Zerstörungen sorgen. Falls der Meister der Stürme nicht mit den SC reist, kann er mehrere chelische Schiffe versenken, ehe es Druvalia Thrune gelingt, ihn gefangen zu nehmen und in ihre *Ohnmachtsrobe* zu zwängen. In diesem Fall verbringt er den Rest des Abenteuers eingesperrt im Frachtraum der *Abrogails Zorn* und kann die SC nicht unterstützen. Zum Mittag beendet die Armada den Angriff auf Schauerhafen, ersetzt verlorene eigene Schiffe durch im Hafen erbeutete und segelt nach Süden, um ein paar Stunden nach Sonnenuntergang noch am selben Abend den Ort Arena auf der Witwenmacherinsel anzugreifen. Arena fällt rasch. Die Armada geht für die Nacht vor Anker und Thrune befiehlt ihren Teufeln, dass sie das Kolosseum von Arena abreißen und zerstören sollen.
Tag 7	Die Chelische Armada setzt zum Sonnenaufgang die Segel und erreicht ein paar Stunden vor Mitternacht den Whylisfels. Kreidehafen wird rasch zerstört. Die Nacht verbringen die Chelaxianer auf dem Meer in der Nähe der Insel.
Tag 8	Zur Morgendämmerung segelt die Chelische Armada weiter zum Teufelsbogen. Mittlerweile kursieren Gerüchte im Archipel über die Vorfälle der letzten Tage, doch Höllenhafen ist nicht auf die kombinierte Macht der chelischen Schiffe und der Teufel vorbereitet. Kurz vor dem Sonnenuntergang fährt die Armada nach Höllenhafen ein. Dieser Kampf ist der bisher härteste, Admirälin Thrune kann die Stadt aber dennoch erobern und erhält Verstärkung durch eine kleine Armee an Imps, welche sich ihr anschließen. Sollte Arronax Endymion sich nicht den SC angeschlossen haben, wird er während der Schlacht gefangen genommen, der *Ohnmachtsrobe* unterworfen und beim Meister der Stürme im Frachtraum der *Abrogails Zorn* eingesperrt. Er steht den SC nicht mehr zur Verfügung, um sie zu unterstützen.
Tag 9	Die Chelische Armada liegt einen ganzen Tag in Höllenhafen vor Anker, um sich von der Schlacht zu erholen und auf den Angriff auf Port Fährnis vorzubereiten.
Tag 10	Die Chelische Armada setzt mit der einsetzenden Morgendämmerung die Segel Richtung Port Fährnis.
Tag 12	Die Chelische Armada erreicht Port Fährnis und greift die Hauptstadt der Fesseln an. Falls du es wünschst, kannst du den Stadtführer zu Port Fährnis im dritten Band des Abenteuerpfades nutzen, um die Verteidigung der Stadt gegen die Seesoldaten der Admirälin und ihre Teufel zu leiten – in Verbindung mit den Seeschlachten gegen die Armada selbst dürfte dies einen spannenden Abschluss dieses Teiles des Abenteuers darstellen, doch was genau geschieht, übersteigt den Umfang dieses Abenteuers. Es ist aber unwahrscheinlich, dass es überhaupt so weit kommt – zu diesem Zeitpunkt sollten die SC entweder die Armada aufgehalten haben oder selbst besiegt worden sein.

Alternativen zu Seeschlachten

Solltest du nicht über die im fünften Band des *Pathfinder Abenteuerpfades* „Unter Piraten" präsentierten Regeln zu Seeschlachten verfügen oder keine Massenkämpfe zwischen Flotten ausspielen wollen, kannst du dich stattdessen auf die drei kleineren Kämpfe konzentrieren, welche den SC bevorstehen: Erster Kontakt, Zweite Welle und *Abrogails Zorn*. In diesem Fall solltest du deinen Spielern beschreiben, wie um ihre Charaktere herum die Schlacht tobt und Schiffe gegeneinander kämpfen, der Sieg über die Chelaxianer sollte aber gänzlich vom Grad des Erfolges der SC in diesen drei Begegnungen abhängen. Falls die SC Admirälin Thrune auf *Abrogails Zorn* nicht besiegen können, verliert auch ihre Flotte die Schlacht. Sollten sie die Admirälin aber überwinden können, trägt auch ihre Flotte den Sieg davon.

Das Aufspüren der Chelischen Armada

Sobald die SC ihre Vorbereitungen getroffen und ihre Flotte versammelt haben, können sie nach Norden segeln, um sich der Chelischen Armada zu stellen – und

Magaavbefehlshaber

das Flaggschiff zu teleportieren. Ohne aber zuerst die chelische Flotte zu zerstören, wird der Versuch, die *Abrogails Zorn* zu kapern, um einiges schwerer. In diesem Fall finden die folgenden Kampfbegegnungen (Erster Kontakt, Zweite Welle und *Abrogails Zorn*) alle gleichzeitig und rund um die *Abrogails Zorn* statt, anstelle über die größere Flotte verteilt.

Erster Kontakt (HG 13)

Während die Chelische Armada am Horizont auftaucht, verfallen die Kommodores und Seefahrer der Flotte der SC in hektische Aktivität und machen ihre Schiffe für die kommende Schlacht bereit. Die Armada sichtet die Flotte der SC zur selben Zeit und die Chelaxianer bringen ihre Schiffe in Gefechtsformation, während die beiden Flotten einander näher kommen.

Kreaturen: Ehe die beiden Flotten aufeinanderstoßen, entfesselt Admirälin Druvalia Thrune eine Horde Höherer Schwarmteufel, sogenannter Magaavs, welche das Flaggschiff der SC angreifen. Ein Magier an Bord der *Abrogails Zorn* wirkt ein *Mächtiges Trugbild* von acht Schwarmteufeln, welche mit Bögen bewaffnet plötzlich über dem Flaggschiff der SC auftauchen (Willen, SG 17 zum Anzweifeln). Während die Illusion die SC ablenkt, trinken vier echt Magaavs unter Führung eines Magaavbefehlshabers je einen *Trank: Unsichtbarkeit* und teleportieren auf das Schiff der SC. Anhand der Reaktionen an Deck offenbaren sich den Teufeln wichtige Ziele. Der Befehlshaber setzt eine *Feder: Anker* ein, um das Schiff der SC zu stoppen, und versucht dann den Admiral der SC oder den Kapitän des Flaggschiffs zu ergreifen und fortzutragen und entweder zur *Abrogails Zorn* zu bringen oder ins Meer zu werfen.

sie hoffentlich zu besiegen. Es ist trotz der Weite des Meeres recht einfach, die Armada ausfindig zu machen, da die SC Kapitän Harrigans Seekarten, Unterlagen und den Verlaufsplan des Angriffes besitzen und Admirälin Thrune ihrem eigenem Plan genau folgt. Wo die SC auf die chelische Flotte stoßen, hängt davon ab, wie lange sie für ihre Vorbereitungen gebraucht haben und wie weit die Armada gekommen ist, ehe die SC sie erreichen.

Das Abenteuer geht im weiteren Verlauf davon aus, dass die SC die Chelische Armada in einer Seeschlacht stellen, ehe sie sich der *Abrogails Zorn* und den Befehlshabern der Flotte zuwenden. Manche Spieler wollen dies eventuell umgehen und die *Abrogails Zorn* ausspähen, um direkt auf

Magaavbefehlshaber	HG 9
EP 6.400	

Höherer Schwarmteufelkämpfer (Phalanxkämpfer) 3 (ALM Verdammten, PF EXP, S. 99)
RB Mittelgroßer Externar (Böse, Extraplanar, Rechtschaffen, Teufel)
INI +4; **Sinne** Dunkelsicht 18 m, Im Dunkeln sehen; Wahrnehmung +15

VERTEIDIGUNG
RK 30, Berührung 15, auf dem falschen Fuß 25 (+1 Ausweichen, +4 GE, +8 natürlich, +4 Rüstung, +3 Schild)
TP 107 (10 TW; 7W10+3W10+53)
REF +10, **WIL** +7, **ZÄH** +13
Immunitäten Feuer, Gift; **Resistenzen** Kälte 10, Säure 10; **SR** 5/Gutes; **ZR** 17

ANGRIFF
Bewegungsrate 6 m, Fliegen 15 m (Durchschnittlich)
Nahkampf Adamantbardiche +1*, +18/+13 (1W10+8/17–20), 2 Klauen +12 (1W6+3 plus Höllische Wunde)
Angriffsfläche 1,50 m; **Reichweite** 1,50 m (3 m mit Bardiche)
Besondere Angriffe Meisterringer, Odemwaffe (1,50 m, für 1W4 Runden kränkelnd, ZÄH SG 18 keine Wirkung, 3/Tag, alle 1W4 einsetzbar), Phalanxtraining*, Zerreißen (2 Klauen, 1W6+10 plus Höllische Wunde)

Aus dem Herzen der Hölle

Zauberähnliche Fähigkeiten (ZS 12; Konzentration +11)
Beliebig oft – *Mächtiges Teleportieren* (sich selbst plus 50 Pfd. an Gegenständen)
1/Tag - *Herbeizaubern* (3. Grad, 1W2 Gaavs, 60%)

TAKTIK
Vor dem Kampf Der Magaavbefehlshaber trinkt seinen *Trank: Unsichtbarkeit*.
Im Kampf Der Magaavbefehlshaber nutzt Telepathie und Gemeinsame Sinne, um die Angriffe der Magaavmörder zu lenken, während er selbst Gegner mit seinen Klauen und seiner Bardiche angreift oder mit seiner Stachelrüstung in Ringkämpfe verwickelt.
Moral Sollten alle Magaavmörder getötet warden, teleportiert der Befehlshaber sich auf die *Abrogails Zorn* zurück, um Bericht zu erstatten. Andernfalls kämpft er bis zum Tod.

SPIELWERTE
ST 24, **GE** 19, **KO** 20, **IN** 13, **WE** 14, **CH** 9
GAB +10; **KMB** +17; **KMV** 32 (33 gegen Ansturm, Niederrennen, Trampeln, Zerren und Zu-Fall-bringen)
Talente Ausweichen, Beweglichkeit, Eiserner Wille, Kampfreflexe, (Bardiche*), Schildfokus, Schweben, Verbesserter Kritischer Treffer
Fertigkeiten Akrobatik +16, Einschüchtern +12, Fliegen +16, Heimlichkeit +16, Wahrnehmung +15, Wissen (Die Ebenen) +12
Sprachen Celestisch, Drakonisch, Infernalisch; Telepathie 30 m
Besondere Eigenschaften Gemeinsame Sinne, Standhaftigkeit*
Kampfausrüstung *Feder* (Anker, 2), *Feder* (Peitsche), *Trank: Unsichtbarkeit*; **Sonstige Ausrüstung** Stachelbesetztes Kettenhemd [Meisterarbeit], Schwerer Holzschild [Meisterarbeit], *Adamantbardiche +1*, Gürtel der Riesenstärke +2*

Besondere Fähigkeiten
Gemeinsame Sinne (ÜF) Alle Schwarmteufel (Gaavs und Magaavs) innerhalb von 30 m Entfernung zueinander teilen sich dieselben Sinne. Sollte ein Individuum etwas wahrnehmen, bemerken es sofort alle anderen, die sich innerhalb der Reichweite befinden, ebenfalls. Ein Magaav kann immer noch überrascht oder auf dem falschen Fuß angetroffen werden, selbst wenn es andere Schwarmteufel innerhalb der Reichweite nicht sind.
Höllische Wunde (ÜF) Die Verletzungen, welche ein Magaav mit seinen Klauen oder Zerreißen verursacht, sind tief und haben 1 Punkt Blutungsschaden zur Folge. Dieser Blutungsschaden ist schwer zu stillen und erfordert einen Fertigkeitswurf für Heilkunde gegen SG 18. Bei Heilzaubern muss ein Wurf auf die Zauberstufe gegen SG 18 gelingen, damit der Zauber seine Wirkung entfaltet. Bei einem erfolgreichen Wurf wirkt der Zauber normal und beendet alle Blutungseffekte bei seinem Ziel.
Meisterringer (AF) Ein Magaav kann mit jeder Hand eine Waffe festhalten und dennoch versuchen, einen Ringkampf einzuleiten. Sollte er keine Waffe führen, erhält er einen Bonus von +4 auf seinen Kampfmanöverwurf, um jemanden in den Ringkampf zu verwickeln. Ein Magaav provoziert keine Gelegenheitsangriffe, wenn er einen Ringkampf einzuleiten versucht.
Odemwaffe (ÜF) Ein Magaav kann drei Mal am Tag eine giftige, nach Verderbnis stinkende Wolke auf eine Kreatur innerhalb von 1,50 m Entfernung ausatmen. Dem Ziel muss ein Zähigkeitswurf gegen SG 18 gelingen, um nicht für 1W4 Runden zu kränkeln. Eine Kreatur, deren Rettungswurf gelingt, ist für 24 Stunden gegen den Odem dieses Magaav immun. Dies ist ein Gifteffekt.
* Siehe *Pathfinder Expertenregeln*.

MAGAAVMÖRDER (4) — HG 8
EP je 4.800
Höhere Schwarmteufelschurken 2/Assassinen 1 (*ALM Verdammten*)
RB Mittelgroßer Externar (Böse, Extraplanar, Rechtschaffen, Teufel)
INI +4; **Sinne** Dunkelsicht 18 m, Im Dunkeln sehen; Wahrnehmung +16

VERTEIDIGUNG
RK 23, Berührung 15, auf dem falschen Fuß 18 (+1 Ausweichen, +4 GE, +8 natürlich)
TP je 93 (10 TW; 7W10+3W8+42)
REF +13, **WIL** +5, **ZÄH** +9
Immunitäten Feuer, Gift; **Resistenzen** Kälte 10, Säure 10; **SR** 5/Gutes; **Verteidigungsfähigkeiten** Entrinnen; **ZR** 17

ANGRIFF
Bewegungsrate 6 m, Fliegen 15 m (Durchschnittlich)
Nahkampf *Ranseur +1*, +14/+9 (2W4+8/×3), 2 Klauen +8 (1W6+2 plus Höllische Wunde)
Besondere Angriffe Hinterhältiger Angriff +2W6, Meisterringer, Odemwaffe (1,50 m, für 1W4 Runden kränkelnd, ZÄH SG 17 keine Wirkung, 3/Tag, alle 1W4 Runden einsetzbar), Todesangriff, Zerreißen (2 Klauen, 1W7+10 plus Höllische Wunde)
Zauberähnliche Fähigkeiten (ZS 12; Konzentration +11)
Beliebig oft – *Mächtiges Teleportieren* (sich selbst plus 50 Pfd. an Gegenständen)
1/Tag - *Herbeizaubern* (3. Grad, 1W2 Gaavs, 60%)

TAKTIK
Vor dem Kampf Die Magaavmörder trinken ihre *Tränke: Unsichtbarkeit*.
Im Kampf Während die SC sich mit dem *Mächtigen Trugbild* befassen, studieren die Magaavmörder ihre Gegner 3 Runden lang, um ihre Todesangriffe vorzubereiten. Anschließend greifen sie paarweise an und nehmen Gegner in die Zange, um Hinterhältige Angriffe unter Nutzung ihrer Talente Ausmanövrieren und Genauer Schlag durchzuführen.
Moral Die Magaavs kämpfen bis zum Tod.

SPIELWERTE
ST 20, **GE** 19, **KO** 18, **IN** 15, **WE** 16, **CH** 9
GAB +8; **KMB** +13; **KMV** 28
Talente Ausmanövrieren, Ausweichen, Beweglichkeit, Genauer Schlag*, Kampfreflexe, Schweben
Fähigkeiten Akrobatik +17, Bluffen +12, Einschüchtern +12, Entfesselungskunst +17, Fliegen +17, Heimlichkeit +17, Motiv erkennen +16, Verkleiden +4, Wahrnehmung +16
Sprachen Aqual, Celestisch, Drakonisch, Gemeinsprache, Infernalisch; Telepathie 30 m
Besondere Eigenschaften Fallen finden +1, Gemeinsame Sinne, Gift einsetzen, Schurkentricks (Kampfkniff)
Kampfausrüstung *Trank: Unsichtbarkeit*; **Sonstige Ausrüstung** *Ranseur +1*

BESONDERE FÄHIGKEITEN
Gemeinsame Sinne (ÜF) Siehe Magaavbefehlshaber.
Höllische Wunde (ÜF) Siehe Magaavbefehlshaber (SG 17).
Meisterringer (AF) Siehe Magaavbefehlshaber.
Odemwaffe (ÜF) Siehe Magaavbefehlshaber (SG 17).
* Siehe *Pathfinder Expertenregeln*.

Die Seeschlacht von Abendego

Sobald die SC die Schwarmteufel besiegt haben, nehmen die beiden Flotten Gefechtsformation ein. Für die Schlacht zwischen der Flotte der SC und der Chelischen Armada kommen die Regeln für Seeschlachten im fünften Band des *Pathfinder Abenteuerpfades* „Unter Piraten" zur Anwendung. Admirälin Druvalia kommandiert die Chelische Armada von ihrem Flaggschiff, *Abrogails Zorn*, aus. Dank des politischen Einflusses des Hauses Thrune und der Finanzierung durch Ezaliah Thrune halten sich vier zusätzliche Bedeutende Charaktere bei der Chelischen Armada auf. Jeder davon verleiht den Flaggschiffvorteil Überwältigend, so dass Admirälin Thrune vier zusätzliche Geschwader kommandieren kann. Insgesamt stehen acht Geschwader unter ihrem Befehl, von denen jede den Namen eines der acht Erzteufel trägt. Insgesamt besteht die Armada aus 47 Schiffen.

Wie bei jeder Seeschlacht ist der Kampf selbst eine abstrakte Simulation. Du solltest daher zu den Würfen cineastische Beschreibungen liefern, während die SC sich der *Abrogails Zorn*, dem chelischen Flaggschiff, annähern.

Die Chelische Armada

EP 25.600
Admirälin Druvalia Thrune (Beruf [Seefahrer] +26, CH-Modifikator +1, INI-Modifikator +26)
Flaggschiff *Abrogails Zorn*
Bedeutende Charactere
    Alsus Agrimant (*Abrogails Zorn*, Magische Artillerie)
    Davo Eximander (Belials Geschwader, Überwältigend)
    Druvalia Thrune (*Abrogails Zorn*, Verbesserte Taktiken)
    Jarian Randeloric (*Abrogails Zorn*, Schnelle Reparaturen)
    Korva Leroung (Mephistopheles Geschwader, Überwältigend)
    Lavenia Jeggare (Mammons Geschwader, Überwältigend)
    Ursion Quintillus (Molochs Geschwader, Überwältigend)
    Valeria Asperixus (*Abrogails Zorn*, Gnadenloses Vorrücken)

GESCHWADER

Baalzebuls Geschwader
  Zusammenstellung 4 Kriegsschiffe
  Kommodore Arandor Tauranos (Beruf [Seefahrer] +14, CH-Modifikator +1)
  TP 16; **Moral** 3
  Verteidigungswert 24
  Angriffswert +15; **Schaden** 1W6+4
  Moralwurf +2

Barbatos Geschwader
  Zusammenstellung 5 Galeeren
  Kommodore Narovia Wintour (Beruf [Seefahrer] +14, CH-Modifikator +2)
  TP 20; **Moral** 3
  Verteidigungswert 24
  Angriffswert +15; **Schaden** 1W6+5
  Moralwurf +3

Belials Geschwader
  Zusammenstellung 6 Galeeren
  Kommodore Davo Eximander (Beruf [Seefahrer] +16, CH-Modifikator +3)
  TP 24; **Moral** 3
  Verteidigungswert 26
  Angriffswert +19; **Schaden** 1W6+8
  Moralwurf +6

Dispaters Geschwader
  Zusammenstellung 7 Segelschiffe
  Kommodore "Eiserner" Lurco Solamar (Beruf [Seefahrer] +15, CH-Modifikator +4)
  TP 21; **Moral** 3
  Verteidigungswert 25
  Angriffswert +16; **Schaden** 1W6+7
  Moralwurf +5

Geryons Geschwader
  Zusammenstellung 7 Segelschiffe
  Kommodore Raula Gallonica (Beruf [Seefahrer] +20, CH-Modifikator +4)
  TP 21; **Moral** 3
  Verteidigungswert 30
  Angriffswert +21; **Schaden** 1W6+7
  Moralwurf +5

Mammons Geschwader
  Zusammenstellung 8 Segelschiffe
  Kommodore Lavenia Jeggare (Beruf [Seefahrer] +15, CH-Modifikator +5)
  TP 24; **Moral** 3
  Verteidigungswert 25
  Angriffswert +18; **Schaden** 1W6+10
  Moralwurf +8

Mephistopheles Geschwader
  Zusammenstellung 6 Segelschiffe
  Kommodore Korva Leroung (Beruf [Seefahrer] +13, CH-Modifikator +3)
  TP 18; **Moral** 3
  Verteidigungswert 23
  Angriffswert +16; **Schaden** 1W6+8
  Moralwurf +6

Molochs Geschwader
  Zusammenstellung 5 Kriegsschiffe
  Kommodore Ursion Quintillus (Beruf [Seefahrer] +18, CH-Modifikator +2)
  TP 20; **Moral** 3
  Verteidigungswert 28
  Angriffswert +21; **Schaden** 1W6+7
  Moralwurf +5

Entwicklung: Obwohl dieses Abenteuer davon ausgeht, dass die SC die Seeschlacht gewinnen und die Chelische Armada besiegen, ist es durchaus möglich, dass das Schlachtenglück sich gegen sie wendet und die Flotte der Fesselinseln unterliegt. In diesem Fall ist aber immer noch nicht alles verloren – die SC haben drei Möglichkeiten, immer noch den Sieg davonzutragen: Erstens können sie trotz der Vernichtung ihrer Flotte immer noch versuchen, das chelische Flaggschiff zu entern und den Flottenkommandeur, Druvalia Thrune, zu besiegen. Sollten die SC an Bord der *Abrogails Zorn* gelangen und Admirälin Thrune und ihre Wachen besiegen können, berauben

Aus dem Herzen der Hölle

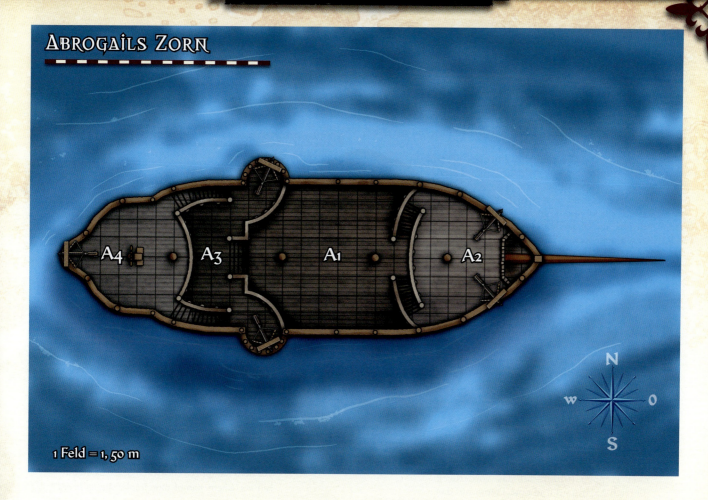

Abrogails Zorn

1 Feld = 1,50 m

sie die Armada ihrer Führung und halten ihren Vorstoß auf. Sie können so den Krieg gewinnen, obwohl sie die Schlacht verloren haben. Zweitens will Admirälin Thrune diejenigen zermalmen, die es gewagt haben, gegen sie eine Flotte ins Feld zu führen. In diesem Fall geschehen die nächsten beiden Begegnungen (Zweite Welle und *Abrogails Zorn*) wie beschrieben, allerdings entert die Admirälin das Schiff der SC und greift diese an statt umgekehrt. Auch in diesem Fall siegen die SC, sollten sie die Admirälin überwinden und die Armada führerlos machen. Schlussendlich können die SC versuchen, nach einer Niederlage mit ihrem Flaggschiff zu entkommen, wie in den Seeschlachtregeln beschrieben. Sollten die SC entkommen, können sie versuchen, eine weitere Flotte zu sammeln, um die Chelische Armada aufzuhalten. Wie sie das bewerkstelligen, geht zwar über den Umfang dieses Abenteuers hinaus, wird aber wahrscheinlich einige Zeit in Anspruch nehmen, während die Chelaxianer ihren Angriff auf die Fesseln fortführen. In diesem Fall könnte es geschehen, dass die SC am Ende der Armada im Hafen von Port Fährnis selbst gegenüberstehen oder dass sie vielleicht sogar Port Fährnis und die Gefahrenburg den Chelaxianern entreißen müssen.

Die Zweite Welle (HG 12)

Sofern die SC die Chelische Armada besiegen, können sie nun das chelische Flaggschiff entern. Zuvor hat Admirälin Druvalia Thrune aber noch ein As im Ärmel.

Kreaturen: Als sich das Schiff der SC der *Abrogails Zorn* annähert, schickt die Admirälin eine letzte Gruppe Teufel aus, um die SC auf ihrem Flaggschiff anzugreifen. Vier Ertränkende Teufel, schlangenartige Teufelswesen mit gehörnten Fischköpfen und Händen wie Seeanemonen, teleportieren auf das Flaggschiff der SC und greifen diese an. Die Ertränkenden Teufel wirken *Bewegungsfreiheit* und versuchen, sich neben rüstungstragende SC zu teleportieren, um sie mit ihren Wasserdruck-Auren zu erfassen. Zwei der Teufel versuchen, weitere Ertränkende Teufel herbeizuzaubern, während die beiden anderen ihre Fähigkeit Ertränken gegen Charaktere einsetzen, die von den Wasserdruck-Auren nicht betroffen sind. Die Ertränkenden Teufel kämpfen bis zum Tod.

Ertränkende Teufel (4)   HG 8
EP je 4.800
TP je 103 (siehe Seite 82)

Abrogails Zorn (HG 15)

Das Flaggschiff der Chelischen Armada ist ein schlankes Kriegsschiff mit schwarzem Rumpf namens *Abrogails Zorn*. Die blutrot-schwarzen Segel entsprechen den Landesfarben Cheliax' und die Flagge des Hauses Thrune weht am Mast. Unter dieser Flagge weht ein Banner mit einem silbernen Dolch – dies ist das persönliche Wappen der Befehlshaberin des Schiffes und der Flotte, Admirälin Druvalia Thrune.

Sobald die SC Admirälin Thrunes Ertränkende Teufel besiegt haben, steht nichts mehr zwischen ihnen und dem feindlichen Flaggschiff. Ein Schiff-zu-Schiff-kampf muss nicht mehr ausgespielt werden, da es nach dem Verlust der Seeschlacht keine Schiffe mehr gibt, welche die *Abrogails Zorn* beschützen könnten, so dass leicht Wurfhaken geschleudert und Enterleinen gespannt werden können. Allerdings ist die *Abrogails Zorn* nicht völlig wehrlos. Ehe die SC wirklich den Sieg über die Chelische Armada für sich beanspruchen können, müssen sie sich immer noch Druvalia Thrune stellen.

Die *Abrogails Zorn* ist ein Segelschiff mit vier Masten, misst 39 m in der Länge und 12 m in der Breite. Da das letzte Gefecht auf den oberen Decks des Schiffes stattfindet, werden nur diese näher aufgeführt.

A1. Hauptdeck: Hauptmast und Kreuzmast stehen auf dem breiten Hauptdeck. Zwei Treppen führen auf das Vorderdeck (Bereich A2) hinauf und eine Treppe auf das Vierteldeck (Bereich A3). Nach der Seeschlacht machen herumliegende Leichen und Trümmerstücke dieses Deck zu schwierigem Gelände.

A2. Vorderdeck: An Steuerbord und Backbord führen gewundene Treppen auf das Vorderdeck hinauf, welches 3 m über dem Hauptdeck liegt. Der Vordermast steht im Zentrum dieses Decks und zwei leichte Ballisten stehen im Bugbereich.

A3. Vierteldeck: Von diesem Deck aus befehligt Admirälin Druvalia Thrune Schiff und Armada. Es liegt 3 m oberhalb des Hauptdecks, eine Treppe führt zum Hauptdeck hinunter und zwei gewundene Treppen führen zum Poopdeck (Bereich A4) hinauf. Auf jeder Seite dieses Decks steht eine leichte Ballista auf einer Plattform, welche über die Reling hinausragt, so dass die Ballisten ein weites Schussfeld haben.

A4. Poopdeck: Der vierte Mast, oder auch Bonaventura, steht auf dem achtern gelegenen Deck der *Abrogails Zorn* direkt vor dem Steuerrad des Schiffes. Zwei gewundene Treppen führen zum Vierteldeck (Bereich A3) hinunter. Am Bug befindet sich eine schwere Ballista.

Kreaturen: Wie bei jeder Enteraktion kämpft die Mannschaft der SC gegen die Besatzung der *Abrogails Zorn*, während sich die SC dem Kapitän und den Offizieren stellen. Admirälin Thrune hält sich auf dem Vierteldeck (Bereich A3) auf, bei ihr ist ihre Leibwächterin, Paraliktorin Valeria Asperixus vom Höllenritterorden der Geißel. Ebenfalls bei ihr sind vier chelische Seesoldaten – zwei bewachen die Treppe zum Hauptdeck und zwei sind weiter oben auf dem Poopdeck (Bereich A4) postiert. Die chelischen Seesoldaten greifen jeden Enterer an, während Valeria ihre Herrin beschützt. Letztere wirkt Zauber und schießt mit ihrer Armbrust auf Gegner.

Druvalia Thrune

CHELISCHE MARINEOFFIZIERE (4)   **HG 7**

EP je 3200
Menschliche Kämpfer 8
RB Mittelgroße Humanoide (Menschen)
INI +2; **Sinne** Wahrnehmung +4

VERTEIDIGUNG
RK 21, Berührung 12, auf dem falschen Fuß 19 (+2 GE, +9 Rüstung)
TP je 88 (8W10+40)
REF +6, WIL +4, ZÄH +10; +2 gegen Furcht
Verteidigungsfähigkeiten Tapferkeit +2

ANGRIFF
Bewegungsrate 9 m
Nahkampf *Enterpike* +1, +14/+9 (1W8+9/×3) oder *Langschwert* +1, +16/+11 (1W8+10/19–20)
Fernkampf Kompositbogen (-lang) [Meisterarbeit] +11/+6 (1W8+4/×3)
Angriffsfläche 1,50 m; Reichweite 1,50 m (3 m mit Enterpike)
Besondere Angriffe Waffentraining (Schwere Klingenwaffen +1)

TAKTIK
Vor dem Kampf Die chelischen Seesoldaten trinken vor einem Kampf ihre *Tränke: Ausdauer des Ochsen*.
Im Kampf Die Seesoldaten arbeiten zusammen, um Angreifer von der Admirälin fernzuhalten. Die Seesoldaten auf dem Poopdeck beschießen Gegner mit ihren Bögen, bis diese in Nahkampfreichweite gelangen. Sie nutzen ihre Enterpiken, um mit Reichweite anzugreifen, und wechseln zu ihren Langschwertern für den Nahkampf. Alle Seesoldaten innerhalb 3 m Entfernung zu Admirälin Thrune stehen unter dem Effekt ihres *Schutzes der Gläubigen* und erhalten einen Ablenkungsbonus von +3 auf die RK und einen Resistenzbonus von +3 auf alle Rettungswürfe.
Moral Die chelischen Seesoldaten kämpfen bis zum Tod.

SPIELWERTE
ST 18, GE 14, KO 18, IN 12, WE 10, CH 8
GAB +8; KMB +12; KMV 24
Talente Blitzschnelle Reflexe, Dranbleiben, Eiserner Wille, Kampfreflex, Kein Vorbeikommen, Mächtiger Waffenfokus (Langschwert), Waffenfokus (Enterpike), Waffenfokus (Langschwert), Waffenspezialisierung (Enterpike), Waffenspezialisierung (Langschwert)
Fertigkeiten Einschüchtern +10, Klettern +11, Schwimmen +11, Wahrnehmung +4, Wissen (Baukunst) +8
Sprachen Gemeinsprache, Infernalisch
Besondere Eigenschaften Rüstungstraining 2

Aus dem Herzen der Hölle

Kampfausrüstung *Trank: Ausdauer des Ochsen, Trank: Mittelschwere Wunden heilen*; **Sonstige Ausrüstung** *Plattenpanzer +1, Langschwert +1, Enterpike +1,* Kompositbogen (-lang; +4 ST) [Meisterarbeit] mit 20 Pfeilen, 27 GM

Admirälin Druvalia Thrune	**HG 13**
EP 25.600	
TP 117 (siehe Seite 46)	

Paraliktorin Valeria Asperixus	**HG 11**
EP 12.800	
TP 121 (siehe Seite 52)	

Schätze: Sieht man vom Wert des Schiffes selbst ab, wenn die SC es kapern sollten, befinden sich im Laderaum der *Abrogails Zorn* 8 Punkte an Plündergut in Vorräten, Waffen und Wertsachen der Mannschaft. Druvalia Thrunes Kabine (zwischen Bereich **A3** und **A4**) enthält ein Himmelbett aus Tropenholz mit Goldintarsien und einem Himmel aus Samt und Seide sowie einen kunstvoll gefertigten, auf Hochglanz polierten Schreibtisch aus Ebenholz. Ein halbes Dutzend kostspieliger Gemälde schmücken die Wände – sie zeigen entsetzliche Szenen von Seemonstern, welche Schiffe und Küsten verheeren, sowie idealisierte Angehörige des Meervolkes bei wilden Orgien. Die Möbel und Kunstwerke sind 5 Punkte an Plündergut wert. Eine gläserne Vitrine an der Wand enthält ein edelsteinbesetztes, goldenes Fernrohr (Wert 1.000 GM) sowie zwei Dolche aus alchemistischem Silber mit diamantsplitterbesetzten Knäufen [Meisterarbeiten] auf einer schildförmigen Platte aus Ebenholz (Wert jeweils 350 GM). Eine flache Stahlkiste unter dem Bett, verschlossen mit einem *Arkanen Schloss* (Härte 10, 45 TP, Zerbrechen SG 33, Mechanismus ausschalten SG 40), enthält einen Tiegel mit *Wohltuender Salbe*, zwei *Tränke: Schwere Wunden heilen*, 5.000 GM und eine schwarze Schriftrolle, die in silberner Tinte Worte auf Infernalisch trägt – dies ist Druvalias diabolischer Vertrag mit Geryon. Das Dokument enthüllt ihren Pakt mit dem Erzteufel und den Umfang der Hilfe, die Geryon ihr beim Passieren des Auges verliehen hat im Gegenzug für ihre Seele oder die ihres Großonkels Ezaliah.

Sieg!

Während die chelischen Schiffe davon segeln oder sinken, drehen die überlebenden Verbündeten der SC ihre Schiffe bei, um mit den SC Kriegsrat zu halten. Die Piratenfürsten loben die Führungsfähigkeiten der SC und ihre Initiative, die chelischen Kriegsschiffe voller Wagemut anzugreifen und die Freiheit und Stärke der Freien Kapitäne

Valeria Asperixus

der Fesseln zu bewahren. Im Gegenzug verdammen sie den Orkankönig für seine Schwäche und Zurückhaltung, welche die Fesseln beinahe zugrunde gerichtet hätten. Die Chelaxianer waren eindeutig dazu in der Lage die Geheimnisse des Auges von Abendego zu meistern und Kerdak Knochenfausts Nichtstun und Vertrauen, dass die natürlichen Barrieren den Angriff fernhalten würden, hätten beinahe für alle den Untergang bedeutet.

Tessa Schönwind ist die erste die vorschlägt, eine Abstimmung abzuhalten, um Knochenfaust das Vertrauen abzusprechen und nach einem neuen Anführer für die Fesseln zu verlangen. Sollte Tessa sich nicht bei den SC aufhalten, äußert sich ein anderer mächtiger Piratenherrscher gleichermaßen (bspw. Arronax Endymion). Auf den Fesselinseln werde Herrscher aufgrund ihrer Ruchlosigkeit, ihres Mutes und ihres Erfolges als Piraten gewählt – und auch wenn Kerdak Knochenfaust einst alle diese Qualitäten besaß, so sind 38 Jahre auf dem Thron eine lange Zeit und die jüngsten Ereignisse haben gezeigt, dass er nicht länger mehr der Mann ist, der er einst war. Da es die SC waren, welche die Piratenherrscher geeint haben, schlägt Tessa vor, dass sie auch Knochenfaust als Herrscher des Archipels nachfolgen sollen. Die anderen Piratenherrscher nehmen diesen Vorschlag auf, verweisen auf den Sieg der SC in der Regatta der Freien Kapitäne und dass sie den Verräter Barnabas Harrigan enttarnt und besiegt haben sowie darauf, dass sie eine große Flotte zusammengestellt haben, über Cheliax triumphierten und was sie eventuell im Laufe der Kampagne noch an Großtaten vollbracht haben. Es sollte rasch deutlich werden, dass die SC die Unterstützung der mächtigsten Piratenherrscher der Fesseln haben und nur die Hand nach noch mehr Verruf und Macht ausstrecken müssen.

Allerdings kann es nur einen Orkankönig geben, so dass die SC unter sich ausmachen müssen, wer von ihnen die Nominierung der Piratenherrscher annimmt. Sollten sie sich nicht entscheiden können oder die Wahl den Piratenherrschern überlassen, fordert Tessa einen der SC auf, vorzutreten und die Orkankrone zu beanspruchen. Ihre Wahl basiert auf den folgenden Kriterien: Addiere für jeden SC dessen Fertigkeitsränge in Einschüchtern, Beruf (Seefahrer) zuzüglich dessen CH-Modifikator. Der SC mit dem höchsten Wert wird nominiert.

Die Wahl der Piratenherrscher genügt jedoch nicht, um einen neuen Orkankönig zu krönen, denn dazu braucht es auch die *Orkankrone*. Solange Kerdak Knochenfaust daher die Krone trägt und in der Gefahrenburg residiert, ist der Titel leer und wertlos – und kaum einer glaubt, dass er seine Position kampflos aufgeben würde. Die Piratenherrscher möchten um jeden Preis einen Krieg um die

Nachfolge in den Straßen von Port Fährnis vermeiden, in dem sich jeder gegen jeden wendet. Daher schlagen sie vor, die Gefahrenburg direkt anzugreifen, um Kerdak Knochenfaust zu stürzen und ihn entweder ins Exil oder ein wässriges Grab zu schicken. Um Titel und Krone wirklich beanspruchen zu können, müssen die SC allen Freien Kapitänen der Fesseln ihre Stärke und ihr Können beweisen, nicht nur den Piratenherrschern, welchen ihrem Ruf zu den Waffen gefolgt sind. Dazu müssen sie drei Dinge tun: Sie müssen den Kanonengolem überwinden, welcher die Gefahrenburg bewacht, die Schatzkammer des Orkankönigs plündern und Kerdak Knochenfaust aus dem Weg räumen, indem sie ihn gefangen nehmen oder sein Flaggschiff, die *Schnöder Mammon*, versenken und die *Orkankrone* an sich bringen. Nur so können sie allen gegenüber ihren Sieg beweisen und zeigen, dass sie es wert sind, die Fesseln zu beherrschen, indem sie den Thron für sich erobern.

Teil Zwei: Sturm auf die Gefahrenburg

Mit dem Sieg über die Chelische Armada und der Wahl der Piratenherrscher ist die Zeit reif, dass die SC nach Port Fährnis zurückkehren und den Orkankönig stürzen. Ehe sie aber Port Fährnis und die Herrschaft über die Fesseln für sich beanspruchen können, müssen sie einen waghalsigen Angriff auf die Festung des Orkankönigs – die Gefahrenburg – unternehmen und sich Kerdak Knochenfaust selbst stellen, um die *Orkankrone* und damit die Kronjuwelen der Piratennation an sich zu bringen.

Glücklicherweise befinden sich unter den Plänen, welche die SC von Barnabas Harrigan erbeuten konnten, auch Informationen, wie man heimlich in die Festung gelangen kann – Harrigan wollte Admirälin Thrune durch einen geheimen Eingang in die Kammer unter der Gefahrenburg führen, um den Orkankönig zu ermorden. Während daher die Piratenflotte der SC sich mit den Seestreitkräften des Orkankönigs befasst und Port Fährnis einnimmt, können die SC durch Harrigans geheimen Eingang in die Gefahrenburg vordringen, welcher in die Meereshöhlen unter der Burg führt, und so die meisten äußeren Verteidigungsanlagen der Festung umgehen. Harrigans Plänen nach liegt der Zugang zu diesem geheimen Weg in einem unauffälligen Lagerhaus am Südufer der Mammonfeste im Schatten der Gefahrenburg.

A. Die Mammonfeste

Die Insel, welche den Namen Mammonfeste trägt, liegt zwischen dem Festlandteil von Port Fährnis und dem Halbmondhafen. Das auffälligste Merkmal der Insel ist die Gefahrenburg, der Sitz des Orkankönigs, auf den Meeresklippen der Nordküste. Am Südufer befindet sich ein einzelner Steg, an dem Boote vom Festland oder die Schiffe von Besuchern anlegen können. Im Südwesten der Insel stehen mehrere Lagerhäuser und Gebäude mit Olivenölpressen. Im Osten befinden sich kleine Schlafgebäude für die Handwerker und Bediensteten, die tagsüber in und an der Burg arbeiten. An den südlichen Flanken der Klippen wachsen Haine mit Zitrusfrüchten, Feigen und Oliven. Eine Straße aus festgetretener Erde und Palmenbohlen führt von den Gebäuden zur Burg und endet an einer steilen Feldsteinrampe, welche die Klippen hinauf zum Haupttor der Burg führt.

B. Die Gefahrenburg

Die Gefahrenburg thront auf einem Felsengrat, welcher den Nordteil der Insel dominiert. Ganze sieben Türme erheben sich über die Steinmauern, auf denen Ballisten, Katapulte und andere Belagerungswaffen bereit stehen. Der höchste Turm dient zudem als Leuchtturm und wird Besmaras Licht genannt. Die Gefahrenburg ist ein weitläufiges Bauwerk mit vielen Räumen und Kammern, welche wenig Interessantes für Abenteurer enthalten, dafür aber Verteidiger und Nichtkämpfer wie Handwerker und Bedienstete.

Dieses Abenteuer geht davon aus, dass die SC keinen Frontalangriff gegen die Burg führen, sondern dank Harrigans Karten in die Meereshöhlen unter ihr eindringen. Du solltest die SC auch zu diesem Vorgehen ermutigen, da die Gefahrenburg nicht weiter im Einzelnen dargestellt wird. Sollten deine Spieler sich entscheiden, die Festung im herkömmlichen Sinn anzugreifen, wirst du die Burg und ihre Verteidiger ausarbeiten müssen, um deine Spieler vor angemessene Herausforderungen stellen zu können.

C. Verborgene Hafenausfahrt

Diese feste Klippe dient als der geheime Zugang zum verborgenen Hafen des Orkankönigs in den Meereshöhlen unter der Mammonfeste. Es gibt keinen Tunnel und keine Öffnung, welche in diese Höhlen führen, sondern nur nahezu 22 m dicken Fels. Der Orkankönig nutzt die Magie der *Orkankrone*, um diese Felswand zu öffnen und sein Schiff in die Meereshöhlen und wieder heraus zu bringen. Ohne die *Orkankrone* muss man auf eigene Magie zurückgreifen, um die Wand zu umgehen oder gar ein Schiff hindurch segeln zu lassen.

D. Lagerhaus an der Küste

Das Lagerhaus, in dem der Geheimgang in die Meereshöhlen unter der Gefahrenburg beginnt, steht an der Südwestspitze der Insel. Ein schmaler Trampelpfad führt am Ufer der Insel entlang zum einzigen Steg. Das Gebäude weist eine breite Doppeltür in der Südostwand auf, durch welche Wagen und große Güter gebracht werden können, sowie eine Tür an der Ostseite für Fußgänger. Die Doppeltür besteht aus gutem Holz und ist zu jeder Zeit verschlossen, während die normale Tür nur nachts verschlossen wird (Härte 5, 15 TP, Zerbrechen SG 18, Mechanismus ausschalten SG 25).

D1. Großer Lagerraum (HG 13)

Kisten, Fässer und andere Behälter sind in dieser großen Kammer gestapelt. An der südwestlichen Wand stehen mehrere Handkarren in Reih und Glied.

Dies ist der Hauptlagerraum des Gebäudes. Er enthält eine große Auswahl gewöhnlicher Handelsgüter.

Kreaturen: In diesem Raum hält sich auch der wichtigste Beschützer des Lagerhauses auf, ein Eisengolem. Alle Arbeiter tragen rote Armbinden und der Golem hat Befehl, jeden anzugreifen, der keine rote Armbinde trägt. Er steht ansonsten bewegungslos an der Nordwand. Sollten die SC

Aus dem Herzen der Hölle

die roten Armbinden angelegt haben, die sie in Bereich D2 finden können, ignoriert der Golem sie. Andernfalls greift er an, nutzt erst seine Odemwaffe und dann seine Hiebangriffe. Der Golem kämpft bis zur Vernichtung.

Eisengolem   HG 13
EP 25.600
TP 129 (PF MHB, Seite 131)

Schätze: Die hier gelagerten Handelsgüter sind 7 Punkte Plündergut wert und stellen eine Schiffsladung dar. Ferner gibt es hier zwei zerlegte Pfeilspringolfe (*Pathfinder Ausbauregeln II: Kampf*).

D2. Büros (HG 6)

Diese drei Räume sind identisch, in jedem gibt es Schreibtische und ein paar Stühle für die Angestellten.

Kreaturen: Tagsüber halten sich in jedem Raum zwei Arbeiter auf. Jeder trägt ein rotes Armband. Einer von ihnen ist der Vorarbeiter, welcher den Schlüssel für Bereich D5 bei sich hat. Die Arbeiter gehen Kämpfen aus dem Weg. Sollten sie angegriffen werden, versuchen sie, ihre Gegner nach Bereich D1 zu locken, damit sie es dort mit dem Eisengolem zu tun bekommen. Nachts befinden sich die Arbeiter in ihren Heimen und die Räume sind leer.

Lagerhausarbeiter (6)   HG 1
EP je 400
Werte wie Ladenbesitzer (*PF SLHB*, S. 270)
TP je 13

Entwicklung: Neben den Armbändern der Arbeiter gibt es im südlichsten Büro noch vier weitere Armbänder, welche Besucher nutzen können.

D3. Buchhaltung

Holzregale ziehen sich entlang der Wände dieses staubigen Raumes. Sie enthalten zahlreiche Schriftrollen und Kontenbücher.

Die Buchhaltung des Lagerhauses befindet sich in diesem Raum. Die Unterlagen geben detailliert die letzten Handelsjahre mit diversen gewöhnlichen Waren wieder. Es gibt hier nichts von Wert.

D4. Wachraum (HG 12)

In diesem Raum stehen ein einfacher Tisch und ein paar Stühle. Im Süden führt eine Treppe nach oben.

Die Treppe im Süden führt zu den einfachen Wohnunterkünften der Wachen hinauf.

Kreaturen: Vier Piratenwachen sind hier rund um die Uhr positioniert. Sie tragen alle rote Armbänder wegen des Golems in Bereich **D1**. Da das Lagerhaus bereits von dem Golem geschützt wird, sind die Wachen faul und unaufmerksam geworden und kommen bei Unruhen erst nachsehen, wenn aus Bereich **D1** kein Kampflärm mehr erklingt.

PIRATENWACHEN (4)   HG 8

EP je 4.800
Menschliche Schurken (Degenhelden) 9 (*PF EXP*, S. 138)
NB Mittelgroße Humanoide (Menschen)
INI +7; **Sinne** Wahrnehmung +12

VERTEIDIGUNG
RK 21, Berührung 14, auf dem falschen Fuß 17 (+1 Ausweichen, +3 GE, +2 natürlich, +5 Rüstung)
TP je 80 (9W8+36)
REF +11, **WIL** +3, **ZÄH** +7; +3 gegen Furcht
Verteidigungsfähigkeiten Entrinnen, Verbesserte Reflexbewegung, Wagemut* +3

ANGRIFF
Bewegungsrate 9 m
Nahkampf *Entermesser* +1, +11/+6 (1W6+4/18–20)
Fernkampf Handarmbrust [Meisterarbeit] +10 (1W4/19–20 plus Gift)
Besondere Angriffe Hinterhältiger Angriff +5W6

TAKTIK
Im Kampf Die Wachen nehmen Gegner in die Zange, um Hinterhältige Angriffe auszuführen. Sie nutzen ihre Schurkentricks Defensiver Hinterhältiger Angriff und Überfallführer.
Moral Die Wachen ergeben sich oder fliehen, wenn sie auf unter 16 TP reduziert werden.

SPIELWERTE
ST 16, **GE** 16, **KO** 14, **IN** 12, **WE** 10, **CH** 8
GAB +6; **KMB** +9; **KMV** 23
Talente Abhärtung, Ausweichen, Blitzschnelle Reflexe, Große Zähigkeit, Heftiger Angriff, Verbesserte Initiative, Waffenfokus (Entermesser)
Fertigkeiten Akrobatik +17, Beruf (Seefahrer) +8, Bluffen +11, Einschüchtern +11, Entfesselungskunst +14, Fingerfertigkeit +10, Heimlichkeit +14, Klettern +14, Motiv erkennen +12, Schätzen +8, Schwimmen +10, Wahrnehmung +12
Sprachen Gemeinsprache, Polyglott
Besondere Eigenschaften Kampfausbildung*, Schurkentricks (Blutende Wunde +5, Defensiver Hinterhältiger Angriff*, Überfallführer*, Waffentraining)
Kampfausrüstung *Trank: Leichte Wunden heilen*, 2 Anwendungen Gift eines großen Skorpions, Verstrickungsbeutel; **Sonstige Ausrüstung** *Kettenhemd +1, Entermesser +1*, Handarmbrust [Meisterhandwerk] mit 10 Bolzen, *Amulett der natürlichen Rüstung +2*
* Siehe *Pathfinder Expertenregeln*.

D5. Tresorraum

Die einzige in diesen Raum führende Tür besteht aus starkem Holz und ist verschlossen (Härte 5, 20 TP, Zerbrechen SG 25, Mechanismus ausschalten SG 25). Der Vorarbeiter in Bereich **D2** besitzt den einzigen Schlüssel. Die wertvollsten Güter werden in den Regalen dieser Kammer gelagert.

Schätze: Insgesamt lagern hier Waren im Wert von 5 Punkten Plündergut.

D6. Werkstatt

Holzbretter und Tischlerwerkzeug lagern in diesem Raum. Hier werden Kisten, Fässer, Paletten und andere Behälter für die im Lagerhaus verwahrten Güter hergestellt.

D7. Lagerraum für Flüssigkeiten

Hölzerne Trennwände unterteilen diese lange Kammer in mehrere Abteilungen. Große Fässer und Keramikkrüge sind in diesen Abteilungen gestapelt.

In dieser Kammer lagern Weine, Olivenöl, Alkoholika und andere flüssige Güter. Ein großes Rumfass in der östlichsten Abteilung verbirgt eine geheime Falltür im Boden. Um die Falltür unter dem Fass aufzuspüren, ist ein Fertigkeitswurf für Wahrnehmung gegen SG 30 erforderlich. Sollten die SC Harrigans Notizen benutzen, beträgt der SG nur 20. Keiner der Arbeiter und keine der Wachen weiß von der Falltür. Das Fass wiegt allerdings über 2.000 Pfund und muss von der Falltür geschafft werden, um an diese heranzukommen.

Unter der Tür führt eine rostige Eisenleiter 7,50 m nach unten in einen aus dem Fels gehauenen Tunnel. Dieser Tunnel windet sich etwa 150 m weit nach Nordosten und endet an einer Geheimtür (Wahrnehmung SG 20), welche nach Bereich **E1** führt.

Schätze: Das Olivenöl, der Rum und der Wein in diesem Raum sind 3 Punkte Plündergut wert.

E. Vergessene Gruften

Der erste Orkankönig der Fesselinseln, Tarpin Eisen, errichtete diese Gruften unter der Mammonfeste für die Kadaver getöteter Feinde, die er einer Seebestattung als nicht würdig erachtete. Die Gruften sind nur über geheime Türen zugängig und wurden mit Tarpins Tod vergessen. Die bestatteten, dem Vergessen anheimgefallenen Leichen haben sich als Untote erhoben und wollen sich an allen Lebewesen rächen, die ihr Grab betreten.

Aus dem Herzen der Hölle

E1. Besmaras Schrein

Flackerndes blaugrünes Licht erhellt diesen feuchten Raum. Im Süden steht in einer Nische die Steinstatue einer Frau in Piratenkleidung, Augenklappe inklusive. Sie hält ein Entermesser in einer Hand und aus den Falten ihrer Kleidung reichen Tentakel, um ihren Leib zu umarmen. Einst war die Statue hell und grell angestrichen, doch die meisten Farbpigmente sind abgeblättert und der grüne Stein darunter liegt größtenteils frei. Das blaugrüne Leuchten stammt von flackernden Flammen, welche im Haar der Statue tanzen.

Dieser Schrein wurde von Tarpin Eisen erbaut. Wie bei den Gruften hat sich seit Jahrzehnten niemand mehr um ihn gekümmert. Mit einem Fertigkeitswurf für Wissen (Religion) gegen SG 15 kann man die Statue als eine Darstellung der Piratenkönigin Besmara erkennen, Göttin der Piraterie und der Seemonster. Die Geheimtür in der Westwand kann man mit einem Fertigkeitswurf für Wahrnehmung gegen SG 20 finden. Hinter ihr liegt ein nach Süden führender Tunnel, welcher schließlich im Lagerhaus in Bereich **D7** endet.

E2. Unterkunft des Kirchendieners

Der Küster, welcher sich um die Gruften gekümmert hat, lebte früher in dieser Kammer. Er ist schon lange tot und nur abgenutzte Möbelstücke sind zurückgeblieben.

Schätze: Mit einem Fertigkeitswurf für Wahrnehmung gegen SG 20 kann man ein goldenes heiliges Symbol der Besmara (Wert 100 GM) unter dem altersschwachen Bett in ein verrottendes Kopftuch eingewickelt finden.

E3. Hauptkammer

Aus dieser Kammer führen vier Doppeltüren in die vier Himmelsrichtungen. An mehreren Stellen befinden sich uralte Blutflecken.

In diesem Raum wurden die Leichen abgelegt, welche der Kirchendiener dann in den angrenzenden Gruften bestattete. Manchmal wurden auch lebende Gefangene hierher gebracht, die dann vor Ort getötet wurden, um die Beseitigung der Leichen zu vereinfachen. Der Raum ist nun leer.

E4. Eingestürzte Gruft (HG 12)

Begräbnisnischen mit skelettierten Überresten ziehen sich an der Süd- und der Ostwand dieser Gruft entlang. Etwa mittig der Nordwand ist die Decke eingestürzt und hat diesen Teil des Raumes unter Tonnen von Erde und Fels begraben.

Kreaturen: Tarpin Eisen hat einige seiner schlimmsten Feinde hier fern ihrer Schiffe und Mannschaften begraben, um ihnen eine angemessene Seebestattung zu verweigern. Diese Piraten haben sich voller Zorn als Duppys erhoben, körperlose Untote mit bestialischen Zügen, die von hungrigen, geisterhaften Hunden begleitet werden. Wenn eine lebende Kreatur die Tür der Gruft öffnet, erfüllt unirdisches Heulen die Luft, während sich die sieben rachsüchtigen Duppies aus ihren Leichen erheben und zum Angriff übergehen.

DUPPYS   HG 7

EP je 3.200 (*ALM Fesselarchipel*, S. 45)
CB Mittelgroße Untote (Körperlos)
INI +10; **Sinne** Dunkelsicht 18 m; Wahrnehmung +14
Aura Unnatürliche Aura (9 m)

VERTEIDIGUNG
RK 20, Berührung 20, auf dem falschen Fuß 14 (+4 Ablenkung, +6 GE)
TP 76 (9W8+36)
REF +11, **WIL** +8, **ZÄH** +7,
Immunitäten wie Untote; **Verteidigungsfähigkeiten** Körperlos, Resistenz gegen Fokussieren +2; **Schwächen** Empfindlichkeit gegen Auferstehung, Machtlos im Sonnenlicht

ANGRIFF
Bewegungsrate Fliegen 12 m (Perfekt)
Nahkampf Körperlose Berührung +12 (2W8 Negative Energie plus 1W6 ST-Entzug)
Besondere Angriffe Heißhungrige Hunde

TAKTIK
Im Kampf Die Duppys rufen ihre heißhungrigen Hunde während der ersten Kampfrunden herbei und greifen dann mit ihren körperlosen Berührungsangriffen an. Sie konzentrieren ihre Angriffe zunächst auf als solche erkennbare Piraten und Seefahrer.
Moral Die Duppys kämpfen bis zur Zerstörung.

SPIELWERTE
ST —, **GE** 22, **KO** —, **IN** 13, **WE** 15, **CH** 19
GAB +6; **KMB** +12; **KMV** 26
Talente Angriff im Vorbeifliegen, Ausfall, Blitzschnelle Reflexe, Dranbleiben, Verbesserte Initiative
Fertigkeiten Einschüchtern +16, Fliegen +26, Heimlichkeit +18, Motiv erkennen +14, Wahrnehmung +14

BESONDERE FÄHIGKEITEN
Empfindlichkeit gegen Auferstehung (ÜF) Ein auf einen Duppy gewirktes *Tote erwecken* oder ähnlicher Zauber zerstört ihn, sofern ihm kein Willenswurf gelingt. Der Zauber erfordert in diesem Fall keine Materialkomponente.
Heißhungrige Hunde (ZF) Ein Duppy kann einmal am Tag als Standard-Aktion ein Rudel körperloser Hunde für 1W4+3 Runden erschaffen. Die heißhungrigen Hunde greifen als Einheit mit Angriffsbonus von +11 an und verursachen bei einem Treffer 2W6+3 Punkte Energieschaden (der Bedrohungsbereich für Kritische Treffer ist 20). Diese Fähigkeit entspricht ansonsten dem Zauber *Des Magiers Schwert* auf ZS 7.
Stärkeentzug (ÜF) Kreaturen, die vom Berührungsangriff eines Duppys getroffen werden, müssen einen Zähigkeitswurf gegen SG 18 bestehen oder sie erleiden 1W6 Punkte Stärkeentzug. Mit jedem erfolgreichen Angriff erhält der Duppy 5 temporäre Trefferpunkte. Der SG des Rettungswurfes basiert auf Charisma.

E5. Überschwemmte Gruft (HG 13)

Diese Gruft ist nur teilweise fertiggestellt – in die Ostwand wurden Begräbnisnischen gearbeitet, doch die Nord- und die Westwand dagegen besteht aus nur grob bearbeitetem Stein. Im Nordwesten hat sich der Boden abgesenkt und so die Bildung einer dunklen Wasserlache ermöglicht.

Der kleine Teich im Nordwesten ist voller Algen und 1,50 m tief. Mit einem Fertigkeitswurf für Wahrnehmung findet man eine Geheimtür in der zweiten Begräbnisnische von Norden her gezählt. Hinter der Geheimtür liegt ein etwa 120 m langer, abknickender Tunnel, welcher nach Nordosten führt zu Bereich **F1**.

Kreaturen: Vier vom Schicksal verdammte Piratenkapitäne, die eine gescheiterte Meuterei gegen Tarpin Eisen angeführt hatten, wurden in dieser Gruft bestattet. Ihr Hass auf Eisen war so groß, dass er auch über den Tod hinaus Bestand hatte. Als dann das Meerwasser in die Gruft sickerte, erhoben sich Toten als Draugr-Kapitäne – seepockenverkrustete Leichen mit glühenden roten Augen, die immer noch zerrissene Piratenkleidung tragen. Die vier Draugr-Piratenkapitäne greifen jeden an, der ihre Gruft betritt.

DRAUGR-PIRATENKAPTÄNE (4) — **HG 9**

EP je 6400
Draugrkapitän-Kämpfer 6 (*PF MHB II, S. 90*)
CB Mittelgroße Untote (Wasser)
INI +3; **Sinne** Dunkelsicht 18 m; Wahrnehmung +15

VERTEIDIGUNG
RK 23, Berührung 13, auf dem falschen Fuß 20 (+3 GE, +4 natürlich, +6 Rüstung)
TP je 110 (9 TW; 3W8+6W10+60)
REF +8, **WIL** +8, **ZÄH** +11; +2 gegen Furcht
Immunitäten wie Untote; **Resistenzen** Feuer 10; **SR** 5/Hieb- oder Wuchtschaden; **Verteidigungsfähigkeiten** Tapferkeit +2

ANGRIFF
Bewegungsrate 9 m, Schwimmen 9 m
Nahkampf Zweihänder [Meisterarbeit] +19/+14 (2W6+15/17–20 plus Lebenskraftentzug) oder Hieb +16 (1W10+12 plus Lebenskraftentzug)
Besondere Angriffe Lebenskraftentzug (1 Stufe, SG 18), Waffentraining (Schwere Klingenwaffen +1)
Zauberähnliche Fähigkeiten (ZS 5; Konzentration +10)
3/Tag – *Verhüllender Nebel*

TAKTIK
Im Kampf Die Draugr-Piratenkaptäne erfüllen die Gruft zu Beginn des Kampfes mit *Verhüllendem Nebel*. Zum letzten Mal haben sie bei ihrer gescheiterten Meuterei zusammengearbeitet, nun kämpfen sie jeder für sich und lassen ihren Zorn an der nächsten Kreatur in ihrer Reichweite aus. Im Nebel verwenden sie ihr Talent Blind kämpfen.
Moral Die Draugr-Kapitäne kämpfen bis zur Zerstörung.

SPIELWERTE
ST 26, **GE** 17, **KO** —, **IN** 12, **WE** 16, **CH** 20
GAB +8; **KMB** +16; **KMV** 29
Talente Abhärtung, Ausfall, Blind kämpfen, Blitzschnelle Reflexe, Fähigkeitsfokus (Lebenskraftentzug), Heftiger Angriff, Verbesserter Kritischer Treffer (Zweihänder), Waffenfokus (Zweihänder), Waffenspezialisierung (Zweihänder)
Fertigkeiten Beruf (Seefahrer) +15, Heimlichkeit +13, Klettern +15, Schwimmen +14, Wahrnehmung +15
Sprachen Gemeinsprache, Polyglott (kann nicht sprechen)
Besondere Eigenschaften Rüstungstraining 1
Ausrüstung Brustplatte [Meisterarbeit], Zweihänder [Meisterarbeit]

F. Die Schanze des Orkankönigs

Im Falle eines Angriffes auf Port Fährnis oder die Gefahrenburg kann sich der Orkankönig in die unter der Mammonfeste verborgenen Meereshöhlen zurückziehen und den Angriff aussitzen oder fliehen. Diese unterirdische Schanze wurde errichtet, um den Rückzugsweg zu sichern und gegen Verfolger zu verteidigen. Weder der aktuelle Orkankönig, noch die Verteidiger der Schanze wissen, dass es auch eine Verbindung zu Tarpin Eisens vergessenen Grüften gibt. Sofern nicht anders vermerkt, bestehen alle Türen in diesem Bereich aus starkem Holz (Härte 5, 20 TP, Zerbrechen SG 25). Verwende die Karte auf Seite 28.

F1. Geheime Höhle

Der lange Tunnel endet in einer kleinen, feuchten, aus dem Fels gehauenen Höhle. Der bleiche Kalkstein ist von dunklen Granitadern durchzogen. Der Boden ist rau und sandbedeckt.

Der geheime Tunnel, der in Bereich **E5** beginnt, endet in dieser Höhle. Man kann die Geheimtür in der Nordwand mit einem Fertigkeitswurf für Wahrnehmung gegen SG 30 entdecken. Sollten die SC Harrigans Plänen folgen, sinkt der SG auf 20. Die Tür führt nach Bereich **F2**. Keine der Personen in der Schanze wissen von der Existenz der Tür.

F2. Versammlungshalle

In gleichen Abständen angebrachte Fackeln erhellten diese unregelmäßige, mit einer Gewölbedecke ausgestattete Kammer. Mehrere Türen ermöglichen aus unterschiedlichen Richtungen den Zugang.

Sich aus der Burg zurückziehende Verteidiger können sich in dieser Kammer neu formieren und auch die Wachen der Schanze und der Meereshöhlen nutzen sie als Sammelplatz. Ansonsten findet der Raum auch als Messehalle Verwendung. Er wird von fünf Ewigen Fackeln erhellt. Die Geheimtür im Süden kann mittels eines Fertigkeitswurfes für Wahrnehmung gegen SG 30 gefunden werden. Die beiden Geheimtüren im Osten nach Bereich **F7c** dagegen mit einem SG von 20.

Kreaturen: Kerdak Knochenfaust hat eine seiner neuesten Erwerbungen vor den Türen nach Bereich **F7** positioniert, um seinen Rückzug zu decken – einen Kanonengolem. Der Golem befolgt die Befehle des Waffenmeisters der Schanze und feuert seine Kanonen auf jeden unerwünschten Eindringling ab.

Aus dem Herzen der Hölle

Kanonengolem	HG 15
EP 51.200	
TP 140 (*PF MHB III*)	

F3. Unterkunft des Waffenmeisters

Dieser Schlafraum wird von einem großen Glastank an der Westwand dominiert. Der Tank wird von oben her beleuchtet und enthält neben einem künstlichen Riff eine Sammlung farbenfroher, exotischer Meerestiere.

Diese Kammer ist die Unterkunft der Waffenmeisterin der Schanze, Kathalie Dreifinger. Diese verbringt einen Gutteil ihrer Zeit und ihres Gehalts damit, nach exotischen Fischen für ihr Aquarium zu suchen und zu erwerben. Das Aquarium wird von *Ewigen Fackeln* erhellt, die unter dem Deckel angebracht sind. Da die Schanze gegenwärtig in Alarmbereitschaft ist, ist der Raum leer, da Kathalie sich im Spießrutenlauf (Bereich **F7**) positioniert hat.

F4. Galerie der Bombenwerfer (HG 13)

Von diesem Wachraum aus hat man den Tunnel (Bereich **F5**) im Blick, welcher zur Gefahrenburg hinaufführt. Die nordöstliche Wand der Kammer ist eine *Illusionswand* (Willen, SG 22 zum Anzweifeln), welche den Wachraum vom Tunnel trennt.

Kreaturen: Vier Piratenbombenwerfer sind auf der Galerie zu jeder Zeit positioniert. Sie können zwar nicht durch die *Illusionswand* sehen, lauschen aber nach dem Geräusch des *Alarms* in Bereich **F5**. Sollte dieser erklingen, trinken sie ihre *Extrakte: Arkanes Auge*, um durch die Wand zu sehen. Falls sie Eindringlinge bemerken, werfen sie Bomben durch die *Illusionswand*. Die Bombenwerfer rechnen mit Angriffen aus Bereich **F5** und verlassen ihre Stellung nicht. Sollte der Kanonengolem in Bereich **F2** verstummen, gehen sie nachsehen.

Piratenbombenwerfer (4)	HG 9

EP je 6.400 each
Menschliche Alchemisten 10 (*PF EXP*, S. 26)
CB Mittelgroße Humanoide (Menschen)
INI +6; **Sinne** Dämmersicht, *Unsichtbares sehen*; Wahrnehmung +17

VERTEIDIGUNG
RK 24, Berührung 16, auf dem falschen Fuß 18 (+6 GE, +6 natürlich, +2 Rüstung)
TP je 93 (10W8+45)
REF +15, **WIL** +7, **ZÄH** +11
Immunitäten Feuer, Gift

ANGRIFF
Bewegungsrate 9 m
Nahkampf Stachelhandschuh [Meisterarbeit] +16/+11 (1W4 plus Gift)
Fernkampf Bombe +17/+12 (5W6+4 Feuer oder Säure) oder Schnelles Schießen +15/+15/+10 (5W6+4 Feuer oder Säure)
Besondere Angriffe Bombe 14/Tag (5W6+4 Feuer oder Säure, SG 19)
Vorbereitete Alchemistenextrakte (ZS 10)
4. – Arkanes Auge, Drachenodem* (SG 18)
3. – Hast, Heldenmut, Schutz vor Energien, Schwere Wunden heilen
2. – Falsches Leben, Katzenhafte Anmut, Rindenhaut, Schwarm ausspeien*, Unsichtbares sehen
1. – Auge des Bombenwerfers*, Leichte Wunden heilen, Scharfe Sinne*, Schneller Rückzug, Springen, Zielsicherer Schlag

TAKTIK
Vor dem Kampf Die Piratenbombenwerfer nehmen jeden Tag ihre *Extrakte: Falsches Leben* zu sich. Wenn sie aus Bereich **F2** Kampflärm hören, trinken sie zudem ihre Mutagene und *Extrakte: Heldenmut, Katzenhafte Anmut, Rindenhaut, Scharfe Sinne, Schutz vor Energien* und *Unsichtbares sehen*.
Im Kampf Die Piratenbombenwerfer trinken in der ersten Kampfrunde ihre *Extrakte: Hast* und nutzen Schnelles Schießen, um zusätzliche Bomben zu werfen. Sie nutzen Energiebomben, um Gegner bewegungsunfähig zu machen, oder Bannbomben gegen Zauberkundige. Die Bombenwerfer trinken zudem *Extrakte: Drachenodem* oder *Schwarm ausspeien* gegen Gruppen von Gegnern. Sollten die Bombenwerfer im Nahkampf in die Enge getrieben werden, nutzen sie ihre Fähigkeit Schnelles Vergiften, um Gift von Riesenwespen auf ihre Stachelhandschuhe zu streichen.
Moral Ein Piratenbombenwerfer flieht, wenn er auf unter 20 TP reduziert wird.
Grundwerte Ohne ihre Extrakte und Mutagene haben die Bombenwerfer die folgenden Spielwerte **RK** 14, Berührung 12, auf dem falschen Fuß 12; **TP** 78; **REF** +9, **WIL** +6, **ZÄH** +9; **Nahkampf** Stachelhandschuh [Meisterarbeit] +10/+5 (1W4 plus Gift); **Fernkampf** Bombe +11/+6 (5W6+4 Feuer); **GE** 14, **WE** 12; **KMV** 19; **Fertigkeiten** -2 auf alle Fertigkeiten, Wahrnehmung +14.

SPIELWERTE
ST 10, **GE** 22, **KO** 14, **IN** 18, **WE** 10, **CH** 8
GAB +7; **KMB** +7; **KMV** 23
Talente Eiserner Wille, Improvisierter Fernkampf, Kernschuss, Schnelles Schießen, Trank brauen, Umgang mit Exotischen Waffen (eine Belagerungswaffe), Waffenfinesse, Waffenfokus (Bombe)
Fertigkeiten Beruf (Seefahrer) +10, Fingerfertigkeit +21 Handwerk (Alchemie) +19, Heimlichkeit +18, Schwimmen +12, Wahrnehmung +17, Wissen (Arkanes) +19, Wissen (Baukunst) +16, Wissen (Lokales) +11, Zauberkunde +19
Sprachen Elfisch, Gemeinsprache, Osirisch, Polyglott, Zwergisch
Besondere Eigenschaften Alchemie (alchemistische Gegenstände herstellen +10, Tränke identifizieren), Mutagen (+4/-2, +2 natürlich, 100 Minuten), Entdeckungen (Säurebombe, Bannbombe, Schnelle Bomben, Energiebomben [5W4+4 Energieschaden plus Niederwerfen], Präzisionsbombe [4 Felder]), Gift einsetzen, Schnelle Alchemie, Schnelles Vergiften

Piratenbombenwerfer

Aus dem Herzen der Hölle

Kampfausrüstung *Trank: Unsichtbarkeit*, 4 Anwendungen Gift einer Riesenwespe, *Flüssiges Eis** (2x), Mutagen (GE), Donnersteine (2x); **Sonstige Ausrüstung** Stachelhandschuh [Meisterarbeit], *Rüstungsarmschienen +2*, Alchemistenausrüstung*, Formelbuch (enthält alle vorbereiteten Formeln), 40 GM
* Siehe *Pathfinder Expertenregeln*.

F5. Tunnel an die Oberfläche

Die Tür zu diesem Tunnel ist verschlossen (Mechanismus ausschalten SG 30). Kathalie Dreifinger (Bereich **F7c**) besitzt den einzigen Schlüssel, um sie zu öffnen. Der Tunnel führt zu einem verborgenen Eingang im Bergfried der Gefahrenburg. Im Korridor wurde ein permanenter hörbarer *Alarm*-Zauber 15 m nördlich der *Illusionswand* in Bereich **F4** platziert, um die dort postierten Wachen vor Eindringlingen zu warnen.

F6. Unterkünfte

Grob gearbeitete Stockbetten reihen sich entlang der Wände dieser Unterkünfte für die Wachen der Schanze. Schließkisten mit schmutziger Wäsche, Wetzsteinen, Geschirr, halbleeren Grogflaschen und ähnlichen persönlichen Dingen stehen wild über den Raum verteilt. Da alle Wachen in Bereitschaft sind, ist dieser Raum leer.

F7. Der Spießrutenlauf (HG 14)

Am westlichen und am östlichen Ende dieses achteckigen Raumes befindet sich jeweils eine Doppeltür. Dazwischen befinden sich in der Nord- und der Südwand Schießscharten.

Die Verteidiger der Schanze bezeichnen diese Räume als „den Spießrutenlauf", da sie eine enge, leicht zu verteidigende Passage zwischen der Schanze und den Meereshöhlen bilden. Der Spießrutenlauf besteht aus den Räumen **F7a** und **F7b**, da der einzige Weg zu den Meereshöhlen diese hindurchführt. Diese Räume werden von Wachräumen (Bereich **F7c**) im Norden und im Süden flankiert, so dass dort postierte Wachen durch die Schießscharten hinein schießen können. Alle Türen in diesem Bereich bestehen aus Stein und sind verschlossen (Härte 8, 60 TP, Zerbrechen SG 28, Mechanismus ausschalten SG 30). Kathalie Dreifinger (siehe unten, Kreaturen) besitzt den einzigen Schlüssel für diese Türen.

Hinter Bereich **F7b** neigt sich der Korridor abwärts und führt nach etwa 90 m nach Bereich **G** in den Meereshöhlen. Die Geheimtür in Bereich **F7c** kann mittels eines Fertigkeitswurfes für Wahrnehmung gegen SG 20 gefunden werden.

Kreaturen: Vier Piratenscharfschützen (darunter die Waffenmeisterin Kathalie Dreifinger) sind in Bereich **F7c** stationiert – zwei auf jeder Seite des Spießrutenlaufs. Sie warten, bis sich so viele Eindringlinge wie möglich in Bereich **F7a** befinden, bevor sie manuell die Falle dort auslösen, welche zudem die hinausführenden Türen schließt und verriegelt. Anschließend eröffnen die Scharfschützen durch die Schießscharten das Feuer. Die Scharfschützen haben verbesserte Deckung. Bei Bereich **F7b** gehen sie nach derselben Taktik vor. Kathalie besitzt Schlüssel zu allen Türen der Schanze.

PIRATENSCHARFSCHÜTZE (4)	**HG 9**

EP je 6.400
Elfische Kämpfer (Armbrustschützen) 7/Schurken (Heckenschützen) 3 (*PF EXP*, S. 98, 140)
RB Mittelgroße Humanoide (Elfen)
INI +4; **Sinne** Dämmersicht; Wahrnehmung +16

VERTEIDIGUNG
RK 23, Berührung 16, auf dem falschen Fuß 18 (+1 Ablenkung, +4 GE, +5 Rüstung, +2 Schild)
TP je 83 (10 TW; 7W10+3W8+27)
REF +11, **WIL** +6, **ZÄH** +9; +2 gegen Furcht, +2 gegen Verzauberung
Immunitäten Schlaf; **Verteidigungsfähigkeiten** Entrinnen, Tapferkeit +2

ANGRIFF
Bewegungsrate 9 m
Nahkampf Streitaxt [Meisterarbeit] +12/+7 (1W8+2/×3)
Fernkampf Leichte Schwarzholzarmbrust +1, +16/+11 (1W8+4/17–20 plus 1W6 Feuer) oder
Schnelles Schießen +14/+14/+9 (1W8+4/17–20 plus 1W6 Feuer)
Besondere Angriffe Armbrustexperte* +1, Hinterhältiger Angriff +2W6, Scharfschützentraining I+II*, Tödliche Entfernung*, Treffsicherheit*

TAKTIK
Vor dem Kampf Die Piratenscharfschützen bestreichen ihre Bolzen mit *Öl: Flammenpfeil*, sobald Alarm gegeben wird.
Im Kampf Die Piratenscharfschützen bereiten Angriffe mit ihren Armbrüsten vor, wenn die Fallen im Spießrutenlauf ausgelöst wurden. Sie nutzen Tödliche Zielgenauigkeit in Verbindung mit ihrem Scharfschützentraining, um auf 12 m Hinterhältige Angriffe auszuführen. Anschließend führen sie mit Schnellem Schießen Volle Angriffe aus und nutzen Verstrickungsbolzen, um Gegner festzusetzen und in ihrem Schussfeld zu halten.
Moral Sollte ein Piratenscharfschütze auf unter 20 TP reduziert werden, flieht er.

SPIELWERTE
ST 14, **GE** 18, **KO** 12, **IN** 12, **WE** 12, **CH** 8
GAB +9; **KMB** +11; **KMV** 27
Talente Abhärtung, Ausweichen, Kernschuss, Konzentrierter Beschuss**, Schnelles Nachladen, Tödliche Zielgenauigkeit, Verbesserter Kritischer Treffer (Leichte Armbrust), Waffenfokus (Leichte Armbrust), Waffenspezialisierung (Leichte Armbrust)
Fertigkeiten Akrobatik +16, Beruf (Seefahrer) +10, Heimlichkeit +16, Klettern +9, Schwimmen +9, Wahrnehmung +16, Wissen (Baukunst) +6
Sprachen Elfisch, Gemeinsprache, Polyglott
Besondere Eigenschaften Elfenmagie, Schurkentricks (Auge des Scharfschützen*), Waffenvertrautheit
Kampfausrüstung *Öl: Flammenpfeil*, *Tränke: Leichte Wunden heilen* (2x), *Armbrustbolzen des Verderbens (Mensch) +1* (2x), *Verstrickungsbolzen** (2x); **Sonstige Ausrüstung** *Kettenhemd +1*, *Tartsche +1*, *Leichte Schwarzholzarmbrust +1* mit 40 Bolzen, Streitaxt [Meisterarbeit], *Resistenzumhang +2*, *Schutzring +1*, 28 GM
* Siehe *Pathfinder Expertenregeln*.
** Siehe *Pathfinder Ausbauregeln II: Kampf*.

Fallen: Bereich **F7a** enthält eine Klingenkammerfalle, welche den Raum mit wirbelnden Klingen füllt. Bereich **7b** enthält eine Feuerdrakafalle, welche Alchemistenfeuer in der Kammer versprüht. Beide Fallen schließen und verriegeln zudem die Tür zu ihrem Wirkungsbereich, wenn sie ausgelöst werden.

KLINGENKAMMERFALLE HG 9
EP 6.400
Art Mechanisch; **Wahrnehmung** SG 25; **Mechanismus ausschalten** SG 25
EFFEKT
Auslöser Manuell; **Wirkungsdauer** 1W4 Runden; **Rücksetzer** Manuell; **Umgehen** Schalter in Bereich **F7c**
Effekt Nahkampfangriff +20 (3W8) plus Schließen und Verriegeln aller Türen in Bereich **F7a**; mehrere Ziele (alle Ziele in Bereich **F7a**)

FEUERDRAKAFALLE HG 9
EP 6.400
Art Mechanisch; **Wahrnehmung** SG 20; **Mechanismus ausschalten** SG 25
EFFEKT
Auslöser Manuell; **Wirkungsdauer** 1W4 Runden; **Rücksetzer** Manuell; **Umgehen** Schalter in Bereich **F7c**
Effekt Strahlen aus Alchemistenfeuer (6W6 Feuerschaden, REF SG 20, halbiert) plus Schließen und Verriegeln aller Türen in Bereich **F7b**; mehrere Ziele (alle Ziele in Bereich **F7b**)

TEIL DREI: DIE MEERESHÖHLEN DER MAMMONFESTE

Lange bevor die Fesselinseln zur heutigen Piratenkonföderation wurden, dienten die Meereshöhlen unter der Insel Mammonfeste als Zuflucht für Schmuggler von Waren und Rum. Während Port Fährnis aber wuchs und der Bedarf an Schmugglern in einem derart sündigen Hafen sank, wurden die Meereshöhlen auf der kleinen Insel immer weniger genutzt und gerieten schließlich in Vergessenheit. Orkankönig Tarpin Eisen entdeckte die Höhlen, als er die Kontrolle über Port Fährnis an sich riss und die Gefahrenburg auf der Mammonfeste errichtete. Eisen versiegelte die äußeren Zugänge zu den Meereshöhlen und baute sie zu einem geheimen Ankerplatz um, welcher über unterirdische Tunnel von seiner Festung aus zugänglich war. Mittels der Magie der *Orkankrone* konnte Kapitän Eisen sein Flaggschiff, die *Seefrau*, durch den Felsen selbst segeln, um aufs offene Meer zu gelangen. Um sein Geheimnis zu schützen, ermordete er jeden, der an dem Bauprojekt beteiligt gewesen war.

Eisens Nachfolger als Orkankönig, sein früherer Erster Maat Glick Hyde, verbündete sich mit einem Seehexenzirkel und tötete einen mächtigen Bronzedrachen, welcher es sich zur Aufgabe gemacht hatte, die Schifffahrtslinien zu beschützen. Durch die Magie der Hexen ließ er ihn als Skelett wiederbeleben und brachte den untoten Drachen und sein Schiff, *die Betrügerei*, in die Höhlen, um seinen ehemaligen Kapitän anzugreifen. Mit Hilfe des Untoten besiegte Hyde Eisen, versenkte die *Seefrau* in der Höhle und schlachtete ihre Mannschaft ab. Dann beanspruchte er die *Orkankrone* für sich selbst und ließ den untoten Drachen in den Meereshöhlen als Wächter des geheimen Ankerplatzes zurück.

In den folgenden Jahrzehnten haben zehn weitere Orkankönige die *Orkankrone* genutzt, um ihre Schiffe in den Höhlen der Mammonfeste zu verbergen. Sie haben ihre Besatzungen mittels Drohungen, Magie oder dem Tod selbst auf Geheimhaltung eingeschworen. Obwohl man auf den Fesseln weithin glaubt, dass der Orkankönig einen geheimen Ankerplatz besitze, ist bisher niemand dem Geheimnis auf die Spur gekommen.

Seit Kerdak Knochenfaust vor 38 Jahren Orkankönig wurde, geht er mit seiner *Schnöder Mammon* ebenfalls im geheimen Hafen unter der Gefahrenburg vor Anker. Die Verteidigung der Höhlen lässt er in den fähigen Händen

Piratenscharfschütze

Aus dem Herzen der Hölle

einer Truppe blutdurstiger Werhaipiraten. Knochenfaust hat bisher umsichtig alle Gerüchte über den geheimen Ankerplatz zum Verstummen gebracht und selbst irreführende Gerüchte in Umlauf gebracht, welche Suchende auf eine wilde Schnitzeljagd anderswo führen würden.

Wenn die Flotte der SC Port Fährnis angreift, flieht Kerdak Knochenfaust in die Meereshöhlen, um den Angriff auszusitzen. Er hofft, dass die Flotte von Port Fährnis und die Wachen der Gefahrenburg alle Möchtegernthronräuber aufhalten. Knochenfaust weiß nicht um den geheimen Tunnel, durch den die SC wahrscheinlich in die Höhlen eindringen, so dass er auf seinem Flaggschiff, der *Schnöder Mammon*, im Verborgenen Hafen bleibt (Bereich **P**). Selbst wenn bekannt wird, dass die SC in den Höhlen sind, bleibt der Orkankönig seinem sturen Wesen treu ergeben und ist sich sicher, dass seine Wachen sie aufhalten werden. Überhaupt versteht er nicht, wie die SC als Neulinge und Möchtegern-Piratenherrscher es wagen können, ihm die Krone entreißen zu wollen – und auch nicht, wie sie überhaupt so weit gekommen sind. Erst wenn die SC ansetzen, sein Schiff zu stürmen, gesteht Knochenfaust sich endlich ein, sie vielleicht unterschätzt zu haben, und entschließt sich, ihnen persönlich entgegenzutreten.

Soweit nicht anders vermerkt, bestehen alle Türen in den Meereshöhlen aus starkem Holz (Härte 5, 20 TP, Zerbrechen SG 25).

G. Salzknochens Grab (HG 13)

Der lange, feuchte Tunnel weitet sich zu einer größeren Höhle. In der Ferne ist das Tropfen von Wasser zu hören und ganz leise das Geräusch von Wasser, das gegen Felsen schlägt. Der Tunnel endet an einem finsteren Strand, jenseits dem ein weites, dunkles Gewässer liegt. Ein hölzerner Steg reicht auf das Gewässer hinaus und das Wasser schwappt gegen die seepockenverkrusteten Pfähle.

Diese Höhle ist dunkel, doch durch die Fenster von Bereich **H** scheint im Süden etwas Licht. Ein weiterer Anleger und Steg befinden sich jenseits des Wassers auf der anderen Seite der Höhle. Eine Pinasse ist am östlichen Anleger angebunden, das Segel ist gerefft und die Ruder liegen im Boot. Die Pinasse hat einen Mast und zehn Ruder und kann bis zu zwölf Passagiere tragen. Nahe der Wände hat die Höhle eine durchschnittliche Deckenhöhe von 6 m und in der Mitte von 12 m.

Kreaturen: Der untote Drache, welcher den Spitznamen Salzknochen trägt, war zu Lebzeiten ein Bronzedrache, bis er getötet, wiederbelebt und dann von Glick Hyde und seinen Seehexen in den lichtlosen, entweihten Tiefen als unlebende Waffe zurückgelassen wurde. Seine Knochen sind mit einer dicken Schicht Blut und Eingeweidesäften überzogen, welche sich selbst im Wasser nicht abspülen lässt. Zudem ist er von einer Aura knisternder Elektrizität umgeben.

Obwohl seine Schöpfer längst tot sind, befolgt der Drache weiterhin die Befehle des amtierenden Orkankönig und schützt diese Höhle vor allen Eindringlingen (er betrachtet die Werhaie in Bereich **H** nicht als Eindringlinge). Salzknochen lauert am sandigen Grund in 30 m Tiefe und ähnelt einem Haufen blutiger Walknochen. Man kann das bewegungslose Skelett im Wasser mit einem Fertigkeitswurf für Wahrnehmung gegen SG 30 erkennen und mit einem Fertigkeitswurf für Wissen (Arkanes) gegen SG 23 als das eines Bronzedrachen erkennen. Der Orkankönig und seine Gefolgsleute segeln mit der Pinasse in der Regel am nordwestlichen Rand der Höhle entlang, um den Drachen nicht zu stören. Sollte sich jemand oder etwas mitten durch die Höhle bewegen, egal ob in einem Boot, schwimmend oder auch fliegend, stößt Salzknochen nach oben, um Eindringlinge anzugreifen.

SALZKNOCHEN HG 13

EP 25.600

Einzigartiges altes elektrisches Bronzedrachenblutskelett (*PF MHB*, S. 72, 239; *ALM Klass. Schrecken*, S. 55)

NB Gigantischer Untoter (Wasser)

INI +6; **Sinne** Dunkelsicht 18 m; Wahrnehmung +0

Aura Elektrizität

VERTEIDIGUNG

RK 20, Berührung 8, auf dem falschen Fuß 18 (+2 GE, -4 Größe, +12 natürlich)

TP 150 (20W8+60); Schnelle Heilung 10

REF +8, **WIL** +12, **ZÄH** +8

Immunitäten Elektrizität, wie Untote; **SR** 5/Wuchtschaden; **Verteidigungsfähigkeiten** Resistenz gegen Fokussieren +4

ANGRIFF

Bewegungsrate 12 m, Schwimmen 18 m

Nahkampf Biss +21 (4W6+15 plus 1W6 Elektrizität), 2 Klauen +21 (2W8+10 plus 1W6 Elektrizität), Schwanzhieb +16 (2W8+15 plus 1W6 Elektrizität), 2 Flügel +16 (2W6+5 plus 1W6 Elektrizität)

Angriffsfläche 6 m; **Reichweite** 6 m (9 m mit Biss)

Besondere Angriffe Erdrücken (4W6+15 plus 1W6 Elektrizität, REF SG 22, keine Wirkung), Schwanzstreich (2W6+15 plus 1W6 Elektrizität, REF SG 22, halbiert, 9 m Radius, kleine Kreaturen)

TAKTIK

Im Kampf Salzknochen greift so viele Gegner wie möglich mit seinen Angriffen an. Sollte sich eine Gruppe an Gegnern am Strand befinden, setzt er Erdrücken an, um so viele von ihnen festzusetzen, wie er kann.

Moral Salzknochen kämpft bis zur Zerstörung. Sollte das Skelett nicht durch positive Energie zerstört werden, fügt es sich dank seiner Fähigkeit Todlos wieder zusammen und nimmt seine ewige Wacht über die Zugänge zu den Meereshöhlen wieder auf.

SPIELWERTE

ST 31, **GE** 14, **KO** —, **IN** —, **WE** 10, **CH** 14

GAB +15; **KMB** +29; **KMV** 41

Talente Abhärtung[B], Verbesserte Initiative[B]

Fertigkeiten Schwimmen +18

Besondere Eigenschaften Todesblitz (10W6 Elektrizität, Reflex SG 22, halbiert), Todlos

BESONDERE FÄHIGKEITEN

Elektrizitätsaura (AF) An Salzknochen angrenzende Kreaturen erleiden zu Beginn ihres Zuges 1W6 Punkte Elektrizitätsschaden. Kreaturen, die Salzknochen mit natürlichen Waffe oder waffenlosen Schlägen treffen, erleiden 1W6 Punkte Elektrizitätsschaden.

Todesblitz (ÜF) Wenn Salzknochen zerstört wird, kommt es zu einem Blitzinferno, welcher jeder angrenzenden Kreatur 10W6 Punkte Elektrizitätsschaden zufügt (Reflex SG 22, halbiert).

Aus dem Herzen der Hölle

H. Bastion

Diese Bastion bewacht die Passage zwischen Salzknochens Grab und den Höhlen des Verborgenen Hafens. Sie ist mit Knochenfaust Werhaiverbündeten bemannt. In den Stein gehauene Stufen führen vom östlichen Strand von Bereich **G** zur Bastion hinauf und enden an einem hölzernen Steg auf Pfählen im Wasser, welcher um die Bastion herumführt. Auf der anderen Seite führen Steinstufen nach Bereich **J** hinunter.

H1. Wachposten (HG 11 oder 13)

Drei breite Fenster gestatten den Blick auf Bereich **G**, so dass hier stationierte Wachen den Zugang zu den Meereshöhlen im Auge haben. Der Raum wird von einer rauchenden Öllampe erhellt.

Kreaturen: Vier Werhaipiraten sind jederzeit in diesem Wachposten im Dienst. Diese Werhaie können die Gestalt von Mosaikhaien annehmen (*Pathfinder Abenteuerpfad Band 21 - „Unter Piraten" Teil 3*), erkennbar an dem braunblaugrauen Zackenmuster auf ihrer Haut. Sie ziehen jedoch ihre Mischgestalt vor und beobachten Bereich **G** genau durch die Fenster. Sollten sie Zeugen eines Kampfes zwischen Salzknochen und den SC werden, läuten sie eine Glocke, welche alle Verteidiger in den Meereshöhlen alarmiert, ehe sie sich bereitmachen, sich den Eindringlingen zu stellen.

Werhaipiraten (Mischgestalt) (4)	HG 7

EP je 3.200
Menschlicher natürlicher Werhaibarbar 3/Schurke 4 (*ALM Fesselarchipel*, S. 51)
CB Mittelgroßer Humanoider (Gestaltwandler, Mensch)
INI +6; **Sinnes** Blindgespür 9 m, Scharfe Sinne; Wahrnehmung +12

VERTEIDIGUNG
RK 20, Berührung 10, auf dem falsche Fuß 18 (+2 GE, -2 Kampfrausch, +4 natürlich, +6 Rüstung)
TP je 82 (7 TW; 3W12+4W8+39)
REF +8, **WIL** +7, **ZÄH** +10; +2 gegen Zauber, zauberähnliche und übernatürliche Fähigkeiten
SR 10/Silber; **Verteidigungsfähigkeiten** Entrinnen, Fallengespür +2, Verbesserte Reflexbewegung

ANGRIFF
Bewegungsrate 9 m
Nahkampf Ranseur +1, +14/+9 (2W4+11/×3), Biss +9 (1W6+3 plus Fluch der Lykanthropie) oder Biss +14 (1W6+10 plus Fluch der Lykanthropie)
Fernkampf Kompositbogen (-lang) [Meisterarbeit] +9/+4 (1W8+5/×3)
Besondere Angriffe Hinterhältiger Angriff +2W6, Kampfrausch (11 Runden/Tag), Kampfrauschkräfte (Abergläubisch +2, Wuterfülltes Schwimmen +3)

TAKTIK
Im Kampf Die Werhaie halten Gegner mit ihren Ranseurs auf Abstand und lassen sie nicht vorbei. Sie nehmen Gegner in die Zange, um Hinterhältige Angriffe auszuführen, und setzen ihre Talente Ausmanövrieren und Präziser Schlag ein. Sollte ein Gegner an der Reichweite des Ranseurs vorbeikommen und in die Bissreichweite eines Werhais gelangen, lässt er seine Waffe fallen und greift mit seinem Biss an.

Moral Sollte ein Werhai auf unter 20 TP reduziert werden, zieht er sich in den Verborgenen Hafen zurück (Bereich **P**) oder versucht, Gegner nach Bereich **G** zu locken, damit sie es dort mit Salzknochen zu tun bekommen, falls der Drache noch nicht besiegt wurde.

SPIELWERTE
ST 24, **GE** 14, **KO** 20, **IN** 10, **WE** 14, **CH** 6
GAB +6; **KMB** +13; **KMV** 23
Talente Ausmanövrieren*, Heftiger Angriff, Präziser Schlag*, Verbesserte Initiative, Waffenfokus (Biss), Zusätzliche Kampfrauschkraft*,
Fertigkeiten Akrobatik +9, Beruf (Seefahrer) +12, Einschüchtern +8, Heimlichkeit +9, Klettern +14, Schwimmen +17, Wahrnehmung +12, Wissen (Lokales) +5
Sprachen Gemeinsprache
Besondere Eigenschaften Fallen finden +2, Gestalt wechseln (Mensch, Mischgestalt und Mosaikhai; *Verwandlung*), Lykantropische Empathie (Haie und Schreckenshaie), Schnelle Bewegung, Schurkentricks (Blutende Wunde +2, Waffentraining)
Kampfausrüstung *Trank: Mittelschwere Wunden heilen*; **Sonstige Ausrüstung** *Schuppenpanzer +1*, *Ranseur +1*, Kompositbogen (-lang; +5 ST) [Meisterarbeit] mit 20 Pfeilen, *Resistenzumhang +1*, 40 GM
* Siehe *Pathfinder Expertenregeln*.

Entwicklung: Sollten die Werhaie ihre Gegner nicht innerhalb von 1W4 Runden besiegen, kommt ihr Kapitän, Horrus Fetzzahn, aus seiner Unterkunft in Bereich **H3** und wirft sich ebenfalls ins Getümmel (die Begegnung hat dann HG 13).

H2. Werhaiunterkünfte

Ein halbes Dutzend Hängematten ist zwischen den Pfeilern dieses Raumes befestigt. Der Boden ist von leeren Rumflaschen und Fischgräten bedeckt. Die Werhaipiraten in den Bereichen **H1** und **K1** wohnen hier, wenn sie nicht im Dienst sind. Gegenwärtig ist der Raum aber leer, da alle auf ihre Posten gerufen wurden.

H3. Kapitänsunterkunft (HG 11)

Ein großes Bett, welches mehr in eine Kapitänkajüte passen würde, steht in der Nordostecke dieses Raumes unterhalb zweier großer Fenster mit Blick auf die Höhle draußen. Am Fußende des Bettes steht eine riesige Seemannskiste. In der Luft hängt ein starker, fischiger Geruch.

Die Seekiste enthält ein paar persönliche Dinge ohne Wert, ein halbes Dutzend Flaschen mit dunklem Rum und mehrere große, verfaulende Fische. Von einem Fisch wurde ein großes Stück mit einem Bissen herausgetrennt.

Kreaturen: Der Anführer der Werhaie, Kapitän Horrus Fetzzahn, hat in dieser Kammer sein Quartier bezogen. Er ist ein eingeschworener Gefolgsmann Kerdak Knochenfausts und hat zugestimmt, die Meereshöhlen mit seinen Leuten zu beschützen. Fetzzahn liebt es aber auch, die Schifffahrtslinien mit seinem Schiff, der *Schwertschweif*,

welches im Hafen von Port Fährnis liegt, in Angst und Schrecken zu versetzen. Kapitän Fetzzahn ist ein Koloss von einem Werhai und zieht es wie seine Leute in Bereich **H1** vor, seine Mischgestalt beizubehalten. Sollte er aus Bereich **H1** Kampflärm hören, kommt er innerhalb von 1W4 Runden nachsehen.

Kapitän Horrus Fetzzahn (Mischgestalt) — HG 11

EP 12.800

Menschlicher natürlicher Werhaibarbar (Wilder Wüter) 11 (*ALM Fesselarchipel*, S. 51; *Ausbauregeln II Kampf*, S. 31)

CB Großer Humanoider (Gestaltwandler, Mensch)

INI +2; **Sinne** Blindgespür 9 m, Scharfe Sinne; Wahrnehmung +16

VERTEIDIGUNG
RK 25, Berührung 11, auf dem falsche Fuß 23 (+2 Ablenkung, +2 GE, -1 Größe, -2 Kampfrausch, +6 natürlich, +8 Rüstung)
TP 154 (11W12+77)
REF +5, **WIL** +10, **ZÄH** +13
SR 3/–; 10/Silber; **Verteidigungsfähigkeiten** Fallengespür +3, Übermannender Zorn

ANGRIFF
Bewegungsrate 9 m, Schwimmen 9 m
Nahkampf Krummschwert +1, +19/+14/+9 (2W6+13/15-20), Biss +14 (1W8+4 plus Fluch der Lykanthropie) oder Biss +19 (1W8+12 plus Fluch der Lykanthropie)
Fernkampf Speer [Meisterarbeit] +13 (2W6+8/×3)
Angriffsfläche 3 m; **Reichweite** 3 m
Besondere Angriffe Mächtiger Kampfrausch (11 Runden/Tag), Kampfrauschkräfte (Blutender Schlag* +3, Körperkeule*, Kräftiger Schlag +3, Kraftrausch, Ungebändigtes Schwimmen*, Wuterfülltes Schwimmen +11, Zügelloser Kampfrausch +3/-3**), Unkontrollierter Kampfrausch*, Wilder Kämpfer*

TAKTIK
Im Kampf Kapitän Fetzzahn verfällt in Kampfrausch und beginn den Kampf mit einem Sturmangriff. Er setzt seine Kampfrauschkraft Kraftrausch ein und ergreift den nächsten Gegner, um ihn mittels Körperkeule als improvisierte Nahkampfwaffe einzusetzen. Sollte der Gegner dem Haltegriff entkommen oder als Waffe nutzlos werden, lässt Fetzzahn ihn fallen und zieht sein Krummschwert. Er führt dann Volle Angriff mit seiner Fähigkeit Wilder Kämpfer und der Kampfrauschkraft Zügelloser Kampfrausch aus.
Moral Kapitän Fetzzahn kämpft bis zum Tod.

SPIELWERTE
ST 26, **GE** 14, **KO** 22, **IN** 10, **WE** 14, **CH** 6
GAB +11; **KMB** +20; **KMV** 32
Talente Eiserner Wille, Heftiger Angriff, Kampfreflexe, Präziser Schlag*, Verbesserter Kritischer Treffer (Krummschwert), Waffenfokus (Biss), Zusätzliche Kampfrauschkraft** (2x),
Fertigkeiten Akrobatik +13, Beruf (Seefahrer) +13, Einschüchtern +12, Klettern +14, Schwimmen +24, Überlebenskunst +10, Wahrnehmung +16
Sprachen Gemeinsprache
Besondere Eigenschaften Gestalt wechseln (Mensch, Mischgestalt und Hai; *Verwandlung*), Lykanthropische Empathie (Haie und Schreckenshaie), Schnelle Bewegung
Kampfausrüstung *Trank: Schwere Wunden heilen*; **Sonstige Ausrüstung** *Brustplatte +2, Krummschwert +1*, Speer [Meisterarbeit] (3x), *Schutzring +2*

* Siehe *Pathfinder Ausbauregeln II: Kampf*
** Siehe *Pathfinder Expertenregeln*.

Kapitän Horrus Fetzzahn

Aus dem Herzen der Hölle

I. Die Tiefe (HG 13)

Dunkles Wasser fließt durch einen natürlichen Tunnel. Aus dem Osten dringt das ferne Geräusch der Brandung. Eine normalgroße Pinasse oder ein Beiboot könnten diesen Kanal in seinem Zentrum befahren.

Dieser Tunnel führt von Salzknochens Grab zum Verborgenen Hafen um die Bastion herum. Gewöhnliche Schiffe sind zu groß für den Kanal, kleinere Boote wie z.B. die Pinasse in Bereich G dagegen haben keine Schwierigkeiten diese zu passieren. Nahe der Bastion ist das Wasser nur 3 m tief, der Höhlenboden senkt sich aber auf der Ostseite der Bastion und am Zugang zum Verborgenen Hafen (Bereich P) auf eine Tiefe von 9 m ab. Die Deckenhöhe beträgt an den Seiten des Tunnels 3 m und in der Mitte 9 m. Der Tunnel ist nicht beleuchtet.

Kreaturen: Zwei riesige Piscodaimonen patrouillieren diesen Tunnel. Sie wurden mittels *Verbündeter aus den Ebenen* von Kerdak Knochenfausts Gefährtin Hyapatia herbeigerufen. Die Piscodaimonen sind fast 4,50 m groß und lauern unter Wasser, bis Eindringlinge über sie hinwegfahren – und erst dann gehen sie zum Angriff über. Während eines Kampfes bleiben sie ganz oder teilweise im Wasser und nutzen die Wasseroberfläche als Deckung (*Pathfinder Grundregelwerk*, S. 432). Sollten die SC diesen Bereich meiden, schließen die Daimonen sich beliebigen Kämpfen in Bereich P an und setzen *Teleportieren* ein, um unerwartet einzutreffen.

RIESENHAFTE PISCODAIMONEN (2)	HG 11

EP je 9.600
TP je 159 (PF MHB II, S. 65, 293)
TAKTIK
Im Kampf Einer der Piscodaimonen wirkt *Stinkende Wolke* auf Eindringlinge im Tunnel, während der andere Hydrodaimonen herbeizurufen versucht. Anschließend versuchen sie, Kreaturen in Wasser zu ziehen, welche sie sodann mit ihren Klauen in Ringkämpfe verstricken und unter Wasser drücken.
Moral Die Piscodaimonen hegen keinen Todeswunsch und teleportieren aus den Meereshöhlen fort, wenn sie unter 40 TP reduziert werden.

J. Die Meereshöhlen

Die Höhlen weiten sich zu einer großen, wassergefüllten Kaverne, die von an der Decke tanzenden Flammen erhellt wird. Im Norden erhebt sich ein Steingebäude am Felsenufer. Zwei weitere Gebäude stehen auf einem hölzernen Steg, der nach Osten ins Wasser führt. Am Ende dieses Anlegers schwimmt ein Dreimaster. Ein zweiter Steg führt an den Gebäuden vorbei nach Süden zu einem Felsvorsprung auf der gegenüberliegenden Seite des Kanals. Die Höhle reicht noch ein ganzes Stück nach Osten, es ist aber kein Ausgang zu erkennen.

Diese Meereshöhle reicht noch über einhundert Meter nach Osten. Die Decke ist im Zentrum über 30 m hoch und mehrere *Dauerhafte Flammen*, die auf die Höhlendecke gewirkt wurden, sorgen für Dämmerlicht in der ganzen Höhle. Bei dem Segelschiff handelt es sich um die *Schnöder Mammon*, Kapitän Kerdak Knochenfausts Flaggschiff. Nördlich der Residenz des Orkankönigs (Bereich K) befindet sich ein kleiner Schießstand, auf dem Knochenfaust und sein Erster Maat, Tsadok Goldzahn, ihr Können mit der Pistole üben.

Entwicklung: Fall die SC verhindern konnten, dass die Werhaie in Bereich H1 Alarm schlagen, werden sie wahrscheinlich beim Erreichen dieses Bereiches von einem Ausguck im Pulverturm (Bereich O) oder von Bord der *Schnöder Mammon* (Bereich Q) aus entdeckt. Sobald die Präsenz der SC in den Meereshöhlen bekannt wird, werden sie von der Kanone und den Piratenscharfschützen in Bereich O und den Kanonen und dem Schützen an Bord der *Schnöder Mammon* (Bereich Q) beschossen; zu den Kanonenangriffen der *Schnöder Mammon* siehe auch den Kasten „Kanonenbeschuss!" auf dieser Seite. Alle Angreifer schießen, solange Eindringlinge zu sehen sind.

K. Residenz des Orkankönigs

Dieses befestigte Steingebäude dient dem Orkankönig als offizielle Residenz, wenn er sich in den Meereshöhlen unter der Mammonfeste aufhält. Es schützt ferner den Zugang zum Anlegesteg des Verborgenen Hafens. Diese Residenz ist zwar nicht im Ansatz so luxuriös wie die Gefahrenburg, aber immer noch bequemer als ein Schiff. Wenn Kerdak Knochenfaust sich in den Höhlen aufhält, bezieht er meist lieber hier Quartier als auf der *Schnöder Mammon*. Die gesamte Residenz steht unter dem Schutz eines *Des Magiers privates Heiligtum* (ZS 12), welcher von Knochenfausts Gefährtin Hyapatia gewirkt wird, wenn er sich in die Höhlen zurückzieht. Ewige Fackeln erhellen die gesamte Residenz.

KANONENBESCHUSS!

Sobald die Mannschaft der *Schnöder Mammon* der SC gewahr wird, richten die Richtschützen des Schiffes ihre Kanonen auf die Eindringlinge aus und nehmen sie unter Beschuss. Die *Schnöder Mammon* trägt insgesamt 16 Kanonen, so dass immer bis zu acht davon auf die SC schießen können. Die Kanonen feuern nicht auf Kreaturen in Gebäuden, allerdings bereiten die Kanoniere sich darauf vor, auf jeden im Freien zu schießen, wenn sie freie Sicht dorthin haben (d.h. Bereich J, das Dock und die Bereiche zwischen den Gebäuden). Eine Kanone kann alle 3 Runden feuern. Die Kanonen verschießen normalerweise Kanonenkugeln, doch sollte der Feind sich im Nahbereich (innerhalb von 9 m) befinden, nutzen die Kanoniere Kartätschen (siehe *Pathfinder Ausbauregeln II: Kampf*), welche alles innerhalb eines 9 m-Explosionskegels treffen.

KANONEN DER SCHNÖDER MAMMON
Fernkampf 8 Kanonen +10 (6W6/x4)

K1. Trophäenhalle (HG 13)

An den Wänden dieser langen Halle hängen hunderte von Galionsfiguren, Namensplaketten, Marineuniformen und Wappenschilde. Manche dieser Trophäen wirken nagelneu, doch die meisten sind von den Elementen gezeichnet, verbrannt oder in Stücke gehackt. Neben jeder Trophäe hängt ein gerahmtes Pergament. Im Osten kann man durch ein großes Fenster auf den Hafen hinaussehen. Zwischen zwei Türen im Norden führt ein Gang aus dem Raum.

Wenn Port Fährnis angegriffen wird und der Orkankönig in der Residenz Quartier bezogen hat, ist die steinerne Doppeltür nach Bereich **J** verschlossen und verbarrikadiert (Härte 8, 60 TP, Zerbrechen SG 30, Mechanismus ausschalten SG 40). Tsadok Goldzahn (Bereich **K4**) besitzt den einzigen Schlüssel.

Kreaturen: Knochenfausts Erster Maat, Tsado Goldzahn, hat zwei Piratenwachen und vier Werhaipiraten angewiesen, den Eingang zur Residenz des Orkankönigs zu bewachen. Sie stehen unter dem Kommando eines der Offiziere der *Schnöder Mammon* mit Namen Kirrian „Honigmaul" Vorthien. Die Piraten stürmen auf Eindringlinge zu, während Honigmaul sich zurückhält und mit seinen Bardenfähigkeiten und Zaubern die Wachen unterstützt.

KIRRIAN „HONIGMAUL" VORTHIEN	HG 7

EP 3.200
Menschlicher Barde (Bukanier) 8 (*Piraten der Inneren See*, S. 22)
N Mittelgroßer Humanoider (Mensch)
INI +3; **Sinne** Wahrnehmung +10

VERTEIDIGUNG
RK 20, Berührung 13, auf dem falschen Fuß 17 (+3 GE, +5 Rüstung, +2 Schild)
TP 71 (8W8+32)
REF +12, **WIL** +8, **ZÄH** +7; +4 gegen Bardenauftritt, sprachabhängige und Schalleffekte

ANGRIFF
Bewegungsreichweite 9 m
Nahkampf Peitsche +1, +13/+8 (1d3+2) oder Rapier [Meisterarbeit] +12/+7 (1W6+1/18–20)
Fernkampf Kurzbogen [Meisterarbeit] +12/+7 (1W6/×3)
Angriffsfläche 1,50 m; **Reichweite** 1,50 m (4,50 m mit Peitsche)
Besondere Angriffe Bardenauftritt 21 Runden/Tag (Bewegungsaktion; Ablenkung, Bannlied, Faszinieren, Lied der Kapitulation [SG 17], Lied des Erfolges +3, Lied des Mutes +2, Trauerlied), Bewusstlos schlagen, Knaufschlag
Bekannte Bardenzauber (ZS 8; Konzentration +11)
3. (3/Tag) – *Donnernde Trommeln* (SG 16), *Feste Hoffnung*, *Hast*
2. (5/Tag) – *Einflüsterung* (SG 15), *Glitzerstaub* (SG 15), *Heldenmut*, *Kakophonie** (SG 15)
1. (5/Tag) - *Furcht bannen*, *Hauch der Tollpatschigkeit** (SG 14), *Rechtzeitige Inspiration**, *Schmieren* (SG 14), *Verschwinden**
0. (beliebig oft) – *Aufblitzen* (SG 13), *Ausbessern*, *Geisterhaftes Geräusch* (SG 13), *Instrument herbeizaubern*, *Richtung wissen*, *Tanzende Lichter*

TAKTIK
Vor dem Kampf Honigmaul wirkt *Heldenmut* und nutzt vor einem Kampf seine *Schriftrolle: Spiegelbilder*.
Im Kampf Honigmaul setzt seinen Bardenauftritt ein, um Lied des Mutes anzustimmen. Dann wirkt er *Feste Hoffnung* und *Hast*. Er wirkt abwechselnd Lied des Mutes und Trauermarsch und nutzt seine Zauber, um seine Verbündeten zu stärken. Mit seiner Peitsche hält er Gegner auf Abstand. Sollte er angegriffen werden, wechselt Honigmaul zum Lied der Kapitulation und aktiviert eine seiner *Federn: Peitsche*, damit diese an seiner Seite angreift.
Moral Sollte Honigmaul auf unter 36 TP reduziert werden, wirkt er *Verschwinden*, flieht nach Bereich **K4** und schließt sich Tsadok Goldzahn an.

SPIELWERTE
ST 12, **GE** 16, **KO** 14, **IN** 10, **WE** 8, **CH** 16
GAB +6; **KMB** +7; **KMV** 20

Kirrian „Honigmaul" Vorthien

Aus dem Herzen der Hölle

Talente Abhärtung, Peitschenmeisterschaft**, Verbesserte Peitschenmeisterschaft**, Waffenfinesse, Waffenfokus (Peitsche)
Fertigkeiten Akrobatik +15, Auftreten (Blasinstrumente) +18, Auftreten (Gesang) +16, Beruf (Seefahrer) +8, Einschüchtern +12, Heimlichkeit +15, Klettern +12, Schwimmen +6, Wahrnehmung +12
Sprachen Gemeinsprache
Besondere Eigenschaften Vielseitiger Auftritt (Blasinstrumente, Gesang)
Kampfausrüstung Feder (Peitsche) (2x); *Schriftrolle: Spiegelbilder*, *Zauberstab: Leichte Wunden heilen* (15 Ladungen); **Sonstige Ausrüstung** Kettenhemd +1, Tartsche +1, Peitsche +1, Rapier [Meisterarbeit], Kurzbogen [Meisterarbeit] mit 20 Pfeilen, *Resistenzumhang* +1, Querpfeife [Meisterarbeit], Hausaffe namens Skorbut, 9 GM
* Siehe *Pathfinder Expertenregeln*.
** Siehe *Pathfinder Ausbauregeln II: Kampf*.

Piratenwachen (2)	**HG 8**

EP je 4.800
TP je 80 (siehe Seite 20)

Werhaipiraten (Mischgestalt) (4)	**HG 7**

EP je 3.200
TP je 82 (siehe Seite 29)

K2. Rüstkammer

Eine verschlossene Holztür (Härte 5, 20 TP, Zerbrechen SG 25, Mechanismus ausschalten SG 25) sichert diese Waffenkammer, welche Enterbeile, Enterpiken, Entermesser, Leichte Armbrüste, Bolzen, Wurfäxte und Tartschen enthält. Es gibt von jedem Gegenstand 20 Stück in normaler Ausführung. Die Piratenbootsmänner in (Bereich **K4**) haben die Schlüssel bei sich.

K3. Unterkunft des Ersten Maats (HG 11)

Die Wände dieser Kammer sind mit ausgestopften Köpfen und anderen Trophäen einer Vielzahl von Tieren und Bestien geschmückt, die in grässlichem Glanz konserviert wurden. Blutbefleckte Waffen aller Art hängen an den Wänden und umgeben ein mit Tierfellen bedecktes Bett.

Kerdak Knochenfausts Erster Maat, Tsadok Goldzahn, nutzt diesen Raum, wenn er sich in der Residenz des Orkankönigs aufhält. Er ist jedoch nur selten anwesend und verbringt seine Zeit lieber in der Gefahrenburg oder an Bord der *Schnöder Mammon*. Beide Türen dieser Kammer sind verschlossen (Härte 5, 20 TP, Zerbrechen SG 25, Mechanismus ausschalten SG 30).
Falle: Wenn eine der Türen ohne den erforderlichen Schlüssel geöffnet wird, löst dies eine Falle aus, welche 1 Runde nach Öffnen der Tür auslöst: Die Türen schlagen dann plötzlich zu und verschließen, während die Waffen im Raum wirbelnd durch die Luft jagen und nach allen Kreaturen im Raum schlagen. Alle sind mit Grünblutöl bestrichen (*Pathfinder Grundregelwerk*, S. 559). Tsadok (Bereich **K4**) besitzt den einzigen Schlüssel für diesen Raum; werden die Türen mit dem richtigen Schlüssel geöffnet, löst dies nicht die Falle aus.

Kammer der Giftklingen	**HG 11**

EP 12.800
Art Mechanisch; **Wahrnehmung** SG 25; **Mechanismus ausschalten** SG 20
EFFEKT
Auslöser Ort; **Dauer** 1W4 Runden; **Rücksetzer** Reparatur; **Umgehen** Öffnen der Tür mit dem korrekten Schlüssel
Effekt Nahkampfangriff +20 (3W8+3 plus Grünblutöl) und schließt und verschließt alle Türen in Bereich **K3**; 1 Runde Verzögerung; Mehrere Ziele (alle Ziele in Bereich **K3**)

Schätze: Tsadok führt zwar den Großteil seines Reichtums mit sich. Mit einem Fertigkeitswurf für Wahrnehmung kann man aber einen *Trank: Fluch brechen*, eine Schwarzholztartsche, zwei silberne Armreifen (Wert je 120 GM), einen Armreif aus weißer Jade (Wert 260 GM), einen perlenbesetzten Silberring (Wert 210 GM), vier Korallen (Wert je 70 GM), zwei violette Granate (Wert je 350 GM), eine schwarze Perle (Wert 230 GM), 63 PM, 324 GM, 2.320 SM und 8.500 KM finden, welche über Schalen und Kisten im Raum verteilt sind.

K4. Speisesaal (HG 15)

Ein großer, ovaler Tisch aus poliertem Teakholz dominiert diese Kammer. Eine Karte der bekannten Welt ist auf die Südwand gemalt und von der Decke hängen die Banner eines Dutzend Orkankönige. Das größte Banner ist jenes des gegenwärtigen Orkankönigs, Kerdak Knochenfaust, welches am Ehrenplatz an der Ostwand hinter einem kunstvoll geschnitzten, hochlehnigen Teakholzstuhl hängt.

Wenn der Orkankönig sich in der Residenz aufhält, nimmt er in diesem Saal Mahlzeiten zu sich und empfängt Gäste. Rechts der südlichen, nach Bereich **K4** führenden Tür ist eine *Illusionswand* (WIL SG 22 zum Anzweifeln), die von Kerdak Knochenfausts Gefährtin Hyapatia gewirkt wurde, um Eindringlinge weiter in die Residenz hinein und von der Tür zum Anleger draußen fort zu locken.

Kreaturen: Knochenfausts erster Maat, Tsadok Goldzahn, kommandiert die Verteidigung der Residenz des Orkankönigs von diesem Saal aus. Bei ihm sind zwei Bootsmänner der *Schnöder Mammon*. Sollten Eindringlinge die Wachen in der Trophäenhalle (Bereich **K1**) besiegt haben, steckt einer der Bootsmänner den Kopf durch die Tür, um die Eindringlinge in den Speisesaal zu locken. Tsadok feuert seinen *Doppelläufigen Bündelrevolver* aus der Ferne ab, während die Bootsmänner in den Nahkampf übergehen, bis er in Kampfrausch verfällt und sich auch ins Getümmel stürzt.

Piratenbootsmänner (2)	**HG 9**

EP je 6.400
Zwergischer Barbar 3/Kämpfer (Waffenloser Kämpfer) 7 (*Ausbauregeln II Kampf*, S. 43)
NB Mittelgroßer Humanoider (Zwerg)
INI +2; **Sinne** Dunkelsicht 18 m; Wahrnehmung +9

VERTEIDIGUNG

RK 16, Berührung 11, auf dem falschen Fuß 13 (+1 Ausweichen, +2 GE, -2 Kampfrausch, +4 Rüstung, +1 Schild) (+4 Ausweichen gegen Riesen)

TP je 120 (10 TW; 3W12+7W10+57)

REF +7, **WIL** +7, **ZÄH** +13; +2 gegen Gifte, Zauber und zauberähnliche Fähigkeiten; +2 gegen Erschöpfung, Entkräftung, Wankend oder vorübergehende Mali auf Attributwerte

SR 3/— (gegen nichttödlichen Schaden oder im Ringkampf); **Verteidigungsfähigkeiten** Fallengespür +1, Hartes Training* +2, Reflexbewegung, Zäher Bursche*

ANGRIFF

Bewegungsrate 9 m

Nahkampf Waffenloser Schlag +20/+15 (2W6+11 nichttödlicher Schaden/19–20)

Fernkampf Kompositbogen (-lang) [Meisterarbeit] +13/+8 (1W8+6/×3)

Besondere Angriffe Kampfrausch (11 Runden/Tag), Kampfrauschkräfte (Faustkämpfer**), Listiger Ringer*, Waffenloser Kampfstil*, Waffentraining (Mönchswaffen +1, natürliche Waffen +1), +1 auf Angriffe gegen goblinoide und orkische Humanoide

TAKTIK

Vor dem Kampf Die Piratenbootsmänner trinken ihre *Tränke: Mächtige Magische Fänge* vor einem Kampf.

Im Kampf Die Bootmänner versetzen sich in der ersten Kampfrunde in Kampfrausch und versuchen dann, nach Möglichkeit Gegner in den Ringkampf zu verwickeln und bewusstlos zu schlagen. Sie greifen nur auf ihre Bögen zurück, wenn sie ihre Gegner nicht erreichen können.

Moral Die Piratenbootsmänner kämpfen bis zum Tod.

SPIELWERTE

ST 22, **GE** 14, **KO** 20, **IN** 8, **WE** 14, **CH** 8

GAB +10; **KMB** +16 (Ringkampf +20); **KMV** 27 (29 gegen Ringkampf, 31 gegen Ansturm und Zu-Fall-bringen)

Talente Ausweichen, Blitzschnelle Reflex, Mächtiger Ringkampf, Snappschildkrötenstil*, Schneller Ringer*, Verbesserter Kritischer Treffer (waffenloser Schlag), Verbesserter Ringkampf, Verbesserter Waffenloser Schlag, Waffenfokus (waffenloser Schlag), Waffenspezialisierung (waffenloser Schlag)

Fertigkeiten Akrobatik +7, Beruf (Seefahrer) +7, Einschüchtern +8, Klettern +10, Schwimmen +10, Wahrnehmung +9 (ungewöhnliche Steinarbeiten +11)

Sprachen Gemeinsprache, Zwergisch

Besondere Eigenschaften Schnelle Bewegung

Kampfausrüstung *Trank: Verschwimmen, Trank: Leichte Wunden heilen, Trank: Mächtige Magische Fänge* +2; **Sonstige Ausrüstung** Beschlagene Lederrüstung +1, Kompositbogen (-lang; +6 ST) [Meisterarbeit] mit 20 Pfeilen, *Amulett der mächtigen Fäuste (gnädig), Gürtel der Riesenstärke* +2, Schlüssel für Bereich **K2**, 25 GM

 * Siehe *Pathfinder Ausbauregeln II: Kampf.*
 ** Siehe *Pathfinder Expertenregeln.*

Tsadok Goldzahn	**HG 14**

EP 38.400
TP 193 (siehe Seite 50)

K5. Küche

Diese einfache Küche wird nur genutzt, wenn Kerdak Knochenfaust in den Höhlen residiert. Sie ist normalerweise von Köchen der Gefahrenburg oder von der *Schnöder Mammon* besetzt, doch da der Orkankönig sich rasch zurückgezogen hat, ist der Raum gegenwärtig leer und der Herd kalt.

K6. Grogkeller

Diese Kammer ist gut bestückt mit Lebensmitteln, getrockneten Gütern, Wasserfässern und Regalen voller Flaschen mit Starkbier, Wein und anderen Spirituosen, welche genutzt werden, wenn der Orkankönig in den Höhlen residiert. Die Geheimtüren im Osten und im Westen können mittels Fertigkeitswürfen für Wahrnehmung gegen SG 25 entdeckt werden.

  Schätze: Die hier gelagerten Alkoholika sind 4 Punkte Plündergut wert.

Piratenbootsmann

Aus dem Herzen der Hölle

K7. Private Schatzkammer (HG 14)

Die geheime Steintür zu dieser kleinen Kammer ist verschlossen (Härte 8, 60 TP, Zerbrechen SG 28, Mechanismus ausschalten SG 40). Den einzigen Schlüssel besitzt Kerdak Knochenfaust. Der Orkankönig lagert einen Teil seines Schatzes in dieser Schatzkammer.

Falle: Kerdak Knochenfaust hat seine Schatzkammer mit einer Falle versehen, um jeden potentiellen Dieb einzufangen. Sollte eine Kreatur die Kammer betreten oder die Tür öffnen, ohne die Falle zuerst zu entschärfen, stößt eine Harpune hervor, welche mit tödlichem Schwarzem Lotusextrakt bestrichen ist. Die Falle kann über ein verborgenes Schloss entschärft werden (Wahrnehmung SG 25 zum Entdecken, Mechanismus ausschalten SG 30 zum Öffnen). Selbst wenn die Harpune ihr Ziel verfehlen sollte, wirkt das Gift auf das Opfer, wenn der Angriffswurf ausreicht, um zumindest die Berührungs-RK zu treffen.

Tödliche Harpunenfalle	**HG 14**
EP 38.400	
Art Mechanisch; **Wahrnehmung** SG 25; **Mechanismus ausschalten** SG 25	
EFFEKT	
Auslöser Visuell (*Wahrer Blick*); **Rücksetzer** Manuell; **Umgehen** Verborgenes Schloss	
Effekt Berührungsangriff im Fernkampf +20 (1W8+6/x3 plus Extrakt des Schwarzen Lotus)	

Schätze: Knochenfaust bewahrt seine Schätze in sechs Kisten auf. Diese enthalten eine mit Meerjungfrauen geschmückte *Mithralbrustplatte +2*, einen *Adamantdreizack +1*, eine *Rauchflasche*, eine *Zauberstatuette (Onyxhund)*, ein Schmuckenterbeil aus Gold (Wert 200 GM), einen Korallenarmreif (Wert 150 GM), eine goldene Brosche in der Form eines Steuerrades mit einem grinsenden Totenschädel in der Mitte (Wert 500 GM), eine smaragdbesetzte Hakenhand mit silbernem Stutzen und ein passendes Holzbein (Wert 1.500 GM als Paar) eine Elektrumzepter in der Form eines Narwalhorns und eine passende Elektrumkrone mit Spitzen aus Narwalhorn (Wert als Set 3.500 GM), fünf weiße Perlen (Wert jeweils 100 GM), ein gelber Topaz (Wert 250 GM), 125 PM, 1.767 GM, 7.800 SM und 19.500 KM. Ein wasserdichter, in silbrige Seide eingeschlagener und mit Mitralklappe verschlossener Schriftrollenbehälter enthält ferner eine Piratenschatzkarte. Du kannst diese Karte zur Fortführung deiner Kampagne über dieses Abenteuer hinaus verwenden – sie könnte beispielsweise zu einem versunkenen Schiff oder einen vergessen vergrabenen Schatz führen. Vielleicht ist es aber auch nur eine Fälschung, welche Möchtegern-Schatzsucher auf eine wilde Schnitzeljagd führen soll. Es könnte sogar die legendäre Karte des Ersten Schatzes sein, welche möglicherweise den Weg zur geheimen Schatzkammer des Ersten Orkankönigs weist (siehe Seite 58).

K8. Pulvermagazin

Die steinerne Geheimtür dieses winzigen Raumes ist verschlossen (Härte 8, 60 TP, Zerbrechen SG 28, Mechanismus ausschalten SG 30); Kerdak Knochenfaust hat den einzigen Schlüssel für diese Tür. Der Orkankönig lagert in diesem Raum seinen persönlichen Vorrat an Schwarzpulver und Munition. Gegenwärtig lagern im Magazin ein Fass Schwarzpulver, drei gefüllte Pulverhörner und 100 Feuerwaffenkugeln.

K9. Wohnraum

Holzregale ziehen sich an den Wänden dieser Kammer entlang und flackernde Flammen in Glashalterungen spenden warmes Licht. Auf dem Boden liegt ein Plüschteppich und zwischen dickgepolsterten Stühlen und Sofas liegen große Kissenberge.

Der Orkankönig unterhält Freunde in dieser bequemen und persönlichen Umgebung aus Wohnraum und Bibliothek. Eine Geheimtür in der Nordwand hinter einem der Bücherregale (Wahrnehmung SG 25 zum Entdecken) führt in einen versteckten Gang, welcher an einer weiteren Geheimtür nach Bereich **K6** endet.

In den Wandregalen lagern Tausende von Karten, welche von Generationen an Piraten gezeichnet oder gestohlen wurden. Es gibt Karten von Küstengebieten, Gezeitenübersichten, Strömungskarten und Unterlagen zu Winden und Sternbildern an bestimmten Orten und zu den verschiedenen Jahreszeiten. Manche Karten zeigen Merkmale des Meeresbodens oder die Küsten ferner Länder wie Arkadien, Azlant und Tian Xia. Ein paar zeigen sogar angeblich die Küsten des geheimnisvollen Sarusan. Ferner befinden sich in den Regalen die geschichtlichen Aufzeichnungen über Jahrhunderte an Piraterie aus der ganzen Welt, die mit vielen klar übertriebenen, aber auch manchen beeindruckenden Details ausgeschmückt sind. Dazu kommen naturwissenschaftlich orientierte Berichte und Aufzeichnungen zu Schiffswracks und versunkenen oder vergrabenen Schätzen, persönliche Tagebücher und Teile von Briefwechseln.

Schätze: Die Kartensammlung besteht zum Teil aus originalen Relikten längst vergangener Expeditionen und Kopien uralter Schriften. Sie ist jeder anderen dieser Art im Bereich der Inneren See zumindest gleichwertig. Wenn man diese Karten 1W6 Stunden lang untersucht, erhält man einen Bonus von +10 auf jeden Fertigkeitswurf für Wissen (Geographie) hinsichtlich jedes Ortes auf der Welt, der bis zu 150 km von einer Küste entfernt liegt. Ein Studium von 2W6 Stunden ergibt einen Bonus von +10 auf jeden Fertigkeitswurf für Wissen (Adel, Geschichte oder Lokales) hinsichtlich Piraten der Vergangenheit und der Gegenwart und einen Bonus von +5 auf Würfe für Wissensfertigkeiten zu den Fesselinseln, den Flutlanden, dem Auge von Abendego und dem Arkadischen Ozean.

Wenn man eine Woche damit verbringt, die Karten und Unterlagen zu katalogisieren, stößt man nach einem erfolgreichen Fertigkeitswurf für Schätzen gegen SG 30 auf seltene Karten, Dokumente und Aufzeichnungen im Wert von 5.000 GM.

K10. Schatzzimmer des Orkankönigs (HG 15)

Blaue, für die Tiefsee stehende, Vorhänge schmücken diese Kammer. Durch Fenster im Osten kann man auf den Hafen und den Anleger draußen hinaus blicken. Neben dem Fenster steht ein

übergroßes, vergoldetes Bett mit Laken und Kissen aus purpurner und goldener Seide. Der restliche Raum ist mit hochwertigen Holzmöbeln, Bücherregalen und geknüpften Teppichen aus Qadira und Vudra gefüllt.

Der Orkankönig beansprucht diese Unterkunft für sich, wenn er sich an Land aufhält. Angesichts des Angriffs auf Port Fährnis hat er sich zur eigenen Sicherheit aber auf die *Schnöder Mommon* zurückgezogen.

Kreaturen: Obwohl sich Kerdak Knochenfaust nicht in diesem Raum aufhält, ist jedoch seine Gefährtin Hyapatia anwesend. Hyapatia ist eine Lamia-Matriarchin, eine Kreatur mit dem Leib einer wunderschönen Menschenfrau von der Hüfte aufwärts, aber dem Schwanz einer gewaltigen Schlange unterhalb der Hüfte. Es kennen jedoch nur wenige ihre wahre Gestalt, da sie in der Öffentlichkeit nur als menschliche Frau mit rabenschwarzem Haar auftritt, die kaum mehr als schmückendes Beiwerk am Arm des Orkankönigs zu sein scheint. Hyapatia ist eine gläubige Anhängerin der Piratengöttin Besmara und näherte sich Kerdak Knochenfaust in menschlicher Form, um ihn zu verführen und mit seiner Hilfe ihre Macht auszuweiten. Kerdak gab sich bereitwillig ihrem Charme hin, so dass sie schon zu planen begann, wie sie die Fesseln aus den Schatten heraus beherrschen könnte. Doch mit der Zeit verfiel sie Kerdak und ihre Verbitterung und Hass wurden durch Liebe zu diesem lebhaften, lustvollen Menschenmann ersetzt. Statt Kerdak wie ursprünglich geplant als Marionette einzusetzen, entschied sich Hyapatia, ihm gegenüber aufrichtig zu sein. Eines Nachts enthüllte sie ihm ihre wahre Gestalt in der Hoffnung, dass sie gleichberechtigte Partner werden könnten statt Herrin und bezauberter Sklave. Hyapatia war schockiert zu erfahren, dass Kerdak nicht nur bereits ihre wahre Identität kannte, sondern auch ihre Gefühle erwiderte. In diesem Augenblick vergaß sie alle ihre Pläne und erkannte, dass sie sich nur seine Liebe wünschte – für eine Kreatur, welche die Liebe nie gekannt hatte, war dies der größte Schatz, den sie sich vorstellen konnte, wertvoller als jeder Berg an Gold oder eine Armee bezauberter Sklaven. Natürlich genießt Hyapatia immer noch den Reichtum, den ihr ihre Position verschafft. Kerdak versorgt sie auch von Zeit zu Zeit mit lebenden Spielsachen, um ihren monströsen Appetit zu sättigen, und beteiligt sich zuweilen sogar. Hyapatia mag auch die blutigen, primitiven Kämpfe, welche in mehreren Arenen von Port Fährnis abgehalten werden und die sie und Kerdak regelmäßig besuchen. In den geheimen Hallen der Gefahrenburg haben die beiden bereits Orgien voller Gewalt und Völlerei abgehalten, welche sogar manche der blutdurstigeren Freien Kapitäne der Fesseln anwidern würden. Kerdak hat ihr schon mehrfach angeboten, sie zu seiner Orkankönigin zu krönen, doch bisher hat die Lamia-Matriarchin einer solch öffentlichen Rolle aus Furcht vor Entdeckung widerstanden. Sie zieht es vor, Kerdaks Geliebte zu bleiben, die von den meisten Piratenherrschern der Fesseln unterschätzt und ignoriert wird. Neben Kerdak kennt nur Tsadok Goldzahn Hyapatias wahre Identität.

Hyapatia ist eine machtvolle Hexenmeisterin und Knochenfaust treu ergeben. Sie hat ihre Magie genutzt, um den Rückzug des Orkankönigs auf sein Flaggschiff zu decken. Hyapatia wird von ihren beiden „Haustieren" begleitet, aggressiven, achtbeinigen katzenartigen Kreaturen mit goldenem Fell, welche als Aurumvoraxi bezeichnet werden. Sie hält die Bestien mittels wiederholtem *Monster bezaubern* in Zaum und setzt ihre Fertigkeit Mit Tieren umgehen ein, um ihnen zu befehlen, Eindringlinge anzugreifen, während sie Zauber wirkt und alles Erdenkliche in ihrer Macht tut, um zu verhindern, dass jemand die *Schnöder Mammon* erreicht, ehe das Schiff los segelt.

Aurumvoraxi (2) — HG 9
EP je 6.400
TP je 114 *(PF MHB II, S. 31)*

Hyapatia — HG 14
EP 38.400
Lamia-Matriarchin-Hexenmeisterin 6 *(PF MHB II, S.156)*
CB Große monströse Humanoide (Gestaltwandlerin)
INI +6; **Sinne** Dämmersicht, Dunkelsicht 18 m, *Unsichtbares sehen*; Wahrnehmung +15

VERTEIDIGUNG
RK 31, Berührung 19, auf dem falschen Fuß 25 (+4 Ablenkung, +6 GE, -1 Größe, +8 natürlich, +4 Rüstung)
TP 194 (18 TW; 12W10+6W6+107)
REF +16, **WIL** +15, **ZÄH** +10
Immunitäten Geistbeeinflussende Effekte; **ZR** 19

ANGRIFF
Bewegungsrate 12 m, Klettern 12 m, Schwimmen 12 m
Nahkampf *Krummsäbel* +1, +20/+20/+15/+15/+10 (1W6+10/15–20 plus 1 Punkt WE-Entzug beim ersten Treffer in einer Runde) oder Berührung +22 (1W4 WE-Entzug)
Angriff 3 m; **Reichweite** 1,50 m (3 m mit Berührungsangriffen im Nahkampf)
Besondere Angriffe Lange Glieder (+1,50 m), WE-Entzug (1W4, WIL SG 24 keine Wirkung)
Zauberähnliche Fähigkeiten (ZS 12; Konzentration +20)
Beliebig oft – *Bauchreden* (SG 19), *Monster bezaubern* (SG 22)
3/Tag – *Einflüsterung* (SG 21), *Mächtiges Trugbild* (SG 21), *Spiegelbilder*, *Tiefer Schlaf* (SG 21), *Traum*
Zauberähnliche Blutlinienfähigkeiten (ZS 6; Konzentration +14)
11/Tag – Säurestrahl (1W6+3 Säure)
Bekannte Hexenmeisterzauber (ZS 12; Konzentration +20)
6. (4/Tag) – *Verbündeter aus den Ebenen*
5. (6/Tag) - *Kältekegel* (SG 23), *Schneller Tod* (SG 23)
4. (8/Tag) – *Göttliche Macht*, *Illusionswand* (SG 22), *Mächtige Unsichtbarkeit*
3. (8/Tag) – *Blitz* (SG 21), *Magie Bannen*, *Schwere Wunden heilen*, *Verlangsamen* (SG 21)
2. (8/Tag) – *Anmut**, *Beistand*, *Ehrfurchtgebietende Waffe**, *Falsches Leben*, *Sengender Strahl*, *Unsichtbarkeit*
1. (8/Tag) – *Magierrüstung*, *Magisches Geschoss*, *Person vergrößern* (SG 19), *Schild des Glaubens*, *Schwächestrahl* (SG 19), *Unauffälliger Diener*
0. (beliebig oft) – *Erschöpfende Berührung*, *Göttliche Führung*, *Magie entdecken*, *Magie lesen*, *Magierhand*, *Säurespritzer*, *Tanzende Lichter*, *Zaubertrick*
Blutlinie Abnormale Blutlinie

Aus dem Herzen der Hölle

TAKTIK
Vor dem Kampf Hyapatia wirkt täglich *Falsches Leben* und *Magierrüstung*. Vor einem Kampf wirkt sie *Beistand*, *Schild des Glaubens*, *Spiegelbilder* und *Unsichtbares sehen* auf sich und *Ehrfurchtgebietende Waffe* auf ihre beiden Krummsäbel.
Im Kampf Wenn ein Kampf unmittelbar bevorsteht, wirkt Hyapatia *Mächtige Unsichtbarkeit* und wirkt Zauber auf ihre Gegner. Mittels *Verlangsamen* behindert sie Krieger und mit *Einflüsterung* neutralisiert sie andere Gegner. Sollte Hyapatia in den Nahkampf gezwungen werden, wirkt sie *Göttliche Macht* und greift abwechselnd mit ihren Krummsäbeln und ihrem weisheitsentziehenden Berührungsangriff und Berührungszaubern wie *Schneller Tod* an.
Moral Sollte Hyapatia auf unter 40 TP reduziert werden, nutzt sie ihren *Umhang des Scharlatans*, um auf die Schnöder Mammon zu teleportieren und sich Kerdak Knochenfaust in Bereich **Q5** anzuschließen.

SPIELWERTE
ST 24, **GE** 23, **KO** 19, **IN** 16, **WE** 14, **CH** 26
GAB +15; **KMB** +23; **KMV** 43 (kann nicht zu Fall gebracht werden)
Talente Doppelschnitt, Kampf mit zwei Waffen, Kritischer Treffer Fokus, Kritischer Treffer (Übelkeit), Materialkomponentenlos zaubern, Schnelle Waffenbereitschaft, Verbesserter Kampf mit zwei Waffen, Verbesserter Kritischer Treffer (Krummsäbel), Waffenfokus (Krummsäbel), Zauber ausdehnen
Fertigkeiten Akrobatik +16 (Springen +20), Bluffen +23, Diplomatie +21, Einschüchtern +24, Heimlichkeit +16, Klettern +20, Magischen Gegenstand benutzen +23, Mit Tieren umgehen +20, Schwimmen +20, Verkleiden +21, Wahrnehmung +15, Wissen (Arkanes) +16, Wissen (Lokales) +13, Zauberkunde +16
Sprachen Abyssisch, Drakonisch, Gemeinsprache
Besondere Eigenschaften Geheimnisse des Blutes (Dauer von Verwandlungen +50%), Gestalt wechseln (feste Gestalt eines mittelgroßen Humanoider; *Gestalt verändern*), Kleinere Waffen
Kampfausrüstung Schriftrolle: *Person beherrschen*, Schriftrolle: *Des Magiers privates Heiligtum*; **Sonstige Ausrüstung** Krummsäbel +1 (2x), Gürtel der Riesenstärke +2, Umhang des Scharlatans, Überzeugsstirnreif, Anpassungshalskette, 40 GM, Schmuck in Wert von 500 GM
* Siehe *Pathfinder Expertenregeln*.

Schätze: Die Möbel und die Sammlung an Büchern zu Kunst und Geschichte sind insgesamt 5 Punkte Plündergut wert.

K11. Serail

Diese Kammer ist luxuriös ausstaffiert mit samt- und seidegepolsterten Diwanen und geschmackvollen, hochwertigen Kunstwerken an den Wänden. An der Nordwand steht ein polierter Tresen aus Mahagoni und an der Ostwand stehen Vitrinen mit Weinen und Glaswaren.

Kerdak Knochenfaust und Hyapatia nutzen diese Kammer zur persönlichen Unterhaltung und um Gäste zu empfangen. Wenn der Orkankönig in den Höhlen residiert, können hier oft Kurisanen des Calistriatempels von Port Fährnis, der Sirenenpeitsche, angetroffen werden. Wenn Kerdak fort ist, nutzt Hyapatia den Raum für ihre sadistischen Vergnügungen, welche oft darin enden, dass die Möbel ersetzt werden müssen, wenn sie damit fertig ist. Gegenwärtig ist der Serail dunkel und verlassen. Um die Geheimtür in der Westwand zu entdecken, ist ein Fertigkeitswurf für Wahrnehmung gegen SG 30 erforderlich.

Schätze: Die wertvollen Möbel und die Auswahl an teuren Weinen und Alkoholika sind insgesamt 4 Punkte Plündergut wert.

Hyapatia

K12. Fluchtweg (HG 10)

Die steinerne Geheimtür zu dieser Kammer ist verschlossen (Härte 8, 60 TP, Zerbrechen SG 28, Mechanismus ausschalten SG 30); Kerdak Knochenfaust hat den einzigen Schlüssel.

Falle: Die Kammer hat einen falschen Boden, welcher einen permanenten *Kreis der Teleportation* trägt, der jeden, der auf ihm steht, direkt in einen der hängenden Käfige in die Brigg (Bereich **N1**) transportiert. Ein verborgener Schalter (Wahrnehmung SG 25 zum Entdecken) lässt den falschen Boden zur Seite fahren und enthüllt einen zweiten dauerhaften *Kreis der Teleportation* auf dem darunter liegenden Boden. Dieser ist mit dem Flaggschiff des Orkankönigs, der *Schnöder Mammon*, verbunden. Wer in diesen zweiten *Kreis der Teleportation* tritt, wird zur Kapitänstruhe an Bord der *Schnöder Mammon* (Bereich **Q5a**) transportiert. Kerdak Knochenfaust nutzt diesen *Kreis der Teleportation*, um zwischen den Meereshöhlen und seinem Schiff ohne Zeitverlust zu reisen, egal wo sich die *Schnöder Mammon* gerade befindet.

Teleportationskreisfalle	HG 10
EP 9.600	
Art Magie; **Wahrnehmung** SG 34; **Mechanismus ausschalten** SG 34	
EFFEKT	
Auslöser Ort; **Rücksetzer** Automatisch; **Umgehen** Verborgener Schalter	
Effekt Zaubereffekt (*Kreis der Teleportation*, teleportiert Ziel nach Bereich **N1**)	

L. Gästeunterkunft

Gäste in den Meereshöhlen werden in diesem Gebäude auf dem Steg des Verborgenen Hafens untergebracht. Der Orkankönig quartiert hier auch reiche oder hochgeborene Gefangene ein, für die er Lösegeld erpressen will. In Bereich **L1** gibt es zwei Betten für Bedienstete oder Leibwächter von Gästen. Der Raum dient zudem als Wachraum, wenn Gefangene hier festgehalten werden. Bereich **L2** ist ein elegant eingerichteter Wohnraum, während Bereich **L3** ein Himmelbett mit Samtbezügen enthält. Gegenwärtig wohnt in der Gästeunterkunft eine Waffenhändlerin aus Alkenstern namens Omara Kalverin (Bereich **Q**). Da sie Kerdak Knochenfaust auf die *Schnöder Mammon* begleitet hat, stehen die Räume gegenwärtig leer.

Schätze: Mit einem Fertigkeitswurf für Schätzen gegen SG 20 kann man beim Durchsuchen des Gebäudes Porzellangeschirr, Möbel, Kunstgestände und Gemälde im Wert von 3W6 x 100 GM finden.

M. Die Üppige Meerjungfrau (HG 12)

Durch die Fensterläden in den Wänden dieses großen Gebäudes aus grob zusammengemörtelten Steinen, welches auf den Holzpfählen an der Südseite eines langen hölzernen Steges steht, dringt Licht. Eine rote Laterne hängt neben einer Doppeltür in der Südwand neben einem Schild mit vergoldetem Rand, das eine Meerjungfrau mit glitzernden blauen Schuppen und feurig rotem Haar zeigt, die gerade ein Glas purpurnen Weines verschüttet. Ein weiterer Steg aus Holz reicht von einem felsigen Vorsprung zu diesen Türen.

Diese Schenke (und gleichzeitig Bordell) ist ein Überbleibsel aus den alten Tagen, in denen die Meereshöhlen eine Schmugglerzuflucht waren. Zugleich ist sie die älteste, beständig geöffnete Spelunke in Port Fährnis. Heute wird dort hauptsächlich die Mannschaft der *Schnöder Mammon* bedient, welche während des Landganges zugleich von dem Angebot an Alkoholika und sexuellen Dienstleistungen Gebrauch machen. Der Haupteingang zeigt nach Süden und das Innere des Gebäudes (Bereich **M1**) ist eine größtenteils offene Fläche, auf welcher die Tische auf Böcken aufgebaut werden, wenn die Wachen der Meereshöhle und die Mannschaft der *Schnöder Mammon* sich zu Mahlzeiten einfinden. Eine Treppe führt vom Schankraum aus auf eine Galerie, von der die sechs Schlafzimmer abgehen. An der Rückwand des Gebäudes befindet sich eine kleine, aber funktionale Küche (Bereich **M2**), deren Hintertür auf den Hauptsteg führt.

Kreaturen: Averine, eine sich harsch ausdrückende Piratin leitet die Üppige Meerjungfrau. Ihr untersteht ein Stab aus zwei Schankmädchen und sechs Prostituierten. Ferner halten sich zur Zeit vier Piratenwachen im Schankraum auf, welche eigentlich die in der Brigg (Bereich **N1**) eingesperrten Matrosen ersetzen sollen. Sie hatten in der Meerjungfrau auf Tsadok Goldzahn gewartet, doch angesichts des Angriffes auf Port Fährnis und die Meereshöhlen hat man sie vergessen. So warten sie nun in der Schenke, bis sie gebraucht werden. Sie sind aber nur zu begierig, dem Orkankönig – ihrem neuen Kapitän – die Treue zu beweisen, und greifen Eindringlinge an, die offenkundig nicht zu Knochenfausts Leuten gehören. Averine ist zwar keine Kämpferin, wird aber die Schenke – und damit ihren Lebensunterhalt – wenn erforderlich mit der Armbrust verteidigen. Die Schankmädchen und Prostituierten sind völlig mutlos und reagieren verängstigt, sollte es zu einem Kampf kommen.

Averine	HG 3
EP 800	
Wirtin (*PF SLHB*, S. 309)	
TP 23	

Schankmädchen (2)	HG ½
EP je 200	
TP je 7 (*PF SLHB*, S. 308)	

Piratenwachen (4)	HG 8
EP je 4.800	
TP je 80 (siehe Seite 20)	

Prostituierte (6)	HG 1
EP je 400	
TP je 11 (Dirnen, *PF SLHB*, S. 267)	

N. Brigg (HG 6)

Zwei finster wirkende Türme stehen sich auf diesem felsigen Vorsprung gegenüber. Jeder hat nur eine einzige, eiserne Tür. Von jenseits der schmalen, vergitterten Schlitze, welche die einzigen Fenster der Türme sind, ist schwaches Stöhnen zu hören.

Aus dem Herzen der Hölle

Der Orkankönig hat zwar Gefallen daran, wie jeder Piratenkapitän, andere auspeitschen oder aufknüpfen zu lassen, muss zuweilen aber auch Gefangene über längere Zeit festhalten. Reiche Geiseln werden in der Regel im Gästequartier (Bereich L) festgehalten, bis sie freigekauft werden, während gewöhnlichere Gefangene in diesen 6 m hohen Türmen eingekerkert werden. Hyapatia besucht die Brigg des Öfteren und alle Gefangenen, welche die „freilässt" werden meist nicht mehr gesehen, sondern fallen ihren blutigen Vergnügungen zum Opfer.

Die Eisentüren der Türme sind ständig verschlossen (Härte 10, 60 TP, Zerbrechen SG 28, Mechanismus ausschalten SG 25). Die Blutige Belita und der Bucklige Par (siehe unten, Kreaturen) haben die Schlüssel. Im westlichen Turm (Bereich N1) hängen mehrere Handketten an den Wänden und an die Westwand gelehnt befindet sich eine Eiserne Jungfrau, während ein Dutzend verschlossener Eisenkäfige (Härte 10, 30 TP, Zerbrechen SG 28, Mechanismus ausschalten SG 25) von der Decke hängen. Sie sind leer, allerdings landen in ihnen alle Opfer des *Kreises der Teleportation* in Bereich K12. Im östlichen Turm (Bereich N2) gibt es eine zudem Streckbank, ein Folterrad, einen Foltertisch, mehrere Kohlebecken und zwei einfache Betten.

Kreaturen: Gegenwärtig befinden sich Gefangene nur in Bereich N1; es handelt sich um vier Seeleute der *Schnöder Mammon*, die ein wenig zu redselig über den Verborgenen Hafen während des letzten Landganges in Port Fährnis waren und die nun auf die Bestrafung durch den Orkankönig (oder Hyapatias „Liebkosungen") warten. In Bereich N2 haust der Schließer der Brigg, ein einfältiger Bursche namens Buckliger Par, sowie die Gefängnisaufseherin, eine bösartige Frau, welche als die Blutige Belita bekannt ist. Sie verhält sich ihm gegenüber unterwürfig und hofft, eines Tages gefragt zu werden, ob sie bei den „Unterhaltungen" der Lamiamatriarchin assistieren darf. Beide sind Kerkermeister und keine loyalen Mitglieder der Mannschaft des Orkankönigs. Daher verteidigen sie ihre Schutzbefohlenen nur so lange, bis sie erkennen, dass sie unterlegen sind. Dann versuchen sie, nach Bereich M oder O zu fliehen. Die Gefangenen sind bereits ein paar Wochen im Kerker und besitzen kein Wissen, welches den SC helfen könnte.

Die Blutige Belita	**HG 5**

EP 1.600
Weiblicher Folterknecht (*PF SLHB*, S. 273)
TP 52

Der Bucklige Par	**HG 3**

EP 800
Männlicher Schließer (*PF SLHB*, S. 273)
TP 37

Gefangene (4)	**HG 1/2**

EP je 200
Matrosen (*PF SLHB*, S. 292)
TP je 11 (jeder hat aber z.Zt. nur 1W6 TP)
Ausrüstung Keine

O. Pulverturm (HG 13)

Ein neun Meter hoher Rundturm steht am Rand der felsigen Halbinsel, von dessen Spitze man sicher einen wunderbaren Überblick über den Hafen in der Meereshöhle hat. In den Wänden befinden sich Schießscharten und eine Eisentür im Erdgeschoss scheint der einzige Zugang zu sein.

Die Eisentür dieses Turms ist zu jeder Zeit verschlossen (Härte 10, 60 TP, Zerbrechen SG 28, Mechanismus ausschalten SG 25). Dieser Wachturm dient einerseits als Verteidigungsanlage des Verborgenen Hafens und andererseits als Lager für das Schwarzpulver, das für die Kanonen der *Schnöder Mammon* genutzt wird. Der Turm hat drei Stockwerke und ein offenes Dach, die mittels hölzernen Leitern und Falltüren verbunden sind. Das Erdgeschoss ist voller Fässer mit Schwarzpulver. Insgesamt sind es 200 Fässer, dazu kommen 300 Kanonenkugeln, die zu Pyramiden aufgetürmt sind. Der erste Stock ist bis unter die Decke mit alchemistischer Laborausrüstung gefüllt: Kisten mit Glaswaren, wachsversiegelte Pakete und Fässer sowie Bänke voller Kessel, Schüttbehälter und Flaschen. Zu der Ausrüstung und den Versorgungsgütern kommen viele Rohstoffe zur Schwarzpulverherstellung und zum Destillieren und Fermentieren von Giften und Alkoholika hinzu. Der zweite Stock dient als Unterkunft und hat nach allen Seiten gerichtete Schießscharten. Auf dem Dach steht eine magische *Siroccokanone* (siehe Seite 55), welche in jede Richtung feuern kann. Neben der Kanone stehen ein Fass mit Schwarzpulver und 20 Kanonenkugeln.

Kreaturen: Zwei Piratenscharfschützen haben hinter den Schießscharten des zweiten Stocks Dienst und zwei Piratenbombenwerfer bemannen die *Siroccokanone* auf dem Turmdach. Die Bombenwerfer nehmen jeden Eindringling mit der Kanone unter Beschuss, während die Scharfschützen ihre Armbrüste nutzen. Sobald Eindringlinge die Insel und den Turm erreichen, trinken die Bombenwerfer ihre Extrakte und Mutagene und werfen mit Bomben. Die Bombenwerfer und Scharfschützen kämpfen bis zum Tod.

Piratenbombenwerfer (2)	**HG 9**

EP je 6.400
TP je 93 (siehe Seite 24)
Fernkampf Kanone +13 (6W6/×4)

Piratenscharfschützen (2)	**HG 9**

EP je 6.400
TP je 83 (siehe Seite 25)

Schätze: Neben der Kanone und dem gelagerten Schwarzpulver enthält der Turm ein vollständiges Alchemistenlabor und alchemistische Rohmaterialien im Wert von 4.000 GM, welche genutzt werden können, um die Herstellungskosten von Tränken und alchemistischen Gegenständen zu bezahlen.

P. Der Verborgene Hafen (HG 13)

Aus einem Tunnel im Süden strömt Wasser in diese Meereshöhle. Im Norden führt ein hölzerner Steg von einem großen Steingebäude am Strand nach Osten. Am Ende des Stegs ist ein Dreimaster vertäut.

Dies ist der Verborgene Hafen, in dem die Orkankönige seit über 100 Jahren ihre Schiffe verstecken. Am Ende des Stegs liegt Kerdak Knochenfausts Flaggschiff vor Anker, die *Schnöder Mammon*. In Ufernähe ist das Wasser 9 m tief, es fällt aber rasch ab auf über 18 m Tiefe hinter dem Anleger. In der Mitte der Höhle liegt in über 30 m Tiefe das zerschmetterte Wrack einer Galeone. Dabei handelt es sich um die Reste der *Seefrau*, des Schiffes des ersten Orkankönigs Tarpin Eisen. Es liegt immer noch dort, wo es von Salzknochen und der *Betrügerei* versenkt wurde. Eisens Nachfolger, Glick Hyde hat das Wrack schon vor langer Zeit geplündert, so dass nichts Wertvolles mehr an Bord ist.

Kreaturen: Vier Megalodonen patrouillieren im Wasser des Verborgenen Hafen und schützen den Anleger und die *Schnöder Mammon* gegen Unterwassereindringlinge. Die Werhaipiraten können mit den Schreckenshaien kommunizieren und stellen sicher, dass sie gut gefüttert werden. Dennoch vermeiden es die erfahrenen Matrosen der *Schnöder Mammon* um jeden Preis, ins Wasser zu fallen.

Die Megalodonen greifen jede lebende Kreatur im Wasser an, verfolgen ihre Beute aber nicht in den Kanal der Tiefe (Bereich **I**), da dort die Piscodaimonen hausen.

Schreckenshaie (4)   HG 9
EP je 6.400
TP je 112 (*PF MHB, S. 143*)

Q. Die *Schnöder Mammon*

Am Ende des Stegs vertäut liegt im Verborgenen Hafen das Flaggschiff des Orkankönigs, das Kriegsschiff *Schnöder Mammon*. Der Dreimaster trägt rot-blaue Segel. Das Segelschiff ist 30 m lang und 9 m breit und verfügt über höherliegende Kastelle an Bug und Heck. Die Galionsfigur stellt eine hervorragend gearbeitete und lebensecht angemalte, wunderschöne barbusige Frau dar. Die Kriegsflagge Kerdak Knochenfausts, eine knochige Faust über gekreuzten Klingen, weht am Hauptmast unter dem Schädel und den gekreuzten Ketten der Fesseln.

Nachfolgend wird die *Schnöder Mammon* kurz beschrieben, siehe auch die Karte auf Seite 28. Die Verteidiger, welche sich den SC stellen, wenn diese das Schiff entern, werden im Anschluss präsentiert.

Q1. Hauptdeck: Eine breite Planke verbindet den Steg des Verborgenen Hafens mit dem Hauptdeck der *Schnöder Mammon*. Der Hauptmast erhebt sich im Zentrum des Decks und ist bekrönt von einem Krähennest in 18 m

Aus dem Herzen der Hölle

Höhe. In diesem Ausguck hat man Deckung gegen Fernkampfangriffe und Nahkampfangriffe durch fliegende Kreaturen und Verbesserte Deckung gegen Angriffe von unten. Vor dem Mast befindet sich eine 3 m x 3 m messende Frachtluke, welche Zugang zum Kanonendeck (Bereich **Q8**) darunter gestattet. Zum Vorderdeck (Bereich **Q2**) führen zwei Treppen hinauf. Neben der steuerbordwärtigen Treppe befindet sich eine Luke, die unter Deck führt, neben der backbordwärtigen Treppe liegt die Tür zur Kapitänskajüte (Bereich **Q5**). Achtern führen zwei weitere Treppen zum Poopdeck (Bereich **Q3**) hinauf, dazwischen liegen zwei Türen, hinter denen sich die Offiziersunterkünfte (Bereich **Q4**) befinden.

Q2. Vorderdeck: Das Vorderdeck liegt 3 m über dem Hauptdeck und wird von dem vorderen Mast und seiner am Bugspriet befestigten Takelage eingenommen. Der Vordermast trägt ein befestigtes Krähennest identisch dem auf dem Hauptmast in 12 m Höhe.

Q3. Poopdeck: Wie das Vorderdeck liegt auch das Poopdeck 3 m über dem Hauptdeck. Seine Reling ist kunstvoll vergoldet. Der mit einem Lateinersegel bestückte Kreuzmast erhebt sich über diesem Deck. Achtern des Mastes befindet sich das Steuerruder, ein Rad aus poliertem Ebenholz und Gold- und Elfenbeinintarsien. Der Orkankönig steht während einer Seeschlacht normalerweise selbst am Ruder, delegiert die Steuerung und Navigation ansonsten aber weiter.

Q4. Offiziersunterkünfte: Unter dem Poopdeck mit Ausgängen zum Hauptdeck liegen zwei Kabinen für die Hauptoffiziere der *Schnöder Mammon*. Beide sind leer, da das Schiff zur Abreise vorbereitet wird. Eine Durchsuchung (und ein Fertigkeitswurf für Mcchanismus ausschalten, Schätzen oder Wahrnehmung gegen SG 20) fördert diverse Ausrüstung und kleine Wertsachen im Wert von 1W6 x 10 GM pro erfolgreichem Fertigkeitswurf zutage.

Q5. Kapitänskajüte: Eine vergoldete Tür mit einem Stabkreuzfenster, hinter dem eine purpur-goldene Gardine zugezogen ist, führt in diese opulent ausgestattete Kabine. Ein großer Tisch mit plüschbezogenen Stühlen steht im Raum, die Möbel sind am Boden festgeschraubt. Vergoldete, polierte Lampen leuchten über Regalen. Dahinter steht ein breites, luxuriöses Bett unter großen Fenstern mit Blick aufs Wasser achtern. Die Wände sind mit Karten und nautischen Gemälden geschmückt. Backbord führt eine Tür zu einer schmalen Treppe, die nach unten in die Kabine des Ersten Maats (Bereich **Q10**) führt. Die vergoldeten Möbel in dieser Kabine sind 5 Punkte Plündergut wert; die meisten sind aber Bestandteil des Schiffes und müssten es erst zerlegt werden.

Q5a. Kapitänstruhe: Die Tür zu dieser Kammer ist verschlossen (Härte 5, 20 TP, Zerbrechen SG 25, Mechanismus ausschalten SG 30). Wenn sich die *Schnöder Mammon* auf See befindet, lagert Kerdak Knochenfaust in dieser Kammer seine persönliches Plündergut. Ein dauerhafter *Kreis der Teleportation* auf dem Boden verbindet das Schiff mit der Residenz des Orkankönigs in den Meereshöhlen. Jeder, der im Kreis steht, wird sofort nach Bereich **K12** teleportiert. Da der Orkankönig in letzter Zeit nicht der Piraterie gefrönt hat, ist die Kammer bis auf eine eiserne Schließkiste leer (Härte 10, 30 TP, Zerbrechen SG 28, Mechanismus ausschalten SG 40), welche mit Geld zur Bezahlung der Mannschaft gefüllt ist: 1.000 GM in diversen Münzen, hauptsächlich Silber.

Q6. Magazin: Die Eisentür zu dieser Kammer ist verschlossen (Härte 10, 60 TP, Zerbrechen SG 28, Mechanismus ausschalten SG 30). In diesem Magazin lagern Pulver und Munition für die Kanonen auf dem Kanonendeck: 40 Fässer mit Schwarzpulver und 40 Pulverhörner, dazu Kanonenkugeln, Kartätschen und Kettenkugeln.

Q7. Rüstkammer: Die Tür zu dieser Kammer ist verschlossen (Härte 5, 20 TP, Zerbrechen SG 25, Mechanismus ausschalten SG 30). Die Kammer enthält 20 Lederrüstungen, 20 Tartschen und jeweils 20 Enterbeile, Enterpiken, Entermesser, Leichte Armbrüste und Wurfäxte sowie 200 Armbrustbolzen.

Q8. Kanonendeck: Die 16 Kanonen der *Schnöder Mammon* befinden sich auf diesem Deck, acht zu jeder Seite, welche durch Klappen in den Seiten des Schiffes feuern können. Kisten mit Kanonenkugeln und Kettenkugeln sind an den Wänden befestigt. In der Mitte des Decks erlaubt eine Frachtluke mit 3 m Seitenlänge Zugang zum Mitteldeck (Bereich **Q12**).

Q9. Gästekabine: Der Orkankönig bringt Gäste oder höhergestellte Geiseln in diesem luxuriösen Raum unter. Die Tür kann mit einem eigenen Schlüssel von innen oder außen abgeschlossen werden (Mechanismus ausschalten SG 30). Mit einem Fertigkeitswurf für Wahrnehmung gegen SG 30 kann man Wertsachen im Wert von 1 Punkt Plündergut in Form von Kunstgegenständen und hochwertigen Möbeln finden.

Q10. Kabine des Ersten Maats: Kerdak Knochenfausts Erster Maat, Tsadok Goldzahn, bewohnt diesen Raum. Seine Kabine ist mit den abgezogenen Häuten und Fellen von Tieren und Bestien geschmückt, darunter auch genug Bronzedrachenhaut, um daraus eine Brustplatte und einen Schild von jeweils Meisterarbeitsqualität herzustellen Backbord führt eine Tür zu einer schmalen Treppe, welche zur Kapitänskajüte (Bereich **Q5**) hinaufführt. In einer verschlossenen Kiste (Mechanismus ausschalten SG 30) bewahrt Tsadok ein graviertes Entermesser [Meisterarbeit] im Wert von 500 GM, ein *Elixier des Schwimmens*, einen *Trank: Fliegen*, einen *Trank: Wasser atmen*, einen Sternrosenquarz im Wert von 50 GM und einen Beutel mit 100 GM auf.

Q11. Vorratslager: Diese Kammer enthält Versorgungsgüter für das Schiff wie Trockenzwieback, Seile, Segel und Bauholz.

Q12. Mitteldeck: Auf diesem Deck wird Fracht gelagert. Es dient aber auch den gewöhnlichen Matrosen des Schiffes als Unterkunft, die hier gespannten Hängematten belegen. Eine Frachtluke von 3 m Seitenlänge in der Mitte des Decks führt in die Bilge (Bereich **Q15**). Die Fracht der *Schnöder Mammon* hat gegenwärtig einen Wert von 8 Punkten Plündergut.

Q13. Kombüse: Hier wird das Essen für die Mannschaft zubereitet.

Q14. Vorratskammer: Nahrung, Frischwasser und Rum für die Besatzung werden hier gelagert.

Q15. Bilge: Das unterste Deck des Schiffes enthält nur stinkendes Wasser, zwei Pumpen und zahlreiche Ratten. Auf diesem Deck können zur Not weitere Frachtgüter gelagert oder Sklaven und Gefangene eingesperrt werden.

Klar Schiff machen (HG 14)

Kerdak Knochenfaust war sich sicher, dass die SC niemals bis zu ihm vordringen würden. Sobald sie aber zu nahe kommen – z.B. sobald sie einen Fuß auf den Steg setzen, nachdem sie Bereich **K** hinter sich gebracht haben, erkennt er seinen Fehler und befiehlt seiner Mannschaft, umgehend die Segel zu setzen. Ein Schiff von der Größe der *Schnöder Mammon* braucht dafür aber ein paar Minuten – die SC sollten daher erkennen, dass der Orkankönig zu fliehen versucht.

Sobald die SC sich der *Schnöder Mammon* erstmals nähern, ist man dort dabei, die Segel zu setzen. Seeleute eilen in der Takelage und an Deck umher, lösen Leinen und entrollen die Segel. Kerdak Knochenfaust verbleibt in seiner Kabine (Bereich **Q5**) und hofft, dass seine Offiziere die SC lange genug aufhalten können, bis die *Schnöder Mammon* das offene Meer erreicht und er entkommen kann. Unter Deck richten die Kanoniere wieder ihre Kanonen auf die SC aus und eröffnen das Feuer; siehe auch den Kasten auf Seite 31. Die Kriegsflagge des Orkankönigs am Hauptmast ist in Wirklichkeit ein *Herrscherbanner (Sieg)* (siehe *Pathfinder Expertenregeln*), welches seinen Verbündeten einen Moralbonus von +2 auf ihre Angriffs-, Rettungs- und Fertigkeitswürfe verleiht, solange sie es sehen können.

Kreaturen: An Bord der *Schnöder Mammon* hält sich eine Besatzung aus 52 Seefahrern auf – 20 bemannen das Schiff und 32 bedienen die Kanonen. Diese Leichtmatrosen und Takler sind gewöhnliche Piraten (CB Menschliche Kämpfer 5), aber keine ernstzunehmenden Gegner für die SC – und das wissen sie auch. Die Seeleute ignorieren die SC daher so gut sie können und versuchen, ihnen aus dem Weg zu gehen. Sie springen wenn nötig sogar über Bord und versuchen ihr Glück bei den Schreckenshaien, statt sich den SC in den Weg zu stellen, letzteres überlassen sie dem Orkankönig und seinen Offizieren und Verbündeten.

Dennoch ist die *Schnöder Mammon* alles andere als ungeschützt: In 18 m Höhe sitzt eine Schützin namens Omara Kalverin im Krähennest des Hauptmasts. Omara gehört zu den Verbündeten des Orkankönigs. Sie ist eine Waffenhändlerin im Auftrag der berühmten Waffenwerke des Großherzogtums Alkenstern, die als persönliche Gesandte nach Port Fähmis geschickt wurde. Kalverin ist eine Garundi mit kahlrasiertem Kopf und scharfem Blick. Ihre Zeit auf den Fesselinseln spiegelt sich darin wieder, dass sie sich wie ein Pirat kleidet, obwohl sie keine Piratin ist, sondern in erster Linie eine Geschäftsfrau. Solange Kerdak Knochenfaust am Leben ist, stellt sie ihm als ihrem gegenwärtigen Kunden ihre Expertise (und ihre Muskete) zur Verfügung, jedoch wird sie nicht ihr Leben für den Orkankönig opfern. Omara wählt ihre Ziele mit Hilfe ihres *Zielfernrohrs: Weitsicht* vom Krähennest des Hauptmastes aus, um Berührungsangriffe gegen Ziele in beliebiger Entfernung durchführen zu können.

Ferner sitzt eine Piratenscharfschützin im Krähennest des Vordermastes (15 m über dem Hauptdeck) und schießt mit ihrer Armbrust unter Nutzung von Schnelles Schießen und Tödlicher Zielgenauigkeit auf jeden, der sich dem Schiff nähert.

Die Krähennester geben Omara und der Piratenscharfschützin Deckung gegen Fernkampfangriffe und die Nahkampfangriffe fliegender Kreaturen sowie Verbesserte Deckung gegen Angriffe von unten.

Unten stellen sich zwei Bootsmannshilfen auf dem Hauptdeck (Bereich **Q1**) eilig jedem in den Weg, der an Bord zu kommen versucht. Diesen schließt sich ein bombenwerfender Charau-ka-Alchemist an, welcher von der Mannschaft „Pulverpott" genannt wird und als „Maskottchen" der *Schnöder Mammon* fungiert. Pulverpott trägt ein Piratenkopftuch und sein Fell ist an vielen Stellen von Pulververbrennungen und seinen eigenen Bombenexplosionen versengt. Er steht auf dem Vorderdeck (Bereich **Q2**) und wirft Bomben nach jedem, der die *Schnöder Mammon* betreten will.

Mit Ausnahme von Omara und Pulverpott (bzgl. ihrer Taktiken siehe ihre Spieltechnischen Werte) kämpfen alle diese Piraten bis zum Tod.

Omara Kalverin

Aus dem Herzen der Hölle

Bootsmanngehilfen (2) HG 8
EP je 4.800
Piratenwachen (siehe Seite 20)
TP je 80

Omara Kalverin HG 12
EP 19.200
Menschliche Schützin 13 (*Ausbauregeln II Kampf*, S. 9)
N Mittelgroße Humanoide (Mensch)
INI +7; **Sinne** Wahrnehmung +20
VERTEIDIGUNG
RK 27, Berührung 22, auf dem falschen Fuß 19 (+4 Ablenkung, +3 Ausweichen, +5 GE, +5 Rüstung)
TP 115 (13W10+39)
REF +15, **WIL** +8, **ZÄH** +12
Verteidigungsfähigkeiten
Behände +3
ANGRIFF
Bewegungsrate 9 m
Nahkampf Rapier [Meisterarbeit] +21/+16/+11 (1W6–1/18–20)
Fernkampf Muskete der Distanz +1, +22/+17/+12 (1W12+6/×4)
Besondere Angriffe Schneid (4), Feuerwaffentraining (Kanone, Muskete, Pistole, +5)
TAKTIK
Vor dem Kampf Omara nimmt vor einem Kampf einen *Trank: Schild des Glaubens* zu sich. Ihre Spielwerte enthalten zudem bereits die Boni durch Kerdak Knochenfausts *Herrscherbanner (Sieg)*.
Im Kampf Bei Entfernungen jenseits von 24 m führt Omara einzelne Angriffe unter Nutzung ihres *Fernfernrohrs (Weitsicht)* und Tödlicher Zielgenauigkeit aus. Sobald Gegner näherkommen, führt sie Volle Angriffe mit ihrer Muskete unter Nutzung von Schnelles Schießen und Tödlicher Zielgenauigkeit aus. Omara verbraucht Schneid nach Bedarf, versucht aber, mindestens 1 Schneidpunkt aufzuheben, um Schützentricks wie Lauf reinigen und Schnell ziehen nutzen zu können.
Moral Omara kämpft nur so lange für den Orkankönig, wie ihr dies sinnvoll erscheint. Sollten Gegner ihr Krähennest erreichen und sie in einen Nahkampf verwickeln oder sie auf unter 60 TP reduziert werden, ergibt sie sich und bietet die Geheimnisse der Feuerwaffen im Austausch für ihr Leben an. Omara ist es egal, wer die *Orkankrone* trägt. Sollte sie verschont werden, bietet sie ihre Dienste dem nächsten Orkankönig an (siehe Abschluss des Abenteuers).
Grundwerte Ohne ihren Trank und außerhalb der Sichtweite des *Herrscherbanners (Sieg)* hat Omara die folgenden Spielwerte **RK** 23, Berührung 18, auf dem falschen Fuß 15; **REF** +13, **WILL** +6 **ZÄH** +10; **Nahkampf** Rapier [Meisterarbeit] +19/+14/+9 (1W6–1/18–20); **Fernkampf** Muskete der Distanz +1, +20/+15/+10 (1W12+6/×4); **Fertigkeiten** -2 auf alle Fertigkeiten.
SPIELWERTE
ST 8, **GE** 21, **KO** 14, **IN** 12, **WE** 14, **CH** 10
GAB +13; **KMB** +12; **KMV** 34

Talente Büchsenmacher*, Fernschuss, Gelegenheitsschuss*, Kernschuss, Präzisionsschuss, Schnelles Nachladen, Schnelles Schießen, Tödliche Zielgenauigkeit, Verbesserter Präzisionsschuss, Waffenfinesse, Waffenfokus (Muskete), Zusätzlicher Schneid*
Fertigkeiten Akrobatik +23, Bluffen +18, Diplomatie +15, Klettern +12, Sprachenkunde +4, Wahrnehmung +20, Wissen (Baukunst) +19, Wissen (Lokales) +10
Sprachen Gemeinsprache, Osirisch, Polyglott
Besondere Eigenschaften Büchsenmacher, Schützentricks (Blattschuss, Blitzschnelles Nachladen, Blutende Schusswunde [5], Geschoß ausweichen, Kolbenhieb, Lauf reinigen, Schnell ziehen, Sorgfältiges Nachladen, Trickschuss, Warnschuss, Zielen, Zielgenauigkeit)
Kampfausrüstung *Öl der Stille**, *Trank: Schwere Wunden heilen*, *Trank: Schild des Glaubens* +4 (2x);
Sonstige Ausrüstung *Verstärkte Lederrüstung* +2, *Muskete der Distanz* +1 mit *Zielfernrohr (Weitsicht)**, 20 Kugeln und 20 alchemistische Papierkartuschen (Kugel), Rapier [Meisterarbeit], *Gürtel der Unglaublichen Geschicklichkeit* +2, Trockenladungshorn* mit 20 Anwendungen Schwarzpulver, Büchsenmacherausrüstung*, 130 GM

* Siehe *Pathfinder Ausbauregel II: Kampf.*

Piratenscharfschützin HG 9
EP 6.400
TP 83 (siehe Seite 25)

Pulverpott HG 8
EP 4.800
Charau-ka-Alchemist 7 (*Weltenband der Inneren See*, S. 310; *PF EXP*, S. 26)
CB Kleiner Humanoider (Charau-ka)
INI +5; **Sinne** Dämmersicht, Dunkelsicht 18 m, Geruchssinn; Wahrnehmung +15
VERTEIDIGUNG
RK 22, Berührung 16, auf dem falschen Fuß 17 (+5 GE, +1 Größe, +2 natürlich, +4 Schild)
TP 102 (10 TW; 3W8+7W8+58)
REF +15, **WIL** +7, **ZÄH** +11; +1 gegen Furcht, +4 gegen Gift
ANGRIFF
Bewegungsrate 9 m, Klettern 9 m
Nahkampf Biss +16 (1W6+5), 2 Klauen +16 (1W4+5) oder *Enterpike* +1, +17/+12 (1W6+8/×3), Biss +11 (1W6+2)
Fernkampf Bombe +19 (4W6+2 Feuer/19–20)
Angriffsfläche 1,50 m; **Reichweite** 1,50 m (3 m mit Enterpike)
Besondere Angriffe Bombe 11/Tag (4W6+2 Feuer und Feuerfangen, SG 15, 3 m-Radius), Kreischender Irrsinn, Wurfwaffenmeisterschaft
Vorbereitete Alchemistenextrakte (ZS 7)
3. – *Gasförmige Gestalt*

2. – *Bärenstärke, Beistand, Feuerodem* (SG 14), Verschwimmen*
1. – *Auge des Bombenwerfers*, Hauch der See*, Leichte Wunden heilen, Person vergrößern, Schild*

TAKTIK

Vor dem Kampf Wenn Alarm gegeben wird, trinkt Pulverpott sein Bestienmutagen und seine *Extrakte: Bärenstärke, Beistand, Schild* und *Verschwimmen*. Seine Spielwerte enthalten die Boni durch das *Herrschaftsbanner (Sieg)*, welches am Hauptmast flattert.

Im Kampf Pulverpott wirft Explosionsbomben nach den Angreifern. Er setzt seine Entdeckung Präzisionsbombe ein, um die Bootsmannsgehilfen nicht zu treffen. Sollten Angreifer ihn in den Nahkampf verwickeln, versucht er, sie mit seiner Enterpike auf Abstand zu halten. Falls jemand an deren Reichweite vorbeikommt, verfällt er in Kreischenden Irrsinn und greift mit Biss und Klauen an. Sollte Pulverpott keine Bomben mehr haben, trinkt er seinen *Extrakt: Feuerodem* oder schleudert alchemistische Gegenstände wie Alchemistenfeuer oder Flüssiges Eis nach seinen Feinden.

Moral Pulverpott dient gern als Motivator der *Schnöder Mammon*, ist aber intelligent genug, um zu erkennen, wann ein Kampf verloren ist. Sollte er auf unter 21 TP reduziert werden, trinkt er seinen *Extrakt: Gasförmige Gestalt* und versucht, in Sicherheit zu fliehen.

Grundwerte Ohne Mutagene und Extrakte und außerhalb der Sichtweite des *Herrscherbanners (Sieg)* hat Pulverpott folgende Spielwerte: **INI** +3; **RK** 16, Berührung 14, auf dem falschen Fuß 13; **TP** 91; **REF** +11, **WIL** +6, **ZÄH** +9; **Nahkampf** Enterpike +1, +12/+7 (1W6+5/x3), Biss +6 (1W3+1); **Fernkampf** Bombe +14 (4W6+2 Feuer/19–20); **ST** 17, **GE** 16, **WE** 12; **KMB** +9; **KMV** 22; **Fertigkeiten** Beruf (Seefahrer) +9, Einschüchtern +9, Handwerk (Alchemie) +15, Heimlichkeit +14, Klettern +21, Überlebenskunst +9, Wahrnehmung +14, Zauberkunde +9.

SPIELWERTE

ST 21, **GE** 20, **KO** 16, **IN** 14, **WE** 10, **CH** 8
GAB +7; **KMB** +11; **KMV** 26
Talente Abhärtung, Eiserner Wille, Kernschuss, Improvisierter Fernkampf, Trank brauen, Waffenfokus (Bombe), Zusätzliche Bomben*
Fertigkeiten Beruf (Seefahrer) +10, Einschüchtern +13, Handwerk (Alchemie) +17, Heimlichkeit +18, Klettern +25, Überlebenskunst +10, Wahrnehmung +15, Zauberkunde +11
Sprachen Abyssisch, Gemeinsprache, Osirisch, Polyglott
Besondere Eigenschaften Alchemie (alchemistische Gegenstände herstellen +7, Tränke identifizieren), Mutagen (+4/-2, +2 natürlich, 70 Minuten), Entdeckungen (Bestienmutagen, Explosionsbombe, Präzisionsbombe [2 Felder]), Gift einsetzen, Schnelle Alchemie, Schnelles Vergiften
Kampfausrüstung Säure (3x), Alchemistenfeuer (3x), Flüssiges Eis* (3x), Mutagen (GE), Verstrickungsbeutel, Donnerstein (3x); **Sonstige Ausrüstung** Enterpike +1, Praktischer Rucksack, Alchemistenausrüstung*, Kopftuch, Formelbuch (enthält alle vorbereiteten Formeln), Zündholz (7x), 60 GM

BESONDERE FÄHIGKEITEN

Kreischender Irrsinn (ÜF) Einmal am Tag kann ein Charau-ka als Freie Aktion in einen Zustand kreischenden Irrsinns verfallen. In diesem Zustand misslingen ihm automatisch Fertigkeitswürfe für Heimlichkeit und kann er weder sprechen noch Zauber mit verbalen Komponenten wirken oder Gegenstände benutzen, welche mittels Befehlsworten aktiviert werden. Dafür wird er behandelt, als stünde er unter *Hast*. Der Charau-ka kann bis zu 3 Runden lang kreischen und gilt danach für 1 Runde als Wankend.

Wurfwaffenmeisterschaft (AF) Charau-ka sind Meister der Wurfwaffen. Alle Charau-ka erhalten das Bonustalent Improvisierter Fernkampf und einen Volksbonus von +1 auf alle Angriff mit Wurfwaffen. Ferner wird der Bedrohungsbereich für Kritische Treffer verdoppelt, als besäßen sie das Talent Verbesserter Kritischer Treffer für alle Wurfwaffen. Dieser Effekt ist nicht kumulativ mit anderen Effekten, welche den Bedrohungsbereich einer Waffe erweitern.

* Siehe *Pathfinder Expertenregeln*.

Das Letzte Gefecht des Orkankönigs (HG 18)

Kerdak Knochenfaust wartet in seiner Kajüte (Bereich Q5) ab, während an Deck gekämpft wird. Sobald der Kampflärm verebbt, kommt er an Deck. Sollten die SC gesiegt haben, fuchtelt er mit der Pistole in einer Hand und einem Bierkrug in der anderen herum. Er trägt die *Orkankrone*, welche gegenwärtig als breitkrempiger Kapitänshut getarnt ist. Knochenfaust verhöhnt die SC, dass diese Narren seien, ihn herauszufordern, und gibt damit an, dass niemand, der den Orkankönig herausgefordert hat, dies bisher überlebt hätte. Dann setzt er sein *Spurlosigkeitspulver* ein, um zu verschwinden und anzugreifen. Knochenfaust weiß, dass die SC es nicht riskieren können, ihn am Leben zu lassen, und dass er die Fesselinseln nur dann wieder unter seine Kontrolle bekommt, wenn er sie vernichtet. Daher stellt er sich ihnen an Bord der *Schnöder Mammon* zum letzten Gefecht entgegen.

KERDAK KNOCHENFAUST   **HG 18**
EP 153.600
TP 204 (siehe Seite 48)

Abschluss des Abenteuers

Sobald die SC den Orkankönig besiegt haben, müssen sie eventuell die Meereshöhlen weiter erforschen, um die Ziele zu erreichen, die ihnen von den Piratenherrschern gesetzt worden sind. Die SC müssen nicht nur Knochenfaust beseitigen, die *Schnöder Mammon* kapern und die *Orkankrone* in ihren Besitz bringen, sondern auch den Kanonengolem in Bereich F2 besiegen und Knochenfausts private Schatzkammer (Bereich K7) plündern. Wenn sie dies schaffen und ihre Trophäen öffentlich zur Schau stellen, erhalten die SC und ihr Kandidat für die Krone genug Ruchlosigkeit, dass letzterer problemlos von den Freien Kapitänen der Fesseln zum neuen Orkankönig ausgerufen wird.

Sollte die *Schnöder Mammon* nicht zerstört oder versenkt worden sein, können die SC sie ihrer Flotte hinzufügen oder die Kanonen auf ihr eigenes Schiff bringen. Sollte Omara Kalverin überlebt haben, versucht sie, mit dem neuen Orkankönig ins Geschäft zu kommen. Sie wird zwar die Geheimnisse der Herstellung von Feuerwaffen und Schwarzpulver nicht verraten, wohl aber mit Freuden den SC ermöglichen, weitere Feuerwaffen von den alkensterner Waffenwerken zu erwerben. Es liegt an den SC, wie sie fortfahren. Sie können der Piraterie frönen oder Forschungs- und Eroberungsreisen unternehmen. Das Schicksal der Fesseln liegt jedoch nun in ihren Händen

Aus dem Herzen der Hölle

und der Kopf, welcher die Krone trägt, findet nie Ruhe – der neue Orkankönig muss stets wachsam sein, wenn er nicht sein Haupt und die Krone verlieren will. Die Freien Kapitäne haben bereits einen Orkankönig ertragen müssen, der sich zu lang auf den Lorbeeren ausgeruht hat, und es gibt im Archipel genug von sich überzeugte Piratenherrscher, welche sich die Orkankrone holen würden, bekämen sie dazu Gelegenheit.

Zudem könnte die Niederlage der Chelischen Armada eine Reaktion des Kaiserreiches Cheliax provozieren. Auch wenn Druvalia Thrunes Invasion auf eigene Initiative und ohne Rückendeckung der chelischen Regierung geschah, könnte das Dreimal Verdammte Haus Thrune nicht bereit sein, einem Haufen Piraterie treibender Emporkömmlinge zu gestatten, eine Angehörige des Hauses Thrune ohne Folgen zu töten. Der neue Orkankönig könnte sich daher der Macht der gesamten chelischen Marine gegenübersehen.

Sollten die SC es nicht schaffen, den Orkankönig zu besiegen, behält dieser Thron und Krone bei. Kerdak Knochenfaust lernt zudem seine Lektion aus dem gescheiterten Umsturzversuch und beginnt sofort mit einer Säuberungsaktion im Rat der Piraten. Verbündete der SC im Rat wie beispielsweise Arronax Endymion und Tessa Schönwind werden durch neuernannte Piratenherrscher ersetzt, deren Loyalität Knochenfaust sich sicher sein kann. Ob die Anhänger der SC getötet oder einfach ihres Status beraubt und ins Exil geschickt werden, hängt von einer Reihe von Faktoren ab, darunter auch, was die SC nach ihrer Niederlage tun. – Die SC könnten nach Mediogalti fliehen und die Unterstützung der Piraten von Ilizmagorti suchen oder sich sogar an Cheliax oder einen anderen Feind der Fesselinseln wenden. Vielleicht können sie sogar die Freien Kapitäne noch einmal unter ihrem Banner vereinen und versuchen, den Orkankönig zu stürzen, auch wenn dies beim zweiten Anlauf um einiges schwieriger sein dürfte und wahrscheinlich auch weitaus mehr Plündergut und Ruchlosigkeit erfordert. Es gibt im Archipel aber genug verborgene Häfen und Ankerplätze, zu denen die SC entkommen können, um ihre Machtbasis wieder aufzubauen. Und es wird immer Schiffe und Kapitäne geben, die bereit sind, denen zu folgen, die sie zu größerer Macht und mehr Plündergut führen können. Sobald die Zeit dafür reif ist könnte einer der SC eines Tages immer noch die *Orkankrone* tragen und die Fesseln als neuer Piratenkönig beherrschen.

Admiral Druvalia Thrune

Druvalia Thrune, Abkömmling des Hauses Thrune und Admirälin der Kaiserlichen Marine von Cheliax, ist mit dem Erzteufel Geryon einen Pakt eingegangen, um eine chelische Invasion des Fessel-inselarchipels anzuführen und die Bedrohung durch die Pirateninsel ein für alle Mal zu beenden.

Druvalia Thrune   HG 13
EP 25.600
Menschliche Adelige 1/Inquisitorin von Thrune 13 (PF EXP, S.39)
RB Mittelgroße Humanoide (Mensch)
INI +11; **Sinne** Wahrnehmung +24

VERTEIDIGUNG
RK 28, Berührung 17, auf dem falschen Fuß 24 (+3 Ablenkung, +4 GE, +9 Rüstung, +2 Schild)
TP 117 (14 TW; 1W8+13W8+55)
REF +13, **WIL** +22 **ZÄH** +15
SR 5/Gutes; **Verteidigungsfähigkeiten** Standhaft

ANGRIFF
Bewegungsrate 9 m
Nahkampf Schwerer Streitkolben+1, +13/+8 (1W8+2)
Fernkampf Armbrust der Vergeltung +19/+14 (1W10+5/17–20)
Besondere Angriffe Mächtiges Verderben (13 Runden/Tag)
Inquisitor Zauberähnliche Fähigkeiten (ZS 13; Konzentration +20)
Beliebig oft – Gesinnung entdecken
13 Runden/Tag – Lügen erkennen
Bekannte Inquisitorenzauber (ZS 13; Konzentration +14)
5. (2/Tag) – *Flammenschlag* (SG 22), *Unwilliger Schild** (SG 22)
4. (4/Tag) – *Bestrafung** (SG 21), *Bewegungsfreiheit*, *Göttliche Macht*, *Rüstung entweihen*
3. (6/Tag) – *Heldenmut*, *Mächtige Magische Waffe*, *Magie bannen*, *Schutz der Gläubigen**, *Unsichtbarkeit aufheben*
2. (7/Tag) – *Ehrfurchtgebietende Waffe**, *Flammen der Gläubigen**, *Person festhalten* (SG 19), *Sengende Beleidigung**** (SG 19), *Stille* (SG 19)
1. (7/Tag) – *Befehl* (SG 18), *Leichte Wunden heilen*, *Leichte Wunden zufügen* (SG 18), *Unheil* (SG 18), *Zielsicherer Schlag*, *Zorn**
0. (Beliebig oft) – *Gift entdecken*, *Göttliche Führung*, *Licht*, *Magie entdecken*, *Magie lesen*, *Stabilisieren*
Domäne Inquisition der Standhaftigkeit**

TAKTIK
Vor dem Kampf Druvalia wirkt *Mächtige Magische Waffe* jeden Tag auf ihre Armbrust. Sobald klar ist, dass ihr Flaggschiff angegriffen wird, wirkt sie *Bewegungsfreiheit*, *Heldenmut*, *Schutz der Gläubigen* (wirkt auch auf ihre Verbündeten), *Rüstung entweihen* und *Unsichtbarkeit aufheben*. Dann trinkt sie einen *Trank: Bärenstärke* und wirkt *Ehrfurchtgebietende Waffe* auf ihre Armbrust.
Im Kampf Zu Kampfbeginn wirkt Druvalia *Göttliche Macht* und *Flamen des Glaubens* auf ihre Armbrust. Sie aktiviert ihre Fähigkeit Richtspruch. Meist nutzt sie die Richtsprüche Gerechtigkeit und Vernichtung und greift auf andere Richtsprüche zurück, sollte es erforderlich werden, die Taktiken der Gegner zu kontern. Während ihre Verbündeten in den Nahkampf gehen, greift Druvalia mit der Armbrust an und nutzt ihre Talente Schnelles Schießen und Tödliche Zielgenauigkeit. Sie greift abwechselnd mit der Armbrust und Zaubern wie *Bestrafung*, *Flammenschlag* und *Sengende Beleidigung* an. Sollten Gegner sie treffen, wirkt sie *Unwilliger Schild* auf einen gegnerischen Kämpfer. Alle Besatzungsmitglieder der *Abrogails Zorn* führen einen Köcher mit fünf Armbrustbolzen mit sich und sind darauf trainiert, ihre Armbrust nachzuladen, wann immer sie sich auf angrenzenden Feldern aufhalten und Druvalia nach Munition fragt, um ihr die Zeit des Nachladens abzunehmen.
Moral Sollte Druvalia unter 30 Trefferpunkte reduziert werden, hebt sie *Unsichtbarkeit aufheben* auf, trinkt einen *Trank: Unsichtbarkeit* und zieht sich auf das Poopdeck der *Abrogails Zorn* oder in ihre Kabine unter Deck zurück, um sich mit ihrem Zauberstab zu heilen, ehe sie ins Gefecht zurückkehrt. Druvalia hat alles auf den Sieg gesetzt und kämpft lieber bis zum Tod, statt sich Piraten zu ergeben, da sie weiß, dass ihre Seele auf alle Fälle Geryon gehört.

SPIELWERTE
ST 12, **GE** 18, **KO** 14, **IN** 12, **WE** 24, **CH** 13
GAB +9; **KMB** +10; **KMV** 27
Talente Abhärtung, Abschütteln***, Dranbleiben, Geschützter Zauberer*, Im Kampf zaubern, Kernschuss, Koordinierte Verteidigung*, Plätze tauschen*, Präzisionsschuss, Schnelles Schießen, Tödliche Zielgenauigkeit, Verbesserter Kritischer Treffer (Schwere Repetierarmbrust), Waffenfokus(Schwere Repetierarmbrust)
Fertigkeiten Beruf (Seefahrer) +26, Bluffen +17, Diplomatie +17, Einschüchtern +22, Heimlichkeit +17, Motiv erkennen +29, Schwimmen +16, Überlebenskunst +14, Wahrnehmung +24, Wissen (Adel) +10, Wissen (Die Ebenen) +10, Wissen (Religion) +10, Zauberkunde +15
Sprachen Gemeinsprache, Infernalisch
Besondere Eigenschaften Durchdringender Blick, Einzelkämpfertaktiken, Gewiefte Initiative, Innere Stärke**, Monsterkunde +7, Richtspruch (2,5/Tag), Spurenlesen +6, Unnachgiebiger Schritt** (10/Tag),
Kampfausrüstung *Trank: Bärenstärke* (2x), *Trank: Unsichtbarkeit* (2x), *Zauberstab: Kritische Wunden heilen* (20 Ladungen); **Sonstige Ausrüstung** *Mithralbrustplatte des Leichten Bollwerks+1*, *Armbrust der Vergeltung*
(*Suchende schwere Repetierarmbrust des Verderbens +1* [Menschen], siehe Seite 54) mit 10 Bolzen, *Schwerer Streitkolben+1*, *Gürtel der Körperkraft+4* (GE, KO), *Schildbrosche*, *Stirnreif der Erwachten Weisheit +4*,

Anhang: NSCs

Energieschildring, Ohnmachtsrobe, Siegelring (Wert 100 GM), silbernes Unheiliges Symbol des Asmodeus, Zauberkomponentenbeutel, Fernrohr

* Siehe *Pathfinder Expertenregeln*.
** Siehe *Pathfinder Ausbauregeln: Magie*.
*** Siehe *Pathfinder Ausbauregeln II: Kampf*.

Druvalia Thrune ist eine jüngere Tochter eines Nebenzweiges der Familie Thrune. Königin Abrogail II gehört zwar zu ihren Cousinen, allerdings sind sie sich bisher nur ein paar Male begegnet. Dennoch hatte Druvalia dank der Kontakte und des Reichtums ihrer Familie (darunter Häuser in Egorian und Corentyn) viele Vorteile im Leben, darunter eine Erziehung und ein leichtes Leben, so sie letzteres gewollt hätte. Druvalia gab schon früh alle Kindheitsfantasien hinsichtlich Prinzessinnen und tapferer Ritter auf, da weder ihre Familie, noch ihre Altersgenossen sie vergessen ließen, dass ihre ältere Schwester Asaoul zum Vorteil der Familie verheiratet werden würde. Zunächst war Druvalia auf ihre Schwester neidisch, doch schon bald begann sie neugierig zu analysieren, weshalb die Leute Asaouls Schönheit bevorzugten. Jede dabei gewonnene Erkenntnis führte zu neuen Fragen hinsichtlich der Funktionen von Herz und Verstand. Wo Asaoul „die Hübsche" war, war Druvalia „die Neugierige"; sie war nicht wirklich bezaubernd, aber entwaffnend manipulativ und listig. Während sie die Geheimnisse ihrer eigenen Familien und dann die anderer Leute erspürte, entdeckte sie eine Fülle an Informationen und erkannte, was andere zahlen würden, damit ihre Geheimnisse auch geheim bliebe. Bald schon war sie eine fähige Manipulatorin und Erpresserin.

Druvalias Mutter, die Edle Felena, wies ihr ein Bauernmädchen namens Valeria als Leibwächterin und Begleiterin zu. Druvalia erkannte rasch, dass Valeria aus ganzem Herzen loyal war, und begann ihr zu vertrauen und sogar sie zu lieben. Obwohl gerade letzteres absolut nicht standesgemäß war, erfüllte Valeria pflichtbewusst und diskret jeden Wunsch, den ihre Herrin hatte; sie war mit Leib und Seele Druvalias Kreatur.

Als Druvalia es jedoch wagte, ihre eigene Mutter zu erpressen, wurde sie auf eine Militärakademie fortgeschickt. An der Devoe-Akademie wurde Druvalia gnadenlos in den Geboten ihres Hauses und Landes unterwiesen und wie die Tugenden der Hölle den idealen Bürger und Staat formten. Druvalia erkannte bald, dass sie herausgefunden hatte, wie sie ihre Gaben angemessen nutzen konnte; sie würde nach der Wahrheit suchen, sanft nach den Bösartigkeiten graben, welche die Gesundheit der Nation störten, und sie dort einsperren, wo sie keinen Schaden anrichten konnten. Sie war ein guter Schüler der Inquisition und weihte sich dem Dienst am Hause Thrune statt einer organisierten Religion. Da sie mit Karten umgehen konnte und Zeit ihres Lebens bereits die See liebte, entschied sie sich für eine Karriere bei der Kaiserlichen Marine. Dort würde sie Gelegenheit haben, fremde und einheimische Bedrohungen aufzustöbern, zu verfolgen und auszuschalten.

Dank einer Verbindung aus familiären Kontakten und ihrem eigenen Können und ihrer Zielstrebigkeit stieg Druvalia rasch innerhalb der Rangordnung der Marine auf. Ihre genauen Planungen und ihr scharfer Geist waren ausschlaggebend beim Aufbringen von mehr als einem Dutzend Schmugglerbooten und der Zerschlagung von drei Netzwerken zur Sklavenbefreiung. Mit nur 32 Jahren wurde sie in den Admiralsrang erhoben und suchte weiterhin nach Möglichkeiten, ihre Macht und ihr Ansehen innerhalb ihres Hauses und der chelischen Regierung zu vergrößern.

Als der Fesselpirat Barnabas Harrigan in ihre Hände fiel, setzte Druvalia umgehend ihren Großonkel, Ezaliah Thrune, davon in Kenntnis. Die beiden entwickelten einen Plan zur Invasion des Fesselinselarchipels. Druvalia rief die ihr treue Valeria herbei, welche inzwischen zu einem Höllenritters des Ordens der Geißel aufgestiegen war und sich ihr an Bord ihres Flaggschiffes, *Abrogails Zorn*, anschloss. Unter ihrem Kommando steht die große Armada, welche endgültig das Piratenungeziefer auslöschen soll, das so lange den chelischen Handel bedroht hat. Im Falle ihres Erfolges wird Druvalia in die chelische Geschichte eingehen. Sollte sie scheitern, hat sie nur ihre Seele zu verlieren…

Rolle in der Kampagne

Als Admirälin der Chelischen Armada, welche in den Fesselinselarchipel eindringt, ist Druvalia Thrune eine der wichtigsten Gegenspielerinnen der SC. Sollte sie irgendwie die Seeschlacht von Abendego überleben, flieht sie bei der erstbesten Gelegenheit zurück nach Cheliax. Durch ihre Niederlage erleiden ihre Macht und Autorität einen schweren Schlag. Nichts kann sie davon abhalten, sich an denen zu rächen, welche ihre Anstrengungen zur Eroberung der Fesseln sabotiert haben.

Kerdak Knochenfaust

Kerdak Knochenfausts Tage als gefürchteter Seeräuber sind fast vorbei, doch sein Ruf, seine List und schlauen Manipulationen der zerstrittenen Fürsten des Rates der Piraten haben es ihm ermöglicht, 38 Jahre lang an der Macht zu bleiben – so lange wie keinem Orkankönig vor ihm.

KERDAK KNOCHENFAUST   HG 18
EP 153.600
Menschlicher Kämpfer 8/Pirat der Inneren See 10 (*Piraten der Inneren See*, S. 24)
NB Mittelgroßer Humanoide (Mensch)
INI +8; **Sinne** Wahrnehmung +19

VERTEIDIGUNG
RK 34, Berührung 23, auf dem falschen Fuß 26 (+5 Ablenkung, +8 GE, +5 natürlich, +6 Rüstung)
TP 204 (18 TW; 8W10+10W8+116)
REF +22, **WIL** +14, **ZÄH** +21; +2 gegen Furcht
Verteidigungsfähigkeiten Entrinnen, Tapferkeit +2, *Bewegungsfreiheit*

ANGRIFF
Bewegungsrate 9 m, Fliegen 18 m (Perfekt)
Nahkampf *Rapier +3*, +29/+24/+19 (1W6+5/18–20)
Fernkampf *Entkräftende Pistole* +31/+26/+21 (1W8+6 plus 1W6 Punkte negative Energie/19–20/x4)
Angriffsfläche 1,50 m; **Reichweite** 1,50 m (4,50 m mit Pistole)
Besondere Angriffe Hinterhältiger Angriff +4W6, Waffentraining (Feuerwaffen +1)
Zauberähnliche Fähigkeiten (ZS 18; Konzentration +20)
3/Tag - *Vampirgriff*

TAKTIK
Vor dem Kampf Wenn Gegner die *Schnöder Mammon* entern, trink Knochenfaust einen *Trank: Rindenhaut* und einen *Trank: Schild des Glaubens*. Seine Spielwerte enthalten ferner die Boni, welche er durch sein *Herrscherbanner (Sieg)* erhält, welches am Hauptmast gehisst ist. Ehe er das Schiffsdeck betritt, nutzt er die *Orkankrone*, um *Winde der Vergeltung* zu wirken.
Im Kampf Knochenfaust bestäubt sich selbst mit *Pulver des Verschwindens* und aktiviert seine Siebenmeilenstiefel. Dank seiner *Scharfschützenbrille* kann er im Fernkampf mit seiner Pistole Hinterhältige Angriffe ausführen. Wenn es ihm möglich ist, führt er Volle Angriffe aus und setzt seine Talente Schnelles Schießen und Tödliche Zielgenauigkeit ein. Er nutzt seine Unsichtbarkeit und Flugfähigkeit, um sich außerhalb der Reichweite von Nahkämpfern zu halten und macht mit seiner Pistole und dem Talent Reaktionsschneller Schützer Gelegenheitsangriffe. Wenn möglich entfernt sich Knochenfaust nicht mehr als 12 m von Gegnern, um den Vorteil des Berührungsangriffes seiner Pistole nutzen zu können. Im Nahkampf setzt Knochenfaust *Vampirgriff* und sein Rapier ein, zieht sich aus dem Nahkampf aber stets so schnell wie möglich wieder zurück, um aus der Ferne anzugreifen.
Moral Sollte Knochenfaust auf 50 TP oder weniger reduziert werden, flieht er unter Deck, um sich zu heilen und Verfolgern aufzulauern. Da er bis zum Schluss arrogant und stur ist, weigert er sich, sein Schiff aufzugeben, und kämpft bis zum Tod, um seine Krone zu behalten.

SPIELWERTE
ST 14, **GE** 26, **KO** 20, **IN** 14, **WE** 14, **CH** 14
GAB +15; **KMB** +17; **KMV** 40 (44 vs. Entwaffnen und Zerschmettern)
Talente Abhärtung, Kampfreflexe, Kernschuss, Mächtiger Waffenfokus (Pistole), Präzisionsschuss, Reaktionsschneller Schütze*, Schnelles Nachladen, Schnelles Schießen, Tödliche Zielgenauigkeit, Umgang mit Exotischen Waffen (Feuerwaffen), Verbesserter Kritischer Treffer (Pistole), Verbesserter Reaktionsschneller Schütze*, Waffenfinesse, Waffenfokus (Pistole), Waffenspezialisierung (Pistole)
Fertigkeiten Akrobatik +28, Beruf (Seefahrer) +30, Bluffen +12, Einschüchtern +25, Fliegen +18, Klettern +17, Schätzen +12, Schwimmen +17, Überlebenskunst +17 (Richtung auf dem Meer bestimmen oder das Wetter auf dem Meer vorhersagen +22), Wahrnehmung +19, Wissen (Lokales) +22
Sprachen Gemeinsprache, Polyglott
Besondere Eigenschaften Piratentricks (Freibier, Fürchterlicher Vorstoß, Geschwindigkeitsausbruch, Klassischer Duellant, Kommandogewalt, Sturmsegler), Rüstungstraining 2
Kampfausrüstung *Pulver des Verschwindens* (2 Anwendungen), Federn (Anker, Fächer, Schwanenboot), *Trank: Rindenhaut +5* (2x), *Trank: Schwere Wunden heilen* (2x), *Trank: Teilweise Genesung*, *Trank: Gift neutralisieren*, *Trank: Fluch brechen*, *Trank: Krankheit kurieren*, *Trank: Schild des Glaubens +5* (2x), *Alchemistische Verstrickungskartusche* (10x); **Sonstige Ausrüstung** *Lederrüstung des Mittleren Bollwerks +4*, *Entkräftende Pistole* (*Verlässliche Pistole der Distanz +1*, siehe Seite 54) mit 50 *Alchemistischen Trockenladungspapierkartuschen* (Kugel), *Rapier +3*, *Schutzamulett gegen Ortung und Ausspähung*, *Gürtel der Körperkraft +6* (GE, KO), *Siebenmeilenstiefel*, *Resistenzmantel +5* (wie *Resistenzumhänge*), *Duellhandschuhe**, *Praktischer Rucksack*, *Stirnreif der Erwachten Weisheit +2*, *Orkankrone* (siehe Seite 54), *Ring des Entrinnens*, *Ring der Bewegungsfreiheit*, *Scharfschützenbrille***, *Büchsenmacherwerkzeug**, Bierkrug, 155 GM

BESONDERE FÄHIGKEITEN
Alterungseffekte (AF) Obwohl Kerdak Knochenfaust alt ist, hat er zwei Anwendungen des Sonnenorchideenelixiers (siehe *Weltenband der Inneren See*, S. 301) zu sich genommen und erleidet daher keine Mali aufgrund seines fortgeschrittenen Alters, behält aber alle Boni.
Außergewöhnliche Ausrüstung (AF) Als Orkankönig der Fesselinseln verfügt Kerdak Knochenfaust über die Reichtümer eines SC statt eines NSC und hat 20 Punkte zum Erwerb seiner Attribute zur Verfügung. Dieser Vorzug erhöht seinen HG um +1.

Anhang: NSCs

Piratentricks (AF) Einmal am Tag kann Knochenfaust mittels eines Fertigkeitswurfes auf Beruf (Seefahrer) die Grundgeschwindigkeit seines Schiffes für 1 Runde verdoppeln. Er erhält einen Kompetenzbonus von +1 auf Angriffe mit Entermessern, Kurzschwertern oder Rapieren. Er muss für Getränke nichts bezahlen und erhält einen Situationsbonus von +2 für Fertigkeitswürfe auf Diplomatie und Einschüchtern in seinen 10 "Lieblingsschenken". Sollte er mit seinem Hinterhältigen Angriff Schaden verursachen, kann Knochenfaust als Augenblickliche Aktion versuchen, den verletzten Gegner mittels eines Fertigkeitswurfs auf Einschüchtern zu entmutigen. Einmal am Tag kann Knochenfaust als Volle Aktion seiner Mannschaft Befehle zubrüllen. Alle Verbündeten innerhalb von 9 m, die ihn hören können, erhalten für 10 Runden einen Moralbonus von +1 auf Angriffswürfe oder für Fertigkeitswürfe auf eine bestimmte Fertigkeit. Knochenfaust behandelt alle Stürme, als wären sie um eine Kategorie schwächer hinsichtlich Segeln und Navigation. Er kann sich mit einem Fertigkeitswurf auf Akrobatik auf unebenen Boden mit seiner normalen Bewegungsrate fortbewegen und erleidet keine Mali für Fertigkeitswürfe auf Akrobatik aufgrund leicht rutschiger oder leichter oder mittlerer ungleichmäßiger Bedingungen.

* Siehe *Pathfinder Ausbauregeln II: Kampf*.
** Siehe *Pathfinder Expertenregeln*.

Kerdak Knochenfaust ist der Bastardsohn einer umherziehenden Piratennavigatorin, die mit jedem Kapitän segelte, der sie an Bord nahm, sowie eines namenlosen Kerls, der sie im Suff in einer der verrufensten Kneipen von Port Fährnis geschwängert hat. Doch trotz dieser bescheidenen Anfänge fühlte sich der Mann, welcher später die „Knochenfaust" genannt werden sollte, als Pirat wohl wie ein Fisch im Wasser. Sobald Kerdak alt genug war, heuerte er als Schiffsjunge auf dem Piratenschiff *Felsboden* unter Kapitän „Kielholer" Theurl an und arbeitete sich bis schließlich zum Ersten Maat hoch. Während dieser Zeit begegnete die *Felsboden* der Galeone *Naiegoul* unter dem Kommando der Leichnamshexenmeisterin Raugsmada. Kapitän Theurl starb im Kampf, wie auch viele andere Matrosen der *Felsboden*. Als die Lage bereits verloren schien, betrat Kerdak die Kapitänskajüte der *Naiegoul*. Was in dieser Nacht zwischen ihm und Raugsmada vorgefallen ist, ist bis heute ein Geheimnis, doch als Kerdak die Kapitänskajüte wieder verließ, zog sich die Galeone der Untoten aus dem Kampf zurück und verschwand im nächtlichen Nebel. Kerdaks rechte Hand bestand nur noch aus fleischlosen Knochen und war mit nekromantischer Energie aufgeladen. Kerdak ernannte sich in dieser Nacht selbst zum Kapitän und taufte das Schiff auf *Schnöder Mammon* um. Der Mann namens Kerdak Knochenfaust war geboren…

Als Kapitän verband Knochenfaust eiserne Disziplin und ruchlose Effizienz mit dem Mut der Piraten. Sein wachsender Reichtum und seine Ruchlosigkeit lockten viele Piraten unter sein Banner; einer knöchernen Faust über gekreuzten Klingen. Knochenfausts kluges Kommando gestattete in vielen Bereichen Unabhängigkeit, verlangte seinen Verbündeten aber auch genaue Koordination und Zusammenarbeit ab. Mit der Zahl seiner Siege auf See stieg auch sein Prestige.

Dadurch, dass Knochenfaust Ezaliah Thrune nicht einmal, sondern zwei Mal das *Sonnenorchideenelixier* gestohlen hatte, gewann er die Zeit, um im Geheimen Verbündete und Macht zu sammeln, so dass es ihm möglich war, die Orkankrone für sich zu beanspruchen und von seinen Leuten zum Herren des Archipels ernannt zu werden, nachdem sein Vorgänger, Skavender Pech, von seiner Geliebten vergiftet worden war.

Als 13. Orkankönig genießt Kerdak Knochenfaust seit fast vier Jahrzehnten nie dagewesene Erfolge in der Piraterie als unangefochtener Herrscher des Meeres. Doch da er im Laufe der Jahre nicht zu altern scheint, wispern mittlerweile viele Freie Kapitäne, dass er die Orkankrone schon viel zu lange trüge und frisches Blut die Fesseln erneuern müsse. Knochenfaust ist verbittert und paranoid. Er glaubt, dass alle anderen gegen ihn intrigieren. Viel zu oft ignoriert er die Überlegungen des Rates der Piraten zugunsten der Ratschläge seiner eigenen Berater, denen er vertraut, darunter seine nichtmenschliche Gefährtin Hyapatia und sein Erster Maat Tsadok Goldzahn. Gegenwärtig ist Knochenfaust damit zufrieden, seine Macht zu festigen und sich vorzubereiten; sollen doch andere die Risiken jetzt tragen. Untreue vergilt der Orkankönig mit Rache und wehe dem, der ihn herausfordert!

Tsadok Goldzahn

Als Erster Maat des Orkankönigs Kerdak Knochenfaust an Bord dessen Flaggschiffs *Schnöder Mammon* besitzt Tsadok Goldzahn eine prestigeträchtige Machtposition wie kaum ein anderer Offizier eines Piratenschiffs.

Tsadok Goldzahn   HG 14
EP 38.400
Halb-Orkischer Barbar (Narbenwüter) 15 (*Ausbauregeln II Kampf*)
CB Mittelgroßer Humanoider (Mensch, Ork)
INI +3; **Sinne** Dunkelsicht 18 m; Wahrnehmung +18
VERTEIDIGUNG
RK 19, Berührung 11, auf dem falschen Fuß 16 (+3 GE, −2 Kampfrausch, +8 Rüstung)
TP 193 (15W12+90)
REF +11, **WIL** +11, **ZÄH** +17; +4 gegen Verzauberung im Kampfrausch, +5 gegen Zauber, Zauberähnliche Fähigkeiten und übernatürliche Fähigkeiten
SR 4/—; **Verteidigungsfähigkeiten** Orkische Wildheit, Unbeugsamer Wille, Verbesserte Toleranz*, Vernarbung* +5
ANGRIFF
Bewegungsrate 6 m
Nahkampf *Zorniges** Krummschwert* +1, +26/+21/+16 (2W4+15/15–20)
Fernkampf *Doppelläufiger Bündelrevolver* +15/+10/+5 (2W8+2/x4) oder *Doppelläufiger Bündelrevolver* +19/+14/+9 (1W8+1/_4)
Besondere Angriffe Kampfrauschkräfte (Aberglaube +5, „Komm und hol mich"**, Magiefresser*, Spontane Treffsicherheit +4, Unerwarteter Schlag, Wachsame Kampfhaltung [+3 Ausweichen im Nahkampf], Zeichen der Geister*), Mächtiger Kampfrausch (34 Runden/Tag)
TAKTIK
Vor dem Kampf Tsadok trinkt einen *Trank: Verschwimmen*, ehe er sich ins Getümmel wirft.
Im Kampf Tsadok eröffnet in der ersten Kampfrunde das Feuer aus seinem *Doppelläufigen Bündelrevolver*. Im Rahmen eines Vollen Angriffs leert er immer zwei Läufe gleichzeitig auf den am stärksten gepanzerten Gegner.
Wenn seine Waffe leergeschossen ist, lässt Tsadok sie fallen, zieht sein Krummschwert und verfällt in Kampfrausch. Die Spielwerte enthalten die zusätzlichen Boni, welche er durch sein *Zorniges Krummschwert* erhält.
Tsadok wartet ab, bis Gegner zu ihm kommen, und macht mit seiner Kampfrauschkraft Unerwarteter Schlag Gelegenheitsangriffe gegen Gegner, die ihn angreifen. Er nutzt Wachsame Kampfhaltung und führt Heftige Angriffe. Wenn nötig setzt er seine Kampfrauschkraft Zeichen der Geister ein, um einen fehlgegangenen Angriff in einen Treffer zu verwandeln. Zudem versucht er, die Waffen seiner Nahkampfgegner zu zerschmettern.
Moral Tsadok fürchtet sich nicht vor dem Tod und kämpft bis zum bitteren Ende.
Grundwerte Wenn Tsadok sich nicht im Kampfrausch befindet, hat er die folgenden Spielwerte: **RK** 21, Berührung 13, auf dem falschen Fuß 18; **TP** 148; **WIL** +8; **ZÄH** +14; **Nahkampf** *Zorniges** Krummschwert* +1, +21/+16/+11 (2W4+8/15–20); **ST** 20, **KO** 14; **KMB** +20 (Zerschmettern +22), **KMV** 33 (35 gegen Zerschmettern); **Fertigkeiten** Klettern +9, Schwimmen +9.
SPIELWERTE
ST 26, **GE** 17, **KO** 20, **IN** 12, **WE** 10, **CH** 8
GAB +15; **KMB** +23 (Zerschmettern +25); **KMV** 34 (36 gegen Zerschmettern)
Talente Heftiger Angriff, Kampfreflexe, Kritischer-Treffer-Fokus, Kritischer Treffer (Blind), Schnelle Waffenbereitschaft, Umgang mit Exotischen Waffen (Feuerwaffen), Verbesserter Kritischer Treffer (Krummschwert), Verbessertes Zerschmettern
Fertigkeiten Akrobatik +18 (Springen +14), Beruf (Seefahrer) +15, Einschüchtern +19 (gegen humanoide Nichtbarbaren +26), Handwerk (Feuerwaffen) +5, Klettern +12, Schwimmen +12, Überlebenskunst +9, Wahrnehmung +18,
Sprachen Gemeinsprache, Orkisch, Polyglott
Besondere Eigenschaften Orkblütig, Schreckliches Antlitz*, Waffenvertrautheit
Kampfausrüstung *Trank: Verschwimmen*, *Trank: Mittelschwere Wunden heilen*,
Adamantkugeln (6x); **Sonstige Ausrüstung** *Brustpanzer +2*, *Doppelschüssiger Bündelrevolver* (*Donnernder Bündelrevolver +1*; siehe Seite 54) mit 20 Kugeln, *Zorniges** Krummschwert +1*, *Gürtel der Körperkraft +2* (ST, GE), *Resistenzumhang +3*, *Trockenladungshorn** mit 20 Anwendungen Schwarzpulver, Büchsenmacherwerkzeug*, Schlüssel für die Bereiche K1 und K3, 26 PM, 45 GM
* Siehe *Pathfinder Ausbauregeln II: Kampf*.
** Siehe *Pathfinder Expertenregeln*.

Tsadok Goldzahns Eltern waren unfreiwillige Matrosen des Sklavenschiffs *Ertrunkener Zwerg* unter der berüchtigten Kapitänin Turesa die Mutige Klinge. Tsadoks Mutter war eine Orkin, welche in die Sklaverei verkauft werden sollte, sein Vater ein an Bord verschleppter und in die Dienste gezwungener menschlicher Seefahrer, der in der Orkfrau seinen einzigen Freund unter den bösartigen Piraten fand. Zusammen flohen sie von Bord der *Ertrunkener Zwerg* in die überschwemmten Ruinen der Flutlande. Um Turesas Leuten zu entgehen, reisten Tsadoks Eltern flussaufwärts in die Mangrovensümpfe und Altwasser der Flutlande. In den weglosen Feuchtgebieten stießen sie auf eine Handvoll weitere Flüchtlinge, die ein kleines Dorf namens Olu gegründet hatten, in dem sie ein mageres Dasein fristeten.

Tsadok wurde in Olu geboren und seine Familie lebte dort über zehn Jahre lang in friedlicher Akzeptanz. Tsadok wuchs schnell zu einem starken Burschen heran, der in den Sümpfen schwamm, herumkletterte und die Flachboote durch den Sumpf stakste. Er war neugierig auf das Meer und fragte sich, warum Olus Bewohner immer voller

Anhang: NSCs

Furcht darüber sprachen. Obwohl seine Eltern es ihm verboten hatten, beschloss Tsadok, es mit eigenen Augen sehen zu wollen, wenn er erwachsen war. In seinem Boot fuhr er oft durch die Salzmarschen bis zum Strand. Nur einmal entdeckte er ein richtiges Schiff. Während die Seefahrer in kleinen Booten flussaufwärts fuhren, versteckte er sich. Als er nach Hause zurückkehrte, fand er Olu geplündert und seine Bewohner in Ketten gelegt vor – oder dahingeschlachtet wie seinen Vater. In blindem Zorn warf Tsadok sich auf die Eindringlinge, wurde aber von den Sklavenjägern mit Leichtigkeit überwältigt. Zusammen mit den restlichen Dorfbewohnern wurde Tsadok an die brutalen Gladiatorenausbilder der Witwenmacherinsel verkauft, wo er ausgebildet wurde, wie ein wildes Tier zu kämpfen. Er lernte, seiner inneren Wildheit freien Lauf zu lassen und auf die Dunkelheit in seinem Wesen zurückzugreifen. Wenn er nicht zuhörte, wurde er zur Strafe gebrandmarkt, wenn er siegte, erhielt er Narben. Man nannte ihn aufgrund seiner schmutzig gelben Hauer Goldzahn und jubelte ihm zu, wenn er besiegten Gegnern die Kehlen herausriss. Tsadok hasste die Gefangenschaft, unterlag aber den Launen seiner grausamen Herren. Trotz seiner großen Kraft konnte er die Fesseln nicht zerreißen, mit denen sie ihn gebunden hatten. Tsadoks Existenz nahm jedoch eine Wende, als er zu einer Zusammenkunft mit dem Arenameister und einem Piraten mit buschigem schwarzen Bart und einer Skeletthand namens Kerdak Knochenfaust gerufen wurde. Der Arenameister informiert Tsadok, dass seine Siege in den Kampfgruben die Aufmerksamkeit dieses reichen Gönners geweckt hätten und dass der Pirat beschlossen hätte, ihn zu erwerben und an Bord seines Schiffes zu bringen.

Tsadok wurde in Ketten an Bord der *Schnöder Mammon* gebracht, wo Kerdak Knochenfaust ihn ansprach; doch nicht wie ein Tier oder einen Sklaven, sondern zum ersten Mal seit er aus Olu fortgeführt worden war, sprach jemand mit ihm wie mit einer Person. Knochenfaust sprach von Freiheit und der Macht der Freiheit, wenn man einen gemeinsamen Zweck verfolgte. Er versprach Tsadok, dass dieser kein Sklave mehr sein würde, und verlangte dafür nur die bedingungslose Treue und ewige Loyalität des Halb-Orks. Tsadok hatte gar keine andere Wahl, als das Angebot anzunehmen. Er war ein für allemal zu einer lebende Waffe geworden; sein Geist war voller Dunkelheit und ihn erfüllte ein Blutdurst, der niemals gänzlich gestillt werden konnte. Der üble Gestank der Arenen ekelte ihn an und die See rief immer noch nach ihm und versprach ihm die Freiheit.

Tsadok schloss sich daher gern dem Piratenherrscher an und überraschte sogar den Rest der Mannschaft mit seinem Können am Ruder, hielten diese ihn doch für einen tumben Primitiven. Knochenfaust nahm den Halb-Ork in seine persönlichen Dienste und lehrte ihn, seinen Zorn zu beherrschen und seinen Hass und seine Wut gegen seine Feinde zu richten.

Als die Piraten damit begannen, Tsadok hinter seinem Rücken Blutzahn zu nennen, fragte Knochenfaust ihn, welchen Namen er bevorzuge. Tsadok erinnerte sich daran, dass ihm in den Arenen der Name Goldzahn aufgezwungen worden war, und Knochenfaust schlug ihm vor, diesen Namen zu nutzen, um der innewohnenden Beleidigung alle Macht zu nehmen und die Bitterkeit stattdessen zu seiner Stärke zu machen. Knochenfaust schenkte seinem Schützling glänzende Goldüberzüge für seine Hauer und wurde durch Akte der Loyalität und Zuneigung, durch die er sich Tsadoks Treue und Vertrauen im Gegenzug verdiente, mit der Zeit beinahe zu einem Ersatzvater für ihn.

Mittlerweile ist Tsadok Goldzahn der Erste Maat des Orkankönigs und bildet viele der Kämpfer, oftmals ehemalige Grubenkämpfer, in den Diensten der Knochenfaust aus. Jahrelang hat er auf der *Schnöder Mammon* die Disziplin durchgesetzt. Obwohl die ihm innewohnende Brutalität stets dicht unter der Oberfläche lauerte, begann er irgendwann, die nachlassende Aufmerksamkeit des Orkankönigs hinsichtlich Konzentration und Disziplin widerzuspiegeln. Inzwischen ermüdet es Tsadok, sich selbst die Tünche der Zivilisation aufzuzwingen, egal wie schwach diese auch in der Piratenkultur vorhanden sein mag. Um an der Macht zu bleiben, reagiert er auch auf subtile Insubordination mit zunehmender Gewalt, um seine Untergebenen in nackten Schrecken zu versetzen. Die Mannschaft des Orkankönigs verhält sich sehr vorsichtig in der Nähe des unberechenbaren Ersten Maats. Da schon das Geflüster über Meuterei zu einem schnellen Tod führt, hat bisher keiner gewagt, Tsadok herauszufordern.

Paraliktor Valeria Asperixus

Paraliktor Valeria Asperixus gehört zu den Höllenrittern des Ordens der Geißel. Sie ist Admirälin Druvalia Thrune absolut ergeben und hat geschworen, das Leben ihrer Herrin mit dem eigenen zu verteidigen.

Valeria Asperixus   HG 11

EP 12.800
Menschliche Kämpferin (Stangenwaffenmeisterin) 6/Höllenritter 6
(*PF EXP*, S. 100; *Weltenband der Inneren See*, S. 278)
RB Mittelgroße Humanoide (Mensch)
INI +3; **Sinne** Dämmersicht; Wahrnehmung +9

VERTEIDIGUNG
RK 26, Berührung 16, auf dem falschen Fuß 23 (+3 Ablenkung, +3 GE, +10 Rüstung)
TP 121 (12 TW; 6W10+6W10+54)
REF +10, **WIL** +9, **ZÄH** +14; +4 gegen Zwang, +2 gegen Furcht
Verteidigungsfähigkeiten Willenskraft (+2, +4)

ANGRIFF
Bewegungsrate 9 m
Nahkampf *Bardiche des Grundsatzes +1**, +19/+14/+9 (1W10+10/19–20)
Fernkampf Kompositbogen (-lang)[Meisterarbeit] +16/+11/+6 (1W8+4/_3)
Angriffsfläche 1,50 m; **Reichweite** 1,50 m (3 m mit Bardiche)
Besondere Angriffe Chaotisches niederstrecken 2/Tag (+2 auf Angriff und AC, +6 Schaden), Stangenwaffenkampf, Stangenwaffentraining +1, Trutzspieß
Zauberähnliche Fähigkeiten (ZS 12; Konzentration +14)
Beliebig oft – *Chaotisches entdecken*
5/Tag – *Lügen erkennen* (SG 15)

TAKTIK
Vor dem Kampf Sobald die *Abrogails Zorn* angegriffen wird, trinkt Valeria ihren *Trank: Katzenhafte Anmut* und setzt ihre Disziplin Jagdkreatur ein, um einen Leopard herbeizuzaubern, der ihr bei der Verteidigung Admirälin Druvalia Thrunes hilft. Die Effekte von Druvalias *Schutz der Gläubigen* sind bereits in Valerias Spielwerten enthalten.
Im Kampf Valeria bleibt während jedes Kampfes in der Nähe ihrer Herrin, Druvalia Thrune, und nutzt ihre Talente Leibwächter und Dazwischenwerfen, um Angriffe gegen die Admirälin aufzuhalten. Sollte Valeria von ihrem Schützling getrennt werden, tut sie alles in ihrer Macht stehende, um an Druvalias Seite zurückzukehren. Sie nutzt die Reichweite ihrer Bardiche, um Gegner auf Distanz zu halten, während chelische Seesoldaten sich mit ihnen befassen. Sie wirkt als Bewegungsaktion *Chaotisches entdecken*, um festzustellen, welche Gegner von chaotischer Gesinnung sind, und sodann ihre Angriffe mit ihrer *Bardiche des Grundsatzes* auf diese zu konzentrieren. Dabei nutzt sie ihre Fähigkeit Chaotisches niederstrecken und Verbesserter Konzentrierter Schlag. Notfalls verkürzt sie mittels Stangenwaffenkampf auf ihren Griff, um mit der Waffe angrenzende Gegner anzugreifen. Sollte Valeria über Bord geworfen werden, trinkt sie ihren *Trank: Fliegen* um an Druvalias Seite zurückzukehren.
Moral Valeria verfällt in Wut, sollte Druvalia getötet werden, und kämpft bis zum Tod, um sie zu rächen.

SPIELWERTE
ST 19, **GE** 16, **KO** 16, **IN** 8, **WE** 10, **CH** 14
GAB +12; **KMB** +16; **KMV** 32 (34 gegen Zerschmettern)
Talente Abhärtung, Dazwischenwerfen*, Eiserner Wille, Heftiger Angriff, Kampfreflexe, Kein Vorbeikommen, Konzentrierter Schlag, Leibwächter*, Verbesserter Konzentrierter Schlag, Waffenfokus (Bardiche*), Waffenspezialisierung (Bardiche*)
Fertigkeiten Einschüchtern +15, Mit Tieren umgehen +6, Reiten +4, Schwimmen +5, Wahrnehmung +9, Wissen (Baukunst) +4, Wissen (Die Ebenen) +2
Sprachen Gemeinsprache
Besondere Eigenschaften Disziplinen (Aufmerksamkeit 2/Tag, Jagdkreatur 2/Tag), Höllenritter-Rüstung 2, Orden der Geißel
Kampfausrüstung *Elixier des Schwimmens*, *Trank: Katzenhafte Anmut*, *Trank: Schwere Wunden heilen*, *Trank: Fliegen*; **Sonstige Ausrüstung** *Höllenritterrüstung +1*, *Bardiche des Grundsatzes +1**, Kompositbogen (-lang; +4 ST) [Meisterarbeit] mit 20 Pfeilen, *Gürtel der Riesenstärke +2*

BESONDERE FÄHIGKEITEN
Chaotisches entdecken (ZF) Diese Fähigkeit funktioniert wie die Fähigkeit des Paladins Böses entdecken, nimmt aber eine chaotische Gesinnung wahr.
Chaotisches niederstecken (ÜF) Diese Fähigkeit funktioniert wie die Paladinfähigkeit Böses niederstrecken, wirkt aber gegen Kreaturen von chaotischer Gesinnung. Der Effekt ist doppelt so effektiv gegen Externare der Unterart Chaotisch, chaotische Aberrationen und Feenwesen.
Disziplinen (ÜF und ZF) Valeria verfügt über die Höllenritterdisziplinen Aufmerksamkeit und Jagdkreatur. Sie kann zwei Mal am Tag einen Adler, Reithund, Leopard oder Wolf herbeizaubern, als würde sie *Monster herbeizaubern I* einsetzen, wobei die Wirkungsdauer aber 1 Stunde beträgt. Ferner erlangt Valeria Dämmersicht und kann zwei Mal pro Tag als Volle Aktion durch bis zu 1,50 m an Holz oder Stein sehen, so lange sie sich konzentriert (maximal 6 Runden). Metall oder dichtere Barrieren blockieren diesen Effekt.
Höllenritter-Rüstung (AF) Valeria hat sich das Recht verdient, eine besondere Art von meisterlich gefertigter Ritterrüstung zu tragen, welche Höllenritter-Rüstung genannt wird (*Pathfinder Weltenband der Inneren See*).
Wenn Valeria eine Höllenritter-Rüstung trägt, senkt sie den Rüstungsmalus um 2, erhöht den maximalen GE-Bonus um 2 und kann sich mit ihrer vollen Bewegungsrate bewegen.
Willenskraft (AF) Valeria erhält einen Bonus von +4 auf Willenswürfe gegen Zauber der Kategorie Zwang und einen Bonus von +2 auf Willenswürfe gegen Zauber der Kategorie Furcht.
Orden Valeria gehört dem Orden der Geißel an.
* Siehe *Pathfinder Expertenregeln*.

Anhang: NSCs

Valeria Asperixus wurde in eine ländliche Familie geboren, welches schon lange auf dem Land des Hauses Thrune gelebt hat, so dass sie die Loyalität zu ihren Herren mit der Muttermilch aufnahm. Während ihrer Kindheit erlernte die junge Valeria die Familienmottos und Aussprüche der Familie Thrune, als wären es die ihrer eigenen Familie. Sie verehrte die Macht und Majestät ihrer Herren und wünschte sich eine Gelegenheit, sich ihnen beweisen und ihre Wertschätzung erlangen zu können, denn sicherlich würde Haus Thrune eines Tages eine derart wahre und treue Liebe erkennen.

Dieser Tag kam während Valerias Jugend, wenn auch nicht so, wie sie gedacht hatte: Valerias Vater bildete Pferde aus und er war gerade dabei, seine Tochter zu unterweisen, als eine edle Kutsche, welche das Wappen eines Seitenzweiges des Hauses Thrune trug, neben dem Stall der Familie anhielt. Eine ältere Adelige stieg aus und erkundigte sich nach den zum Verkauf stehenden Hengsten. Ihr Interesse wandte sich aber rasch den zweibeinigen „Hengsten" zu und auf ihren Befehl hin luden ihre kräftigen Diener Valerias Vater in die Kutsche. Valeria eilte von der wackelnden Kutsche fort, um ihre Mutter zu suchen. Als sie zurückkam, wankte ihr Vater gerade unbekleidet aus der Kutsche. Ihre Mutter schrie vor Entsetzen, doch Valeria war davon überzeugt, dass ihrem Vater ein großes Geschenk zuteil geworden, wenn sich denn eine der hohen Thrunes derart für ihn interessierte – und dies erklärte sie ihrer aufgebrachten Mutter auch genau so. Valerias Mutter unterbrach ihre Ansprache mit einer schallenden Ohrfeige. Die Adelige verhinderte weitere Züchtigungen mit einem Wort zu einer ihrer Wachen, deren Stahl Mutter und Tochter trennte. Die Adelige stellte sich als die Edle Felena Tiberlais Thrune vor, lobte Valeria ob ihrer absoluten Loyalität und Treue und lud sie ein, ihre Familie zu verlassen und sich Felenas Haushalt anzuschließen. Valeria blickte nie zurück...

In den Diensten der Edlen Felena war Valeria ein Musterbeispiel für absoluten Gehorsam; sie stellte wenige Fragen und kümmerte sich um jede Aufgabe voller Aufmerksamkeit, Umsicht und Zuverlässigkeit. Bei jeder Tätigkeit gewann sie das Wohlwollen ihrer Herrschaften. Angesicht ihrer vollkommenen Treue gegenüber der Familie wurde Valeria schließlich zur Leibwächterin und Begleiterin der Tochter der Edlen Felena, Druvalia Thrune, ernannt. Diese war im selben Alter und erst unlängst volljährig geworden. Valeria war vollkommen von ihrer neuen Herrin bezaubert und tat alles, um der jungen Adeligen zu gefallen. Sie diente ihr auf bewundernswerte Weise als Beschützerin, Vertraute und manchmal sogar als Geliebte. Auch wenn man die beiden niemals als Freunde hätte bezeichnen können (und tatsächlich hätte die bloße Idee bei Valeria pures Entsetzen ausgelöst), so wurden sie doch zu engen Gefährten. Wie ein pflichtbewusstes Hündchen folgt Valeria Druvalia, als diese auf die Militärakademie geschickt wurde.

Als Druvalia in die Marine eintrat, erhielt Valeria einen neuen Familiennamen und wurde zur Ausbildung zu den Höllenrittern geschickt. Dort fand sie im Orden der Geißel und dessen einfacher, brutal effizienter Disziplin ein perfektes Zuhause. Während Druvalia innerhalb der Ränge der Marine aufstieg, stieg Valeria innerhalb ihres Ordens zum Paraliktor auf. Und als Druvalia ihre Armada für den Angriff auf die Fesselinseln zusammenstellte, schloss sich Valeria erneut ihrem Schützling an. Gemeinsam brachen Herrin und ihre gehorsame, bösartige Dienerin auf.

Rolle in der Kampagne

Valeria Asperixus lebt, um dem Haus Thrune in Gestalt Druvalia Thrunes zu dienen. Sie tut alles in ihrer Macht stehende, um ihren Schützling zu beschützen, und würde auch ihr Leben geben, um das Druvalias zu retten. Sollte Druvalia getötet werden und Valeria irgendwie überleben, wird sich die Höllenritterin von nichts aufhalten lassen, um den Tod ihrer Herrin zu rächen.

Piratenschätze

Die folgenden, einzigartigen Schätze können im Laufe von „Aus dem Herzen der Hölle" gefunden werden.

Armbrust der Vergeltung
Aura Starke Erkenntnismagie und Nekromantie; **ZS** 12
Ausrüstungsplatz Keiner; **Marktpreis** 32.700 GM; **Gewicht** 12 Pfd.
Beschreibung
Diese *Suchende schwere Repetierarmbrust des Verderbens [Menschen] +1* besteht aus grün und golden lackiertem Walknochen, während die Mechanik und der Bogen aus vergoldetem Stahl bestehen. Wird mit der Armbrust eine Kreatur getroffen, welche in der vorherigen Runde den Träger der Armbrust mit einem Angriff getroffen hat (egal ob Nahkampf, Fernkampf, natürlicher Angriff oder Zauber, der einen Angriffswurf erfordert), erleidet die Kreatur stechende Schmerzen, welche ihr für 7 Runden einen Malus von -4 auf Angriff-, Attributs- und Fertigkeitswürfe auferlegen. Gelingt dem Ziel ein Zähigkeitswurf gegen SG 14, halten die Mali nur 1 Runde lang an. Sollte das Ziel dieselbe Gottheit verehren wie der Armbrustschütze, erleidet es einen Malus von -2 auf den Rettungswurf.
Konstruktion
Voraussetzungen Magische Waffen und Rüstungen herstellen, *Monster herbeizaubern I*, *Vergeltung (PF EXP)*, *Wahrer Blick*; **Kosten** 16.700 GM

Doppelläufiger Bündelrevolver
Aura Durchschnittliche Verwandlung; **ZS** 7
Ausrüstungsplatz Keiner; **Marktpreis** 20.300 GM; **Gewicht** 5 Pfd.
Beschreibung
Dieser *Donnernder Bündelrevolver +1 (Ausbauregeln II Kampf)* ist mit dem Motiv eines feuerspeienden Drachens geschmückt, während der hölzerne Griff kunstvoll bearbeitet wurde. Im Gegensatz zu einem normalen Bündelrevolver können immer zwei der insgesamt sechs Läufe gleichzeitig wie bei einer doppelläufigen Pistole mit derselben Aktion abgefeuert werden. Sollten zwei Läufe gleichzeitig geleert werden, muss der Angriff demselben Ziel gelten und jeder Angriffswurf unterliegt einem Malus von -4.
Konstruktion
Voraussetzungen Magische Waffen und Rüstungen herstellen, Schnelles Schießen, *Blindheit/Taubheit*, *Hast*; **Kosten** 11.800 GM

Entkräftende Pistole
Aura Starke Nekromantie [Tod]; **ZS** 13
Ausrüstungsplatz Keiner; **Marktpreis** 51.300 GM; **Gewicht** 4 Pfd.
Beschreibung
Kerdak Knochenfaust ließ diese *Verlässliche Pistole der Distanz +1 (Ausbauregeln II Kampf)* speziell für sich anfertigen, um aus seiner einzigartigen Skeletthand einen Vorteil zu erlangen. Die Pistole trägt Abnutzungsspuren und Zeichen, dass sie Wind und Wetter ausgesetzt wurde. Der Griff aus Walnussholz, der nickelbeschlagene Lauf und die Goldverzierungen sind beste Handwerksarbeit und der Mechanismus funktioniert präzise.
Die mit der *Entkräftenden Pistole* verfeuerte Munition verursacht zusätzliche W6 Punkte negativen Energieschadens bei einem Treffer. Bei einem Kritischen Treffer verursacht die Waffe zusätzlich eine negative Stufe. Ein getroffenes Ziel muss kurz nach einem Tag einen Zähigkeitswurf gegen SG 16 pro negativer Stufe ablegen; bei einem Misslingen des Rettungswurfes wird der Stufenverlust dauerhaft. Der Träger einer *Entkräftenden Pistole* erleidet eine permanente negative Stufe, sofern er kein Untoter ist oder keine untote Hand besitzt, solange der Träger die Waffe in der Hand hält. Wenn der Träger die Waffe aus der Hand legt, verliert er die negative Stufe wieder. Diese negative Stufe kann in keiner Weise aufgehoben werden, solange die Waffe geführt wird (auch nicht durch *Genesung*).
Konstruktion
Voraussetzungen Magische Waffen und Rüstungen herstellen, *Ausbessern*, *Finger des Todes*, *Hellhören/Hellsehen*, *Schwächen*; **Kosten** 26.300 GM

Orkankrone
Aura Starke Beschwörung und Hervorrufung; **ZS** 17
Ausrüstungsplatz Kopf; **Marktpreis** 125.000 GM; **Gewicht** 2 Pfd.
Beschreibung
Diese goldene Krone ist von einem Reif aus goldenen Schädeln umgeben und auf ihren Spitzen befinden sich kleinere Totenschädel. Sie wurde für den ersten Orkankönig, Tarpin Eisen geschmiedet, als er vor über 100 Jahren aus dem Auge von Abendego heraussegelte, um die Herrschaft über den Fesselinselarchipel zu beanspruchen. Seitdem wurde die *Orkankrone* von Orkankönig zu Orkankönig weitergereicht (oder dem gegenwärtigen Orkankönig gewaltsam entrissen). Die *Orkankrone* kann auf Befehl ihre Form verändern und das Aussehen eines gewöhnlichen Stückes Kopfbekleidung annehmen (z.B. eines Huts oder eines Kopftuchs). Dabei behält sie alle ihre Eigenschaften. Diese Verkleidung kann nur mittels *Wahrer Blick* oder ähnlichem durchschaut werden.
Der Träger der *Orkankrone* erhält einen Kompetenzbonus von +5 für Fertigkeitswürfe auf Beruf (Seefahrer) und Überlebenskunst, wenn es darum geht, auf See die Richtung zu bestimmen oder das Wetter vorherzusagen. Ferner kann er normal durch Nebel, Rauch, Niederschlag und Wettereffekte sehen, egal ob es sich um normale oder magische Effekte handelt.

Piratenschätze

Doppelläufiger Bündelrevolver

Orkankrone

Entkräftende Pistole

Sciroccokanone

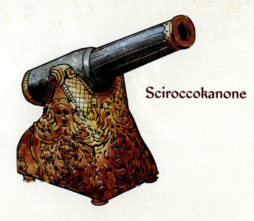
Armbrust der Vergeltung

Der Träger kann einmal am Tag *Windkontrolle* wirken. Befindet er sich dabei an Bord eines Schiffes, sind das Schiff und alle Kreaturen an Bord vor den kontrollierten Winden geschützt, außer er wünscht es anders. Dies gilt auch, wenn das Schiff möglicherweise größer ist als der nicht vom Zauber betroffene Bereich. Ferner kann der Träger der *Orkankrone* sich einmal am Tag mit einem Schleier aus elementarem Wasser oder übernatürlicher Winde umgeben (wie die Zauber *Mantel der See* oder *Winde der Vergeltung*; siehe *Pathfinder Expertenregeln*). Außerdem kann der Träger der *Orkankrone* ein einmalig nutzbares *Äthertor* im Fels der Mammonfeste erschaffen, um in die Meereshöhlen und den Verborgenen Hafen unter der Insel zu gelangen (siehe Seite 26). Falls der Träger sich an Bord eines Schiffes befindet, ist das *Äthertor* groß genug, um dem Schiff und allen Kreaturen an Bord die Passage zu ermöglichen. Das Tor ist für andere Kreaturen und Schiffe unsichtbar und nicht zugänglich; ansonsten funktioniert es wie ein gewöhnliches *Äthertor*. Diese Fähigkeit kann beliebig oft genutzt werden.

KONSTRUKTION
Voraussetzungen Wundersamen Gegenstand herstellen, *Äthertor*, *Mantel der See (PF EXP)*, *Selbstverkleidung*, *Wahrer Blick*, *Winde der Vergeltung (PF EXP)*, *Windkontrolle*; **Kosten** 62.500 GM

SCIROCCOKANONE
Aura Durchschnittliche Hervorrufung; **ZS** 10
Ausrüstungsplatz Keiner; **Marktpreis** 184.500 GM

BESCHREIBUNG
Diese *Kanone des Blitzinfernos +1* (*Pathfinder Ausbauregeln II: Kampf*) ruht auf einem Fahrgestell aus Messing, welches mit Schnitzereien geschmückt ist, die Winde und Stürme zeigen. Eine *Sciroccokanone* kann drei Mal am Tag auf Befehl eine besondere Art von Munition erschaffen. Diese Munition funktioniert wie eine gewöhnliche Kanonenkugel, doch bei einem Treffer bläst ein schmelzofenheißer Windstoß in einem Zylinder von 6 m Radius und 18 m Höhe für 10 Runden auf das Ziel oder das Zielfeld herab. Dieser heiße Wind fügt allen Kreaturen im Zielgebiet 4W6+10 Punkte Feuerschaden zu und wirft sie zu Boden. Ein Zähigkeitswurf gegen SG 19 halbiert den Schaden und verhindert, dass eine Kreatur zu Boden geworfen wird. Fliegende Kreaturen werden von den Winden zu Boden gezwungen und nehmen Sturzschaden, so ihnen kein Fertigkeitswurf auf Fliegen gegen SG 15 gelingt, um ihre ursprüngliche Höhe beizubehalten. Jede Kreatur, die durch die heiße Luft Schaden nimmt, ist erschöpft (oder entkräftet, falls sie bereits erschöpft sein sollte – etwa weil sie in der Vorrunde bereits den Winden ausgesetzt war). Kreaturen der Unterart Wasser erleiden einen Malus von -4 auf alle Rettungswürfe gegen diesen Effekt und erhalten den doppelten Schaden. Diese besondere Munition fügt Schiffen, Gebäuden und anderen Strukturen keinen zusätzlichen Schaden zu.

KONSTRUKTION
Voraussetzungen Magische Waffen und Rüstungen herstellen, *Blitz* oder *Blitze herbeirufen*, *Scirocco (PF EXP)*; **Kosten** 95.400 GM

Fortführung der Kampagne

Sie fielen mit Knochenkeulen und spitz zugefeilten Zähnen über uns her. Mit ihrer schieren Masse überwältigten sie uns, schleppten uns in die zerfallende ghol-ganische Ruine und warfen uns vor ihre finstere Göttin, welche sie die Blutkönigin nennen. Tentakel zuckten entlang ihrer aufgedunsenen Form, während der Hohepriester einen Sprechgesang in einer uralten Sprache anstimmte – wir sollten Kinder der Blutkönigin werden, welche Fleisch und Blut konsumierten wie jene, die diese Insel ihre Heimat nennen. Doch selbst umzingelt und eingekreist war ich nicht bereit, dies kampflos geschehen zu lassen.

- Aus den Aufzeichnungen von Marliss Nalathani, Entdeckerin

Fortführung der Kampagne

Der Pathfinder Abenteuerpfad „Unter Piraten" mag sein offizielles Ende gefunden haben, doch auch nach „Aus dem Herzen der Hölle" gibt es genug andere Gefahren im Fesselinselarchipel, um die SC herauszufordern und zu interessieren. Im Folgenden stellen wir nur einige Möglichkeiten vor, was die SC nach Abschluss des Abenteuerpfades tun könnten. Weitere Ideen und Abenteueraufhänger finden sich im *Almanach des Fesselarchipels*.

Die Suche nach dem Schatzhort: Bei der Eroberung der Gefahrenburg entdecken die SC die Linie der Orkankönige und dass der erste Orkankönig im Besitz eines unglaublichen Schatzes gewesen ist. Sie erfahren zudem, dass sein Nachfolger ihn mit der Hilfe einer Gruppe Seehexen verraten hat. Die in der Bibliothek gefundenen Hinweise genügen, um die Suche nach der Schatzkammer des ersten Königs zu beginnen, welche tief im Terwahochland liegt. Mehr hierzu wird auf Seite 58 beschrieben.

Schiffe aus Leng: Im Fesselarchipel wird Sklaverei zwar toleriert und in manchen Häfen sogar enthusiastisch gefördert, doch als ein schwarzes Schiff mit gelben Segeln in den Hafen einfährt, legt sich Anspannung über ganz Port Fährnis. Nur selten (höchstens einmal in zehn Jahren) gehen Bewohner aus Leng in Port Fährnis vor Anker, um mit Sklaven zu handeln. Dieses Mal kommen sie recht spät; vielleicht haben sie nur darauf gewartet, dass im Archipel wieder Ruhe einkehrt, ehe sie neue Waren aufnehmen. Die SC stoßen aber bald auf Informationen, dass die außergolarischen Sklavenhändler mit Kerdak Knochenfaust eine besondere Vereinbarung hatten. Da ein neuer Orkankönig an der Macht ist, gilt diese Vereinbarung natürlich nicht mehr und die Bewohner von Leng wollen neu verhandeln. Vielleicht gefallen ihnen die neuen Bedingungen dann nicht und sie nehmen sich mehr, als ihnen zusteht...

Die Insel der Blutkönigin: Die Kuru, die ursprünglichen Eingeborenen des Archipels, führten ein recht idyllisches Leben, bis die Piraten in ihr Paradies kamen und sie von den sicheren Inseln verdrängten. Schließlich mussten sie sich auf den eigentlich verbotenen, späteren Kannibaleninseln niederlassen. Dort stießen sie auf eine Kreatur, welche die finsteren Götter der Zyklopen vor Ewigkeiten herbeigerufen hatten, begannen die Blutkönigin zu verehren und wurden von dieser in ruchlose Kannibalen verwandelt. Die SC können nach Ganagsau vorstoßen und die Ruinen des uralten ghol-ganischen Tempels erforschen, in dem die Blutkönigin haust. Wenn diese besiegt wird, können die Kuru vielleicht ihre Kultur wieder aufbauen. Weitere Informationen zu den Kannibaleninseln und die Spielwerte der Blutkönigin sind im *Almanach des Fesselarchipels* enthalten.

Die Rückkehr der Chelischen Armada: Die Fesselinseln waren schon immer ein Dorn im Auge von Cheliax, seitdem die Freien Kapitäne sich mit Sargava verbündet haben. In weniger als 100 Jahren haben die rebellischen Inseln nun schon zum dritten Mal Haus Thrune Schande bereitet. Und jetzt wird die Angelegenheit, die Fesseln zu erobern, persönlich! Auch wenn die Eroberung nicht zu den Prioritäten der gesamten chelischen Marine gehört oder für die Nation selbst von Bedeutung wäre, so will Haus Thrune Rache. Man will Verluste ausgleichen und die Pirateninseln plündern. Hierzu wird eine noch größere Flotte gegen den Archipel ausgeschickt. Die SC müssen die unterschiedlichen Inseln gegen eine weitere Invasion einen und zu Felde ziehen.

Sargavische Neuverhandlungen: Nachdem die sargavische Regierung jahrelang den Fesselpiraten Tribut gezahlt hat, hört man dort nun von den SC, ihren Taten und dem Sieg über die Chelische Armada. In Sargava ist man zwar froh, dass auch der neue Orkankönig keine Sympathien für Cheliax hegt, fragt sich zugleich aber auch, ob der neue Herr der Fesseln ebenso gut auf dem politischen Parkett ist wie in einer Seeschlacht. Hierzu entsendet die sargavische Regierung einen Gesandten, um mit dem neuen Orkankönig über die Tributsleistungen zu verhandeln. Im Rahmen des Treffens könnten die SC die politischen Verhältnisse in der ganzen Fiebersee radikal verändern.

Thronräuber: Als die SC sich ihre neue Stellung sicherten, hatten sie dabei viele Unterstützer, doch nicht jeder ist glücklich darüber, dass sich die Orkankrone gesichert haben. Andere Charaktere, die den SC bei deren Aufstieg an die Macht begegnet sind und von denen einige sich auch wie Freunde verhalten haben, könnten ihren Einfluss nutzen, um sich selbst die Krone aufzusetzen.

Tessa Schönwind hat die SC unterstützt und wird nun von einem dieser Möchtegern-Thronräuber entführt, um die SC in eine Falle zu locken. Neben jedem beliebigen bedeutenden NSC, der den SC vielleicht im Laufe des Abenteuerpfades entkommen ist (z.B. Kapitän Harrigan oder der Aal) könnte der Gegner auch ein NSC sein, den die SC beleidigt oder unfreundlich behandelt haben, z.B. Fürstin Cerise Blutklage, Avimar Sorrinasch oder Arronax Endymion. Weitere Informationen zu diesen NSC sind in den anderen Bänden dieses Abenteuerpfades enthalten.

Das Erwachen eines Titanen: Der Schlot zeigt im Archipel seit jeher eine bedrohliche Präsenz. Dieser gewaltige, rauchende Vulkan erinnert die Bewohner der Insel stets daran, dass schon am nächsten Tag ihr Tod eintreten könnte. Drei seltsame Hellseher verbergen sich in den Höhlen der Insel und bieten Antworten auch die dringendsten Fragen jener, die sie besuchen. Doch wissen viele nicht, dass seit Jahrhunderten unter dem Magmakegel ein Titan ruht. Diese seltsame Kreatur ist die Quelle der Sehergabe der Hellseher und der Grund für ihre merkwürdigen Wünsche hinsichtlich der Bezahlung für ihre Informationen. Nun erhebt sich der Titan; wenn er nicht gestoppt wird, wird er die Fesseln mit Zerstörungen überziehen, wie es sie seit der Entstehung des Auges nicht mehr gegeben hat. Zu dieser uralten Bedrohung sind weitere Informationen ab Seite 60 zu finden.

Die Schatzkammer des Ersten Orkankönigs

Vor etwas über 100 Jahren krönte sich Tarpin Eisen selbst zum ersten Orkankönig. Mit Hilfe von Seehexen stürzte ihn Glick Heid ein paar Jahre später und errang so die Krone. Nach der Machtübernahme drang Glick in Tarpins angebliche Schatzkammer vor, nur um diese leer vorzufinden. Unterstützt von seinen Seehexenmitverschwörerinnen suchte er im Archipel rastlos nach diesem gewaltigen Schatzhort und ließ dabei auch jene hinrichten, die dem ersten Orkankönig immer noch die Treue hielten. Jedoch Tarpin Eisen war ein schlauer Pirat gewesen und hatte seine Schätze auf dem Festland versteckt. Zum Schutz gegen Plünderer hatte er sie mit Wächter umgeben, welche ihn niemals verraten und zudem der Zeit standhalten würden. Während Tarpin seine Herrschaft etabliert und seine neue Festung errichtet hatte, hatte er mehrere Schatzkammern in und unter der Gefahrenburg angelegt, von denen keine aber seine Schätze enthielt. Der Zugang zu seinem wahren Hort liegt hinter geheimen Türen und gewundenen Gängen in den Meereshöhlen unter der Burg, welche schließlich zu einer magischen Gerätschaft führen. Dank seiner Beraterin Carline Cosas konnte Tarpin einen permanenten Kreis der Teleportation anfertigen, der automatisch alles, was er in ihm platzierte, in seine kilometerweit entfernte Schatzkammer transportierte. Es heißt, wer auch immer diese geheime Schatzkammer findet und die Schutzmechanismen überwinden, würde gewaltige Reichtümer finden und seine Macht auf ewig sichern. Ein paar Entdecker sind das Wagnis eingegangen, doch bisher ist niemand mit den Schätzen des ersten Orkankönigs zurückgekehrt. Gerüchteweise soll es eine Karte zu dem Hort geben, welche möglicherweise von Carline angefertigt, nach ihrem Tod aber gestohlen wurde und seitdem überall im Gebiet der Inneren See bereits aufgetaucht ist. Und angeblich besaßen auch andere Orkankönige zumindest vorübergehend die Karte.

Unter der Gefahrenburg: Irgendwo in den vielen Meereshöhlen unter der Gefahrenburg hat Tarpin Eisen mehrere gewundene Tunnel angelegt, in deren Mitte er eine große Kammer aus dem Fels schlagen ließ, welche als falsche Schatzkammer diente. Er errichtete Fallen und Illusionen, um Eindringlinge aufzuhalten, und trotz anhaltender Suche hat bisher niemand den Eingang gefunden. Diese gewundenen Tunnel sind an manchen Stellen zur Hälfte mit schlammigem Wasser gefüllt und werden von Würgern bewohnt, welche Scheusale anbeten. Der Anführer der Würger, **Thalthriss** (CB Würgerhexenmeister 8) stärkt die eigentlich feigen Kreaturen. Da die Würger sich gut verbergen und nahezu jeden Ort betreten können, nutzen sie Waffen und magische Gegenstände, welche sie den Piraten der Oberstadt gestohlen haben. Diese Würger sorgen auch dafür, dass Tarpins und Carlines alte Fallen immer noch funktionsfähig sind, und bestreichen die Klingen und Dornen sogar mit frischem Gift.

Tiefer in den Tunneln lauert ein Fallenschlick (*PF MHB III*), welcher von den Würgern gemieden wird, nachdem er einige, unachtsame Mitglieder von ihnen gefressen hat. Da der übrige Gang voller Fallen ist, hat der Schlick die freie Wahl zwischen mehreren Formen, die er nachahmen kann; er neigt aber dazu, entweder eine Wandsensenfalle oder einen Fallenden Steinblock nachzuahmen.

Hinter dem Fallenschlick wartet eine hinter Illusionen verborgene Geheimtür, welche von einem *Symbol des Wahnsinns* geschützt wird. Drei vollständige Skelette liegen nahe der Tür über den Gang verteilt. Diese drei Opfer des Wahnsinns wollten entweder ihr Verlangen, in die Schatzkammer zu gelangen, nicht aufgeben oder verhungerten in ihrer Verwirrung.

Fortführung der Kampagne

Eines von ihnen hat sich als Allip (*PF MHB III*) wieder erhoben und spukt nun am Ende des Tunnels. Die Kreatur wartet in der Wand auf jemanden, der das Symbol auslöst, ehe sie zu brabbeln beginnt.

Hinter der Tür liegt ein anscheinend leerer Raum. Es gibt dort aber zwei Teleportationskreise. Nur einer davon ist markiert, wodurch der andere schwer zu entdecken ist. Der erkennbare Kreis schickt den Benutzer zum Krater des Vulkans Keeba, während der andere ihn in die Schatzkammer des Orkankönigs teleportiert.

Der Standort der Schatzkammer: Tarpin Eisen kannte das Wesen der Piraten und die junge, von ihm errichtete Nation nur zu gut. Daher verbarg er seine Schätze nicht in seiner Festung, sondern errichtete eine geheime Schatzkammer auf dem Festland im Vorgebirge des Terwahochlandes. Diese Kammer liegt etwas über 100 Kilometer landeinwärts. Eine Gruppe müsste wenigstens vier Tage durch zerklüftetes Gelände marschieren, um die Kammer zu erreichen, sollte sie die Teleportationskammer nicht finden.

Obwohl Teleportationsmagie als Hauptzugangsmethode zur Schatzkammer gedacht war, versah der erste Orkankönig sie auch mit einem Eingang, sollte die Magie nicht funktionieren. Dieser verborgene Zugang liegt in einer Tempelruine, welche in eine Klippe hineingebaut wurde. Seit 300 Jahren haust in der Ruine ein gefährlicher, stolzerfüllter Kongamato (*PF MHB III*) namens Kriestaka. Als Carline ihm Schätze als Tribut brachte und ihm versprach, dass er jeden töten und fressen könne, der nach der Schatzkammer sucht, hatte die drakonische Kreatur absolut keine Einwände. Er frisst jeden, der Tarpins Schatzkammer erreichen will, so dass in den Ruinen und außerhalb die Knochen seiner Opfer verteilt liegen. In einem Raum des Tempels sammelt der Kongamato die von seinen Opfern erbeuteten Schätze neben dem ursprünglichen Tribut. Dumme Abenteurer könnten diesen Schatzhaufen leicht für den Schatz des ersten Orkankönigs halten und die Suche aufgeben, nachdem sie Kriestaka besiegt haben.

Hinter einer geheimen Tür verborgen befindet sich jedoch ein langer, in einem 45°-Winkel abwärtsführender Schacht. Der Schacht ist voller Spinnweben und Staub, der schon lange nicht mehr aufgewirbelt wurde. Er ist zudem voller magischer und nichtmagischer Fallen zur Abwehr von Eindringlingen. Auf halber Strecke ist der Schachtboden von einer dünne Schicht grauen Staubes bedeckt, welche sich farblich leicht vom sonstigen Staub unterscheidet, dort wartet eine Verstärkte Auflösenfalle (*PF GRW, S. 422*). Der Staub ist alles, was von einer Schatzsucherin übriggeblieben ist, die nach jahrzehntelanger Suche nach der Kammer hier gerade 30 m vom Ziel entfernt von ihrem Schicksal ereilt wurde, während ihre Ausrüstung weiter den Schacht hinab rutschte. Im Tode ruhelos ist **Saragan Lasient** (CN Geisterbardin 4/Schurkin 3) voller Zorn, sobald andere der Schatzkammer näherkommen, als es ihr selbst gelungen ist. Sie kommt aus dem Boden hervor und greift die erste Kreatur an, von der sie hofft, mittels Böswilligkeit Besitz ergreifen zu können.

Am Ende des Schachtes befindet sich unmittelbar vor der Tür der Schatzkammer eine Zermalmende Steinfalle (*PF GRW, S. 422*). Die getrockneten und pulverisierten Überreste ihrer Opfer bedeckten dort den Boden. Die Tür selbst ist mittels dreier komplizierter Schlösser gesichert und der Türgriff ist mit Schwarzem Lotusextrakt bestrichen.

In der Schatzkammer hat Tarpin Eisen seine wertvollsten Besitztümer verborgen, darunter der Silberne Hans, ein Mithralgolem (*PF MHB II, S. 121*), welcher den Hort bewacht. Die Konstruktion des Golems hat einen Teil von Tarpins Schatz verschlungen. Tarpin war aber derart von dem Silbernen Hans begeistert, dass er ihn in die Kleidung eines mächtigen Piratenkapitäns steckte. Die Kreatur trägt übergroße Stiefel, einen Mantel aus bestem Stoff und einen Dreispitz. Sie ist darauf programmiert, jeden außer Tarpin Eisen und Carline Cosas zu zerstören, der die Kammer betritt. Als zusätzliche Verteidigung hat Tarpin ihn mit einer Art Codewort programmiert: Selbst wenn der Silberne Hans jemanden als Tarpin oder Carline identifiziert, beginnt er damit, einem Limerick vorzutragen, welchen der Zuhörer vervollständigen muss. Gelingt ihm dies nicht, greift der Golem an. Es genügt also nicht, falls clevere Abenteurer sich einfach als Tarpin oder Carline verkleiden; doch vielleicht ist der Limerick ja irgendwo in der Gefahrenburg niedergeschrieben...

Die Hauptkammer wird von zwei kleineren Seitenkammern flankiert. Die eine ist fast leer, während sich in der anderen der Teleportationskreis befindet, dessen Gegenstück unter der Gefahrenburg liegt. In diesem Raum landen Entdecker, welche den Kreis unter der Gefahrenburg nutzen. Dort wacht aber auch Kressalisan, ein vertraglich gebundener Ertränkender Teufel (siehe Seite 82). Er wurde erst später in den Dienst berufen und hat sich dem Orkankönig gegenüber verpflichtet, die Schatzkammer 100 Jahre lang zu beschützen. Der Teufel weiß zwar, dass Tarpin Eisen schon längst tot ist, hält sich aber immer noch an den Vertrag; schließlich muss er nur noch ein knappes Jahr seine Pflicht erfüllen und kann dann 80% der Schätze für sich beanspruchen. Daher kämpft der gierige Teufel auch, um den Hort zu beschützen.

Die andere Kammer enthält den Hort des ersten Orkankönigs: Kisten voller Edelmetalle, seien es Kupferbrocken oder Platinmünzen, Berge glitzernder Juwelen und Haufen von Edelsteinen. Dazwischen liegen magische Waffen, welche für Seefahrer ungeeignet sind, und edelsteinbesetzte Rüstungen, welche für einen Piratenkönig viel zu auffällig und geschmacklos sind. Da der Orkankönig die besten Dinge selbst benutzt hat, hatte der Rest für ihn einen rein finanziellen Wert. Die, die ihn verrieten, behielten erstere Dinge für sich und einige davon wanderten von einem Orkankönig zum nächsten.

Das Geheimnis des Schlots

Tief unter dem Berg Keeba, welcher auch als der Schlot bezeichnet wird, wartet eine uralte Kreatur die Zeit ab. Dort ruht in Stasis in der Magmakammer des Vulkans der Titan Ifestus, welcher den Berg sein Zuhause nennt.

Der Schlot ist einer der wenigen aktiven Vulkane des Archipels und hat eine eigene, seltsame Geschichte. (siehe auch *Almanach des Fesselarchipels*).

Viele wissen nicht, dass die Wahrsager, welche in den Höhlen der Insel leben und für ihre Weissagungen seltsame Preise verlangen, in Wirklichkeit die Sprachrohre dieses finsteren Titanen sind. Während Ifestus in der gewaltigen Magmakammer im Herzen des Vulkans in Stasis ruht, spürt er, wer sich in der Nähe aufhält, und kommuniziert mit Keebas Augen. Die merkwürdigen Forderungen, die Cenabal, Raeke und Zhaegog stellen, dienen allesamt der Sättigung Ifestus' und um ihn in seiner dämmerschlafartigen Stasis zu halten. Im Gegenzug hört er ihre Fragen und dient als uralter Hort obskuren Wissens. Was er ihnen nicht mitteilt, finden sie mit ihren eigenen, besonderen Fähigkeiten heraus. Obwohl die drei Wahrsager seit langer Zeit mit diesem außergolarischen Riesen kommunizieren, werden seine Wünsche zunehmend unvorhersehbarer und seine Stimme in ihren Köpfen immer aggressiver. Die Hellseher können selbst nicht vorhersagen, wann Ifestus sich aus seinem Schlaf erheben wird.

Der Ausbruch: Wenn der Titan erwacht und aus dem Vulkan hervorbricht, stößt der Schlot zunächst eine Ruß- und Aschewolke aus, welche über dem ganzen Archipel niedergeht. Zugleich fließt Lava ins Meer. Überall im Archipel kann man den Ausbruch sehen und spüren. Die auf der Vulkaninsel liegende Ortschaft Schwadenheim droht zerstört zu werden.

Mit Ifestus' Erwachen und dem Ausbruch des Schlots wird ein Bereich von 300 m-Radius rund um den Vulkan jede Runde für 1W10 Runden wie durch den Zauber *Erdbeben* betroffen. Jede Geländeart ist auf ihre Weise betroffen (siehe die Beschreibung des Zaubers). Es gibt auf der Insel zwar bewohnte Höhlen, doch zum Glück keine Gebäude im betroffenen Gebiet. Schwadenheim liegt nahe genug, dass es zu leichten Zerstörungen kommt, die Ortschaft unterliegt *Erdbeben* 2 Runden lang.

Jeder auf der Insel riskiert den Tod, da der Berg erbebt und Lavaströme aus geschmolzenem Fels aus der Caldera zu fließen beginnen. Diese Lavaflüsse verursachen 8W6 Punkte Feuerschaden bei allem in ihrem Weg. Kleinere Lavaspritzer fliegen durch die Luft und verursachen 2W6 Punkte Feuerschaden. Während des Ausbruchs schlagen 2W10 dieser Lavabrocken während der ersten Minuten in jeder Runde auf der Insel und im umliegenden Meer ein, in den folgenden 5 Minuten sind es immer noch 1W4 Brocken pro Runde.

Der Rauch verhüllt den Himmel und eine Wolke aus heißer Asche senkt sich herab und hüllt die Insel ein. Wer sich in dieser Wolke befindet, kann nur 1,50 m weit sehen und muss einen Zähigkeitswurf gegen SG 25 bestehen, um nicht zu husten und zu würgen. Kreaturen, deren Rettungswurf gelingt, sind für die Zeit innerhalb der Wolke und 1W10 Runden darüber hinaus betäubt. Scheitert der Rettungswurf, nimmt eine Kreatur 1W6 Punkte Feuerschaden und 2W6 Punkte nichttödlichen Schaden pro Runde, die sie sich in der Wolke aufhält. Den Betroffenen steht jede Runde ein erneuter Rettungswurf zu, allerdings steigt der SG um +1 pro Runde, die sie sich in der Wolke aufhalten.

Dieser Ausbruch und das Erscheinen von Ifestus verursachen eine kolossale, über 24 m hohe Flutwelle, die durch den Archipel jagt. Je näher man der Schlot ist, umso größer ist das Risiko, völlig vernichtet zu werden. Kreaturen, die von dieser Flut überrascht werden, müssen nach oben flüchten oder sich gut festhalten, um nicht fortgespült zu werden. Um sich in eine andere Richtung als die der Strömung zu bewegen, muss einer Kreatur ein Fertigkeitswurf auf Schwimmen gegen SG 25 gelingen, andernfalls wird sie um 30 m pro Runde fortgeschwemmt.

Nachwehen: Schwadenheim ist von den Zerstörungen am meisten gefährdet und liegt zudem mitten im Weg des breitesten Lavastroms. Die Bewohner eilen zu den Schiffen und schwimmen sogar aufs Meer hinaus, um dem Magmafluss zu entrinnen. Die größte gefährdete Stadt in der Region ist Quent, auch wenn Bucht und vorgelagerte Inseln etwas Schutz bieten. Dieser gedeihende Piratenhafen wird nur von Port Fährnis selbst noch übertroffen, ist aber in Gefahr, alles zu verlieren, sollte das Wasser zu sehr steigen.

Einige weiter entfernte Orte, welche auf der abgelegenen Seite der kommenden Flutwelle liegen, sind um einiges sicherer. Port Fährnis ist gut 240 Kilometer entfernt; dort spürt man zunächst nur negative Auswirkungen. Da aber auch der Handel zusammenbricht, dürfte die ganze Region leiden. SC, welche die Bedeutung von Port Fährnis für die Fesseln kennen, wissen auch, dass die Region auseinanderbrechen und sich selbst zerstören wird, wenn die Hauptstadt nicht Stärke zeigt und den Rest der Piratennation anführt. Da die SC nun die Hauptstadt der Fesseln kontrollieren, müssen sie alles in ihrer Macht stehende tun, um ihre Leute zu beschützen und dafür zu sorgen, dass das Leben der Fesselpiraten in gewohntem Gang, soweit möglich, weitergeht.

Dieses Ereignis kann eintreten, wann immer du es wünschst, doch vergiss nicht, dass Ifestus viel zu mächtig ist, als dass die SC ihn direkt bekämpfen könnten, nachdem einer von ihnen zum Orkankönig aufgestiegen ist. Solltest du die Kampagne fortführen und die SC Stufenaufstiege verzeichnen, haben sie vielleicht eine Chance, diese uralte Kreatur zu besiegen. Andernfalls kann Ifestus auch den Ausbruch des Schlots verursachen und sich dann einen anderen geologisch aktiven Ort auf Golarion suchen, während die SC mit den Folgen seiner Tat beschäftigt sind und hinter ihm aufräumen müssen.

IFESTUS (EINZIGARTIGER TITAN)   HG 23

EP 819.200
CB Kolossaler Externar (Böse, Chaotisch, Extraplanar)
INI +6; **Sinne** Dunkelsicht 18 m; Wahrnehmung +31

VERTEIDIGUNG

RK 39, Berührung 4, auf dem falschen Fuß 37 (+2 GE, −8 Größe, +26 natürlich, +9 Rüstung)
TP 471 (23W10+345)
REF +17, **WIL** +18, **ZÄH** +22
Immunitäten Alterung, Feuer, Krankheit, Todeseffekte; **SR** 15/Gutes und Rechtschaffendes; **ZR** 34

Fortführung der Kampagne

ANGRIFF
Bewegungsrate 18 m (12 m in Rüstung)
Nahkampf Kriegshammer der Anarchie +3, +36/+31/+26/+21 (6W6+21/x3) oder 2 Hiebe +33 (2W8+18)
Angriffsfläche 9 m; **Reichweite** 9 m
Besondere Angriffe Trampeln (2W8+27, SG 39)
Zauberähnliche Fähigkeiten (ZS 20; Konzentration +27)
Immer - *Gedanken wahrnehmen, Luftweg, Wahrer Blick, Zauber zurückwerfen*
Beliebig oft - *Fluch* (SG 21), *Mächtige Magie bannen, Verständigung, Verzauberung brechen*
3/Tag - *Erdbeben, Heilung, Mächtiges Ausspähen* (SG 24), *Masseneinflüsterung* (SG 23)
1/Tag - *Meteoritenschwarm* (SG 26), *Regenerieren, Sturm der Vergeltung* (SG 26)

SPIELWERTE
ST 47, **GE** 14, **KO** 40, **IN** 19, **WE** 21, **CH** 24
GAB +23; **KMB** +49 (Zerschmettern +51); **KMV** 61 (63 gegen Zerschmettern)
Talente Blitzschnelle Reflexe, Doppelschlag, Heftiger Angriff, Konzentrierter Schlag, Kritischer-Treffer-Fokus, Kritischer Treffer (Wankend), Mächtiger Konzentrierter Schlag, Verbesserte Initiative, Verbesserter Ansturm, Verbesserter Konzentrierter Schlag, Verbessertes Zerschmettern, Wuchtiger Schlag,
Fertigkeiten Bluffen +20, Diplomatie +21, Einschüchtern +33, Handwerk (Jedes) +23, Magischen Gegenstand benutzen +30, Mechanismus ausschalten +20, Motiv erkennen +28, Schwimmen +30, Überlebenskunst +25, Wahrnehmung +31, Wissen (Baukunst) +24, Wissen (Die Ebenen) +25, Wissen (Geographie) +20
Sprachen Abyssisch, Celestisch, Gemeinsprache; Telepathie 90 m
Ausrüstung Brustplatte +3, Kriegshammer der Anarchie +3

LEBENSWEISE
Umgebung Jede
Organisation Einzigartig
Schätze NSC-Ausrüstung
Besondere Fähigkeiten
Stasis (ÜF) Ifestus kann mit der Erde verschmelzen und sich für unbestimmte Zeit in Schlaf versetzen. In der Regel setzt er diese Fähigkeit unter einem Vulkan, nahe eines Magmaschlots oder einer tektonischen Plattenkante ein. Der Titan muss weder atmen, noch essen oder trinken in dieser Zeit. Er ist sich seiner unmittelbaren Umgebung bewusst, soweit seine Telepathie reicht und kann mit Kreaturen innerhalb dieses Radius telepathisch kommunizieren. Ifestus kann seine Stasis jederzeit als Freie Aktion beenden. Sich in Stasis zu begeben ist eine Standard-Aktion.

Ifestus gelangte vor Jahrtausenden nach Golarion. Wenn er nicht gerade für Katastrophen oder Verwüstungen sorgt, ruht er Jahrtausende lang in den glutflüssigen Eingeweiden der Welt. Er ist geduldig und nutzt seine Fähigkeiten, um in Magmakammern, gewaltigen Vulkanen und am Rand tektonischer Platten die Einsamkeit zu suchen. Angeblich ist er entweder der Verursacher einiger der heftigsten Erdbeben und Vulkanausbrüche der golarischen Geschichte oder war zumindest Zeuge der Ereignisse. Während des Erdenfalls ruhte Ifestus in einem großen Vulkan in Casmaron und zog dann ein Jahrzehnt lang über den Planeten, ehe er sich im Berg Keeba niederließ. Nach Jahrtausenden der Stille grollt Ifestus nun und erwacht langsam.

Die Seemonster Golarions

Die See ist ein gefährlicher Ort, nicht nur wegen der furchtbaren Stürme und turbulenten Gewässer. Diese würden zwar völlig ausreichen, doch gibt es zudem noch zahllose Kreaturen, die uns ins dunkle Wasser herabzuziehen drohen, um sich an unserem Fleisch zu laben. Ich bin auf Dutzenden unterschiedlichen Schiffen auf fast ebenso vielen Meeren gesegelt und nicht eine Reise verging ohne wenigstens einen Angriff irgendeines Salzwasserbewohners voller Zorn und Kraft. Die Glücklichen unter uns entkamen unversehrt oder zumindest mit den meisten Gliedmaßen, während der Rest sich nur eines kalten Grabes auf dem Meeresgrund erfreuen konnte. Egal ob warmer Obari oder gefährlicher Valaschmai; das Wasser wird überall von gefährlichen Monstern und verdammten Bestien aufgewirbelt, die nur zu gerne uns Landbewohner fressen.

- Eithren Jinros, Erzählungen aus der Tiefe

Die Seemonster Golarions

Fremdartige und gefährliche Kreaturen lauern in jedem Winkel der unzivilisierten Regionen Golarions und die gewaltigen Ozeane rund um das Gebiet der Inneren See enthalten aquatische Bewohner von unmöglicher Größe und unfassbarem Aussehen. In den schwarzen Tiefen der Meere beherrschen diese Leviathane Unterwasserreiche und befehligen Legionen nasser Schrecken, welche nur dann aus dem Wasser kommen, wenn es gilt, Jagd auf Landbewohner zu machen, welche sich weit aufs Meer hinauswagen.

Dieser Artikel liefert dir zahlreiche aquatische Schrecken, mit denen du deine SC herausfordern und deine Kampagne auf eine gänzlich andere Stufe anheben kannst. Diese Kreaturen können Zufallsbegegnungen aufpeppen oder deine Kampagne um neue, mächtige Bedrohungen und finstere Intrigen für hochstufige Abenteuer auf See ergänzen.

Fremdartige Begegnungen auf dem Meer

Natürlich gibt es in den Meeren zahllose Seeschlangen, Wasserdrachen und große Wale, doch viele wahrlich einzigartige Bestien haben sich ihren entsetzlichen Ruf wirklich verdient:

Das Borgotmonster: Diese Bestie wurde erstmals vom Freien Kapitän Ylgris Borgot gesichtet und trägt auch den Spitznamen „Die Höllenschlange". Die 60 m lange Seeschlange besitzt bösartig gewundene Hörner und mächtige, lange Fangzähne im Oberkiefer, welche weit aus dem Maul hinausragen. Ihr bemerkenswertestes Merkmal ist aber ihr brennendes Fleisch, das sofort in schwarzen Flammen explodiert, wenn die Kreatur aus dem Wasser hervorbricht. Wenn das Borgotmonster aus den Wellen hervorstößt und sich auf ihre an Bord eines Schiffes befindlichen Opfer herabfallen lässt, hat es wahrscheinlich bereits den Rumpf und die Segel des Schiffes mit seinen brennenden Schuppen in Brand gesetzt.

Buklok der Krabbenvater: Aus der Hülle dieser riesigen Felskrabbe ragt an der höchsten Stelle eine seltsame versteinerte Ausbuchtung – eine fast 1,20 m hohe Statue, welche einem vollbärtigen Magier in weiten Roben ähnelt. Man glaubt, dass Buklok über 250 Jahre alt ist und über viele Fähigkeiten verfügt: Angeblich kann er Krabbenschwärme herbeirufen, schlechtes Wetter herbeiführen und Gedanken kontrollieren, indem er bei seinen Opfern unangenehme Erinnerungen aufkommen lässt. Viele halten ihn für weitaus mehr als nur eine seltsam mutierte Krabbe. Monsterjäger und Hafenbeamte wollen die Bestie tot sehen; viele haben ein hohes Kopfgeld für die Statue ausgesetzt, die auf ihrem Panzer aufragt.

Flautensäule: Dieser seltsame Kreis aus dunkelblauem Wasser erscheint meistens nachts. Auf ahnungslose Kapitäne wirkt er harmlos, doch wenn ein Schiff über ihn hinwegsegelt, verfestigt sich das Ding rasch zu einem 30 m hohen Zylinder aus fester Gallert und hebt das Schiff aus dem Wasser, so dass es auf der klebrigen Oberfläche der Säule festsitzt. Die Flautensäule hält das Schiff in der Regel ein Stück über dem Wasser, während sie Pseudopodien ausbildet, welche nach den überraschten Matrosen schlagen und fast augenblicklich bei Kontakt ihr Fleisch absorbieren.

Die Herrin der Freude und des Verlustes: Die tojanidische Hexenmeisterin, welche nur als die Herrin der Freude und des Verlustes bekannt ist, unterhält ein Portal zu einer von ihr erschaffenen Halbebene 60 Kilometer süd-südöstlich der Raptoreninsel im Fesselarchipel. In diesem seltsamen Reich gibt es nur eine einzige, grünbewachsene Insel, deren fröhliche Bewohner alle Besucher willkommen heißen, die über gute Herzen und ehrenvolle Absichten verfügen. Am Strand und im Dschungel feiern hunderte von Humanoiden unterschiedlicher Volkszugehörigkeit und sozialer Herkunft ohne Unterlass, kochen große Festmähler, spielen Spiele, musizieren und gehen auch ansonsten jedem aufkommendem Verlangen nach. 8 Stunden, die man in diesem friedlichen Reich verbringt, entsprechen einem Tag auf Golarion. Obwohl all dies sehr idyllisch klingt, müssen Seefahrer, welche sich hier erholen wollen, feststellen, dass sie ständig von den Feiernden belästigt werden, die sie zum Mitmachen auffordern. Aufgrund dieser Unterbrechungen finden sie keine Ruhe und können kaum etwas erledigen.

Schwarzsalz: Dieser massige, tintenschwarze Schlick schleicht auf der Oberfläche des Arkadischen Ozeans. Er ähnelt einer öligen, schwarzen Pfütze, die auf dem Wasser treibt. Der legendäre Schwarzsalz ist hauptsächlich in den dunkelsten Nachtstunden aktiv. Seine bloße Berührung brennt Löcher in hölzerne Schiffsrümpfe und zahlreiche Schiffe sind seiner ätzenden Berührung schon zum Opfer gefallen. Während ein Schiff sinkt, quillt das Schwarzsalz in sein Inneres auf der Suche nach lebendem Fleisch. Es gibt Geschichten über Überlebende, die ihm entkamen, indem sie sich in Metallkisten verbargen oder sich in riesige Kochtöpfe flüchteten und in Sicherheit paddelten.

Unhold der wirbelnden Ketten und Haken: Die Gelehrten spekulieren darüber, ob diese einzigartige Kreatur möglicherweise das Ergebnis einer höllischen Verwandlung sein könnte, welche einen Kraken in ein Spielzeug der auf der Schattenebene hausenden Kytonen verwandelt haben könnte. Sie glauben, dass die Kytonen den Kraken auseinandergenommen und als perfekten Jäger der lichtlosen Tiefen neugeschaffen haben. Seine abgetrennten Tentakel wurden durchs Ketten und Widerhaken ersetzt, welche der Unhold um Schiffe herumwickelt, um sie in die salzigen Tiefen hinabzuziehen. Einer Erzählung nach zog der Unhold die Galeone *Schwarzer Ritter* ins tintenschwarze Wasser hinab; das Schiff taucht später intakt wieder auf, war aber nun von grauenvollen Geistererscheinungen bemannt, welche die ganze Besatzung ersetzt hatten.

Xochatli: Dieser gewaltige Mechanische Leviathan ist ein lebendes Artefakt aus den Tagen des untergegangenen Azlants. Als der Kontinent zerstört wurde, verlor er den Kontakt mit seinem Herrn und Erbauer, so dass er nun den Arkadischen Ozeans durchstreift. Er ähnelt einem riesigen mechanischen Oktopus und war einst als Kriegsmaschine konzipiert worden. Obwohl er vor Ewigkeiten seinen Herrn verloren hat, hält Xochatli sich immer noch an seine erste Direktive und schützt die Grenzen Azlants gegen jeden, der zu den zerstörten Gestaden des Reiches vordringen will.

Berüchtigte Seemonster

In jedem Hafen auf Golarion erzählen die Seeleute und Hafenarbeiter in den Schenken voller Enthusiasmus unglaubliche Geschichten über Zusammenstöße mit entsetzlichen Monstern. Die meisten dieser Geschichten werden als das Seemannsgarn betrunkener Matrosen abgetan, doch manche von ihnen sind nur allzu wahr. Auf den folgenden Seiten präsentieren wir drei der berüchtigtsten Seemonster Golarions:

Gigasmuschel

Die Hälften dieser monströsen Muschel klaffen weit genug auseinander, um ein Pferd zu verschlingen. Im Inneren flankieren zwei röhrenförmige Siphone die Innereien der Kreaturen, welche einer fleischigen vage humanoiden Frau ähneln, nur dass sie anstelle eines Gesichts über ein gewaltiges Maul voller Reihen scharfer, hungriger Zähne verfügt.

Gigasmuschel HG 11

EP 12.800
CN Riesige magische Bestie (Aquatisch)
INI +0; **Sinne** Dämmersicht, Dunkelsicht 18 m; Wahrnehmung +13

VERTEIDIGUNG
RK 26, Berührung 8, auf dem falschen Fuß 26 (−2 Größe, +18 natürlich)
TP 149 (13W10+78)
REF +10, **WIL** +8, **ZÄH** +14
Immunitäten Gift, Krankheit; **SR** 10/Hiebschaden und Magie

ANGRIFF
Bewegungsrate 6 m, Schwimmen 18 m; Wasserstoß (60 m)
Nahkampf Biss +20 (2W6+9/19–20), 2 Hiebe +20 (1W8+9 plus Ergreifen)
Fernkampf Siphonpfeil +11 (2W6+9/19–20 plus Gift)
Angriffsfläche 4,50 m; **Reichweite** 4,50 m
Besondere Angriffe Verheerender Biss, Siphonwasserstoß, Trampeln (1W8+13, SG 22), Verschlingen (4W8 Säure Schaden, RK 19, 28 TP)

SPIELWERTE
ST 28, **GE** 10, **KO** 23, **IN** 7, **WE** 18, **CH** 11
GAB +13; **KMB** +24 (Ringkampf +28); **KMV** 34 (kann nicht zu Fall gebracht werden)
Talente Blitzschnelle Reflexe, Kampfreflexe, Kernschuss, Konzentrierter Schlag, Präzisionsschuss, Verbesserte Blitzschnelle Reflexe, Verbesserter Kritischer Treffer (Siphonpfeil)
Fertigkeiten Schwimmen +27, Wahrnehmung +13
Sprachen Aqual

LEBENSWEISE
Umgebung Jeder Ozean
Organisation Einzelgänger, Haufen (2–5) oder Feld (6–12)
Schätze Gelegentlich

BESONDERE FÄHIGKEITEN
Gift (AF) Siphonpfeil - Verwundung; **Rettungswurf** Zähigkeit, SG 24; **Frequenz** 1/Runde für 6 Runden; **Effekt** 1W6 ST-Schaden und Lähmung; **Heilung** 2 aufeinander folgende Rettungswürfe.
Siphonpfeil (AF) Eine Gigasmuschel ist immer dabei, gesammeltes Sediment und Kalkablagerungen zu nadelartigen Wurfpfeilen zusammenzupressen und zu rollen, welche sie durch ihre Siphone verschießen kann. Eine Gigasmuschel kann als Standardaktion einen dieser Pfeile bis zu 30 m weit schießen. Der Pfeil verursacht 2W6 Schadenspunkte plus ST-Modifikator und kann das Ziel vergiften.
Siphonwasserstoß (AF) Als Volle Aktion kann eine Gigasmuschel ihren kraftvollen Siphon nutzen, um eine Kreatur oder einen Gegenstand von mindestens einer Größenkategorie kleiner als sie selbst in direkter Linie um bis zu 6 m von sich fort zu stoßen oder auf sich zuzusaugen. Eine in diesem Wasserstrahl gefangene Kreatur kann der Bewegung mit einem Reflexwurf gegen SG 22 entgegenwirken. Eine Gigasmuschel kann diesen Wasserstoß zudem nutzen, um sich mit dem fünffachen ihrer Bewegungsrate (Schwimmen) in gerader Linie fortzubewegen. Sie kann diese Bewegung mit ihrem Trampelangriff verbinden. Sollte die Gigasmuschel während dieser Bewegung mit einem festen Gegenstand (z.B. der Hülle eines Schiffes) in Kontakt kommen, verursacht sie 4W8 Punkte Rammschaden. Der SG des Rettungswurfs basiert auf Konstitution.
Verheerender Biss (AF) Der Bissangriff einer Gigasmuschel bedroht bei einem Ergebnis von 19 oder 20 mit einem Kritischen Treffer.

Allgemein findet man Gigasmuscheln in seichten Sedimentbetten auf dem Meeresboden. Die Gigasmuschel ist ein ungewöhnlicher Gegner, welcher häufig Taucher und Seeleute fängt, die sie nur für eine übergroße Muschel halten. Die harte, auffällige Schale einer Gigasmuschel ist von glänzenden, missgestalteten Seepocken bedeckt. Diese glitzernden Knollen locken neugierige Fische an, darunter auch große Raubfische wie Marline, Tunfische und Haie, welche sich durchaus ebenfalls in den fest zuschnappenden Kiefern der Gigasmuschel wiederfinden können.

Gigasmuscheln sind sehr sesshaft. Sie sind zufrieden damit, auf der Lauer zu liegen, da sich unweigerlich früher oder später Beute ihren harmlos wirkenden Gestalten nähern wird. Auf dem Grund der Inneren See gibt es große Felder dieser riesigen Muscheln, welche sich von Fischen ernähren und allem, was auf den Meeresgrund gelangt, darunter auch die Opfer von Schiffbrüchen und arme Seelen, die von Piraten über Bord geworfen werden. Sollte sich eine Zeitlang keine Nahrung einfinden, zieht ein solches Gigasmuschelbett entweder um oder kriecht in Richtung Land auf der Suche nach einer verlässlicheren Nahrungsquelle.

Einmal im Jahr geben Gigasmuscheln ihren hauptsächlich passiven Jagdstil auf, wenn im Sommer der Mond rund am Himmel steht. Ganze Betten dieser Kreaturen schießen dann aus dem Wasser und greifen vorbeifahrende Schiffe und Ansiedlungen an den Küsten an auf der Jagd nach ihrer liebsten Beute: luftatmenden Humanoiden. Mit ihren kräftigen Siphonen stoßen sie sich ab und krachen in Handels- und Kriegsschiffe. Die gewaltigen Muscheln kennen keine Vorurteile bei der Suche nach humanoidem Fleisch. Obwohl Gigasmuscheln meist in Eile sind und nur selten Taktiken einsetzen, um ihre Beute zu fangen, setzt eine einsame Muschel zuweilen ihre weibliche Gestalt ein, um ahnungslose Schiffe in Gewässer zu locken, die von ihresgleichen verseucht sind. Die Muschel und ihre Artgenossen rammen ein Schiff sodann gnadenlos, bis sein Inhalt sich ins Meer ergießt. Sobald Opfer zwischen den zuckenden und zitternden Muskeln einer Gigasmuschel gefangen sind, sind sie eigentlich zum Tode verurteilt, da die säurehaltigen Innereien der Muschel rasch alles schmelzen und zerstören. Im Nahkampf kann eine Gigasmuschel mit ihren beiden fleischigen Siphonen und ihrem entsetzlichen Fuß zuschlagen, welcher in einem zahnbewehrten Maul endet, mit dem sie verheerende Wunden reißen kann.

Da Gigasmuscheln nur während eines Monats des Jahres Landbewohner offen angreifen, wissen die Fischer und Küstenortschaften, welche in ihrer Nähe leben, wie sie ihre Schiffe und Anleger auf den Ansturm dieser Kreaturen vorbereiten müssen. Doch selbst die besten Verteidigungsanlagen sind oft nicht ausreichend, um die große Anzahl an Muscheln abzuhalten. Daher erachten es die

Die Seemonster Golarions

meisten als leichter, sich einfach nicht in der Nähe von Gigasmuschelbetten niederzulassen.

Besonders mutige Monsterjäger und Gelehrte bereisen die Innere See im Sommer in der Hoffnung, die schleimigen Bestien zu erblicken. Dabei nutzen sie komplizierte Karten und Tabellen, die nach Berichten über frühere Sichtungen erstellt wurden, um die Regionen zu finden, welche sie beobachten wollen. Einige flüstern auch von gewaltigen magischen Perlen im Inneren der Muscheln, welche sie als verantwortlich für die gesteigerte Größe und den Intellekt der Muscheln erachten. Andere glauben, dass die Monster einen Teil der Erinnerungen und der Intelligenz ihrer Opfer absorbieren, während sie diese verdauen.

Berüchtigte Taten

Gigasmuscheln können hauptsächlich in den Untiefen der Inneren See und vor der Westküste Garunds angetroffen werden. Sie hinterlassen eine Spur der Verwüstung während ihrer jährlichen Amokläufe und habe zahlreiche Dinge getan, welche sie berüchtigt machen.

Auch unterwasserlebende Humanoide fürchten die Gigasmuscheln; ein Feld dieser Kreaturen zerstörte vor 10 Jahren die Stadt Selsurisa des Meervolkes westlich von Absalom. In den vorangegangenen Jahren hatte die Ansiedlung die heißhungrigen Muscheln stets abwehren können, doch der Angriff, welcher zu ihrem Untergang führte, erfolgt im Winter. Die Angehörigen des Meervolkes waren daher unvorbereitet, als sich die Bestien versammelten und den Ort binnen weniger Stunden überrannten. Während die Muscheln die geformten Höhlen und eleganten Türme zerstörten, schickte das Meervolk Wellen von Soldaten und Riesenkrabben gegen sie aus, doch diese rasch aufgestellten Verteidiger konnten der reinen Wildheit der Gigasmuscheln nicht standhalten. Das Meervolk hat sich danach auf andere Ansiedlungen rund um die Insel Kortos verteilt, aber den Tag des Angriffes nicht vergessen. Viele glauben, dass finstere Magie im Spiel war, welche den Muscheln normalerweise nicht zur Verfügung steht. Und viele aus dem Meervolk wünschen sich, ihre überrannte Stadt zurückzuerobern, deren zerstörte Türme und eingestürzte Höhlen nun als Brutstätte für die brutalen Muscheln dienen.

In den Tagen nach der Gründung von Blutbucht drangen Gigasmuscheln bis tief in die Fiebersee vor und ließen sich im Flussdelta des Vanji nieder, wo sie sich von den zahlreichen Fischen und anderen Meereskreaturen ernährten, welche mit der Strömung flussabwärts reisten. Die Riesenmuscheln erwiesen sich als große Bedrohung für den noch instabilen Handel der jungen Ortschaft, da nur wenige Schiffe es wagten, in die Nähe des seichten Deltas zu kommen, aus Furcht vor Überraschungsangriffen durch die unberechenbaren Kreaturen. Die Piraten der damals noch kleinen Hafenstadt taten sich zusammen und besiegten die Bestien schließlich, konnten aber nicht alle töten. Manche Bewohner sind immer noch besorgt, dass die Muscheln sich eines Tages rächen und die Stadt angreifen könnten.

Abenteueraufhänger

Gigasmuscheln sind während der kühleren Monate eher passiv, doch wenn man ihnen während der falschen Jahreszeit zu nahe kommt, könnte man mit den riesigen Mollusken Probleme bekommen:

- Drei Plündererschiffe auf der Rückfahrt vom Plündern azlantischer Ruinen sind kürzlich einer Gigasmuschel zum Opfer gefallen, welche die Boote zerschmettert und die gesammelten Schätze über den Meeresboden verstreut hat. Nur ein Kapitän und zwei Matrosen haben überlebt. Während der Kapitän zurückkehren und sich holen will, was ihm gehört, wollen die Seeleute erst einmal nichts mehr vom Meer wissen.
- Nachdem im letzten Sommer in der Nähe von Corentyn eine Gigasmuschel gesichtet wurde, hat die chelische Marine ein hohes Kopfgeld auf die fremdartigen Bestien ausgesetzt. Mehrere Leute planen, in See zu stechen und auf die Jagd nach der Kreatur zu gehen. Darunter ist auch ein nur von Tengus bemanntes Schiff, an dessen Deck sich eine seltsame, ständig unter Öltüchern verborgene und Tag und Nacht wohl bewachte Apparatur befindet.

UGASCH-IRAM
Diese gewaltige Kreatur ähnelt einem entsetzlichen, zwölfarmigen Tintenfisch. In ihren smaragdgrünen Augen brennt furchtbare Bosheit und wo ein Schnabel sein sollte, befindet sich ein Maul voll Zähne.

UGASCH-IRAM	HG 15

EP 51.200
NB Kolossale magische Bestie (Aquatisch)
Einzigartiger Gutaki (Teufelsfischvariante; *PF MHB II*, S. 250)
INI +8; **Sinne** Dämmersicht, Dunkelsicht 16 m, Im Dunkeln sehen; Wahrnehmung +20

VERTEIDIGUNG
RK 28, Berührung 6, auf dem falschen Fuß 24 (+4 GE, –8 Größe, +22 natürlich)
TP 229 (17W10+136)
REF +14, **WIL** +10, **ZÄH** +18
Resistenzen Kälte 10, Säure 10; **SR** 10/Kaltes Eisen

ANGRIFF
Bewegungsrate 1,50 m, Schwimmen 18 m; Wasserstoß (36 m)
Nahkampf Tentakel +20 (6W6+11 plus Ergreifen)
Angriffsfläche 9 m; **Reichweite** 9 m
Besondere Angriffe Grausamer Biss (Nahkampfangriff +20, 4W8+11/18–20 plus Gift), Unheiliges Blut
Zauberähnliche Fähigkeiten (ZS 15; Konzentration +20)
Beliebig oft – *Entstellende Berührung** (SG 17)
3/Tag – *Bewegungsfreiheit*, *Fluch* (SG 18), *Schutz vor Energien*
1/Tag – *Monster beherrschen* (SG 24), *Wut*
* Siehe *Pathfinder Ausbauregeln: Magie*.

SPIELWERTE
ST 32, **GE** 19, **KO** 26, **IN** 13, **WE** 20, **CH** 16
GAB +17; **KMB** +36 (Ringkampf +40); **KMV** 50 (kann nicht zu Fall gebracht werden)
Talente Defensive Kampfweise, Doppelschlag, Finaler Todesstoß**, Heftiger Angriff, Kampfreflexe, Kein Vorbeikommen, Mächtiges Entwaffnen, Verbesserte Initiative, Verbessertes Entwaffnen
Fertigkeiten Bluffen +13, Heimlichkeit -8, Motiv erkennen +13, Schwimmen +23, Wahrnehmung +20, Wissen (Die Ebenen) +11, Wissen (Geographie) +10
Sprachen Abyssal, Aqual, Gemeinsprache; Telepathie 30 m
** Siehe *Pathfinder Ausbauregeln II: Kampf*.

BESONDERE FÄHIGKEITEN
Gift (AF) Grausamer Biss—Verwundung; **Rettungswurf** ZÄH SG 26; **Frequenz** 1/Runde für 6 Runden; **Effekt** 1W6 ST-Schaden; **Heilung** 2 aufeinander folgende Rettungswürfe.

Südlich von Jalmeray in den Tiefen des Yogisagrabens mitten im Obarischen Ozean herrscht der entsetzliche Gutaki Ugasch-Iram über die Unterwasserstadt Achom. Zusammen mit seinen schwächeren Artgenossen vollzieht er üble Riten und furchtbare Rituale zu Ehren ihres Schutzgottes Dagon zwischen den fremdartigen, gewundenen Türmen, die aus einem dunklen Riss im Meeresboden ragen wie Klauen, die sich der Oberfläche entgegenstrecken. Knisternde Ausbrüche magischer Energie erhellen die Stadt immer wieder mit Lichtblitzen, doch ansonsten ist diese so finster und lichtlos wie die Seelen ihrer üblen Bewohner.

Nur wenige Oberflächenbewohner wissen von der Existenz Ugasch-Iram, da seine Stadt abgeschieden in den tiefsten Wassern des Obari liegt. Jene Fischer und Seeleute aber, die Geschichten über dieses mächtige Wesen gehört haben, wissen es zu fürchten. Lokathagelehrte gehen davon aus, dass der unbezwingbare Gutaki über 3.000 Jahre alt ist. Die Bewohner der Unterwasserregionen rund um Achom hassen und fürchten Ugasch-Iram seit langem, da die Legionen seiner Anhänger zahllose Unterwasserstädte zerstört haben. Ugasch-Iram selbst ist verantwortlich für die Vernichtung eines Dutzends großer Unterwasserstädte im letzten Jahrtausend und die Ruinen, die in der Nähe des Yogisagrabens zu finden sind, liefern ein Zeugnis seiner Macht.

Die aquatisch Kreaturen, welche Ugasch-Iram nicht sofort auslöscht, werden gefangen genommen und als Sklaven nach Achom gebracht oder zu Gläubigen Dagons bekehrt. Ganze Stämme an Sahuagin, Adaros und Iku-tursos wurden so bereits unter dem Banner von Ugasch-Iram und dem seiner Gutakivettern in Achom vereint. Die Unterwassermetropole platzt beinahe aus allen Nähten dank der tausenden bösen Bewohner, welche dort leben. Diese Bewohner gehen für Ugasch-Iram auf Raubzüge und bevölkern seine Stadt, beschützen Achom und erfüllen alle Arten niederer Aufgaben für ihren Fürsten. Durch diese Diener reicht Ugasch-Irams tödlicher Einfluss bis an die Oberfläche des Obarischen Ozeans und sogar bis an die nahen Küsten von Geb, Jalmeray und Qadira.

Obwohl Ugasch-Iram in seiner überfluteten Metropole am Meeresgrund isoliert ist, stehen ihm zahlreiche Ressourcen, ein hohe Lebenserwartung und tausende von Dienern zur Verfügung, so dass er ein formidabler Gegner für jeden wäre, der den despotischen Gutaki aufhalten will, ehe er seinen Einfluss noch weiter ausdehnen kann.

Berüchtigte Taten

Die Legenden über Ugasch-Iram hüllen ihn in den Schleier des Geheimnisvollen. Nur wenige aquatische Humanoide haben das Monster je erblickt und noch weniger konnten darüber berichten. Manche behaupten, er gewänne seine Macht, indem er andere Gutaki frisst, was ihm größere Macht und seine zwölft Tentakel verschaffe. Eine besonders seltsame Geschichte behauptet, Ugasch-Iram hätte einmal einen großen Kraken gefangen und tief im klaffenden Yogisagraben eingekerkert. Angeblich halte er den Giganten an der Schwelle des Todes, da der Gutaki und seine Diener den Kraken sorgfältig foltern und ihn grotesken Experimenten und entstellenden Verwandlungen unterwerfen. So die Gutaki angeblich entstanden, als Dagon den großen Kraken Kaktora besiegte, hoffe Ugasch-Iram, sein eigenes Volk von Gefolgsleuten mit zwölf Tentakeln zu erschaffen, indem er grausame Experimente an dem gefangenen Kraken ausführt.

Während Schiffe, die das Herz des Obarischen Ozeans durchfahren, sich allen Arten von Gefahren stellen, ist die vielleicht Schlimmste davon das Risiko, von Urasch-Irams Dienern gefangengenommen zu werden. Die Geschichtsschreibung berichtet von den vereinten Anstrengungen von Urasch-Irams Adaro- und Sahuaginsoldaten, eine Diplomatenflotte aus Vudra vor ein paar Jahren gefangen zu nehmen. Ein Dutzend glücklicher Seeleute starb während des Überfalls, während alle anderen zu Gefangenen der aquatischen Schrecken wurden. Diese beschmierten sie mit einem magischen Gelee, dass es ihnen gestattet, unter Wasser zu atmen, und verschleppten sie nach Achom zwecks Folter, für Experimente und womöglich zur Opferung für Dagon.

Abenteueraufhänger

Ugasch-Iram aufzuspüren erfordert Mut und Tapferkeit. Wer die Unterwassermetropole Achom findet, dem sei geraten, sich fernzuhalten. Doch trotz der Gefahr finden Abenteurer wahrscheinlich einige Gründe, die finstere Ortschaft zu erkunden und sich ihren grausamen Bewohnern zu stellen:

- Ein mit Ugasch-Iram verbündeter Adarostamm bedroht vudrische Schiffe auf dem Weg nach Jalmeray. Da die Händler ihre wertvolle Fracht nicht verlieren wollen, suchen sie in den Häfen des Obarischen Ozeans nach einer Gruppe, die sich um die Bedrohung durch die Adaro kümmert und ihre wahren Motive in Erfahrung bringt.
- Lokatha, Angehörige des Meervolks, Cecaeliae und andere nichtböse aquatische Kreaturen, welche nicht länger in Furcht vor Ugasch-Iram leben wollen, sind unlängst zusammengekommen, um über den tyrannischen Gutaki zu beraten. Den Legenden nach ging eine magische Gerätschaft unbekannten Ursprungs im Obarischen Ozean südlich der Felsnadelinsel verloren, welche angeblich in der Lage ist, mentale Beherrschung abzuwehren. Diese Gerätschaft, welche noch über andere Kräfte verfügen soll, wäre eine mächtige Waffe im Kampf gegen Urasch-Iram und die anderen Bewohner Achoms. Der aquatische Rat hat eine hohe Belohnung auf die Bergung des Gegenstandes ausgesetzt.

ACHOM

Ugasch-Iram herrscht über die Stadt Achom. Diese Unterwassermetropole liegt in der großen Meeresschlucht, die als der Yogisagraben bekannt ist. Der Großteil der Stadt wurde magisch aus den Wänden des Grabens geschnitten. Aus dem Graben ragen bösartig gewundene, ineinander verschlungene Türme, welche in Richtung der Oberfläche weisen. Auf dem lichtlosen Grund des Grabens errichtete Ugasch-Iram einen Palast, der seit 2.000 Jahren uneinnehmbar ist. Im Herzen der Stadt, dem Fokuspunkt aller Werke Urasch-Irams, hängt beständig ein tintenschwarzer Schleier über diesem Palast, den selbst das aus der Stadt darüber stammende Licht nicht durchdringen kann. Ugasch-Irams loyalste Gutakiwachen bewachen mit der Hilfe von sieben, aus den extraplanaren Meeren Abaddons rekrutierten Ghawwas das Tiefe Achom, den riesigen, Dagon geweihten Palast. Diese Ghawwas helfen auch bei der Folter von Ugasch-Irams Lieblingsgefangenen, dem Kraken Hurkera.

Deformierte Aale, fremdartige Tiefseefische und Oktopusse mit jeder Anzahl an Armen anstelle der normalen acht schwimmen durch die Stadt. Die auffälligsten Bewohner gehören der Aufseherkaste der Gutakisklavenhalter und -magier an. Der Rest der Bevölkerung besteht zu fast gleichen Teilen aus Teufelsfischen, Abscheulichen, Sahuagin und anderen bösen aquatischen Völkern. Späher des Meervolkes berichten aber auch von einer bizarren Kreatur, welche am Grund des Grabens in der Nähe des Tiefen Achom haust und bei der es sich um einen Glitschhydraggon handeln könnte. Wie Ugasch-Iram in der Lage ist, die Hilfe solch finsterer Kreaturen wie Qlippothen oder Divs in Anspruch zu nehmen, ist ein Geheimnis, welches nicht einmal seinen Gutakiberatern bekannt ist. Manche glauben aber, dass es sich um Diener handelt, welche Dagon selbst ihm gesandt hat.

Urtleytlar die Sturmkönigin

Dieser zuckende Schrecken besteht aus Tentakeln und mehreren Hundeköpfen. Aus der Mitte des Monsters ragt die Gestalt einer wunderschönen Frau, auch wenn ihre abscheuliche Visage alles andere als willkommen heißend ist.

Urtleytlar die Sturmkönigin HG 20

EP 307.200
Skyllaklerikerin Rovagugs 8 (*PF MHB II*, S.237)
CB Riesige Aberration (Aquatisch)
INI +14; **Sinne** Blindsicht 9 m, Dunkelsicht 18 m, Dämmersicht, Rundumsicht, *Unsichtbares sehen*; Wahrnehmung +34
Aura Unheimliche Ausstrahlung (9 m, SG 27)

VERTEIDIGUNG
RK 38, Berührung 28, auf dem falschen Fuß 23 (+1 Ausweichen, +5 Ablenkung, +14 GE, -2 Größe, +10 natürlich)
TP 406 (28 TW; 20W8+8W8+280); Schnelle Heilung 10
REF +22, **WIL** +27, **ZÄH** +22
Immunitäten Bezauberungseffekte, Kälte, Verwirrung und Wahnsinnseffekte; **Resistenzen** Feuer 20, Säure 20; **SR** 10/Kaltes Eisen und Rechtschaffenes; **Verteidigungsfähigkeiten** Bewegungsfreiheit, Verbessertes Entrinnen; **ZR** 31

ANGRIFF
Bewegungsrate 9 m, Fliegen 18 m (Gut), Schwimmen 15 m
Nahkampf 3 Bisse +37 (1W8+12/19–20 plus Blutung), 4 Tentakel +35 (1W6+6 plus Ergreifen)
Angriffsfläche 4,50 m; **Reichweite** 4,50 m
Besondere Angriffe Aura der Sturmwinde* (8 Runden/Tag), Blutung (1W6), Negative Energie fokussieren 10/Tag (SG 21, 4W6), Tödliches Wetter* (8 Runden/Tag), Würgen (1W6+10)

Zauberähnliche Fähigkeiten (ZS 16; Konzentration +23)
Immer – *Bewegungsfreiheit, Fliegen, Unauffindbarkeit, Unsichtbares sehen*
Beliebig oft – *Mächtige Magie bannen, Mächtiges Trugbild* (SG 20), *Nebelwolke, Säurepfeil, Wasser kontrollieren*
3/Tag – *Arkanes Spiegelung* (SG 22), *Fester Nebel, Monster bezaubern* (SG 21), *Schwarze Tentakel, Wahnsinn* (SG 24)
1/Tag – *Projiziertes Ebenbild* (SG 24), *Wetterkontrolle, Wort der Macht: Betäubung, Herbeizauberung* (Grad 8, 1 Charybdis 100%)

Vorbereitete Klerikerzauber (ZS 8; Konzentration +17)
4. – *Göttliche Macht, Kritische Wunden heilen* (SG 23), *Kritische Wunden verursachen*[D] (SG 23), *Unheilige Plage* (SG 23), *Zungen*
3. – *Blitze herbeirufen*[D] (SG 22), *Schutzkreis gegen Gutes, Schwere Wunden heilen* (SG 22, 2x), *Unsichtbarkeit aufheben, Wasser atmen*
2. – *Dunkelheit, Totenglocke* (SG 21), *Waffe des Glaubens, Windstoß*[D] (SG 21), *Zerbersten* (x2)
1. – *Befehl* (SG 20, 2x), *Furcht auslösen* (SG 20), *Göttliche Gunst, Schild der Entropie, Schild des Glaubens, Verhüllender Nebel*[D], *Zielsicherer Schlag*
0 (Beliebig oft) – *Blutung* (SG 19), *Göttliche Führung, Magie entdecken, Tugend*

[D] Domänenzauber; **Domänes** Wetter (Unterdomäne der Stürme*), Zerstörung (Unterdomäne der Katastrophen*)
Siehe Pathfinder Expertenregeln.

SPIELWERTE
ST 35, **GE** 38, **KO** 31, **IN** 18, **WE** 29, **CH** 24
GAB +21; **KMB** +35 (Ringkampf +39); **KMV** 65
Talente Ausweichen, Beweglichkeit, Gezieltes Fokussieren, Heftiger Angriff, Kampfreflexe, Kritischer-Treffer-Fokus, Kritischer Treffer (Betäubt), Kritischer Treffer (Wankend), Konzentrierter Schlag, Mehrfachangriff, Verbesserter Kritischer Treffer (Biss), Waffenfinesse, Waffenfokus (Biss), Waffenfokus (Tentakel)
Fertigkeiten Akrobatik +35, Bluffen +25, Fliegen +35, Heimlichkeit +27, Magischen Gegenstand benutzen +29, Schwimmen +45, Motiv erkennen +30, Wahrnehmung +34, Wissen (Die Ebenen) +25, Wissen (Natur) +22, Zauberkunde +31
Sprachen Abolethisch, Abyssisch, Aklo, Aqual, Gemeinsprache
Besondere Eigenschaften Amphibie, Aura, Gestalt wechseln (1 humanoide Gestalt; *Gestalt verändern*), Kleinere Waffen
Ausrüstung *Amulett der mächtigen Fäuste +3, Gürtel des Perfekten Körpers +4, Schutzring +5*

Die als Urtleytlar bekannte Bestie ist ein erwachter Schrecken, der durch den Erdenfall aus den Tiefen des Meeres aufgeschreckt wurde. Urtleytlar durchschwimmt den Arkadischen Ozean und verbreitet Chaos und Zerstörung, wo immer sie auftaucht. Sie gehört zu der Minderen Brut Rovagug und ist dem Gefängnis der Grausamen Bestie tief unter der Erde wie die anderen vor ihr entronnen. Die Drow von Sekamina erzählen Legenden über eine furchtbare, vielköpfige Bestie, welche aus der Tiefe des Sterbenden Meeres hervorgekrochen kam, um über ihre Küstensiedlungen herzufallen. Gelehrte der Dunkelelfen hegen die Hypothese, dass diese Bestie aus Orv stammen könnte. In diesem Fall enthalten die Legenden einiges an Wahrheit, da Urtleytlar tatsächlich jahrhundertelang in den Tiefen des Lichtlosen Meeres umherschwamm, ehe sie über die Tresse in die Hängende See gelangte und über die dort wachenden Abolethen herfiel. Schließlich erreichte sie das bereits vom Arkadischen Ozean in Anspruch genommene, zerschmetterte Azlant.

Die ersten eintausend Jahre an der Oberfläche Golarions verbrachte Urtleytlar damit, die östlichen Gestade Arkadiens zu terrorisieren, ehe sie einen unwiderstehlichen Ruf verspürte, der sie nach Osten zog. Nach dem Tod Arodens erschütterten Zerstörungen die Welt und genau diese Welle des Chaos wusch über Urtleytlar hinweg, als sie den Ruf ihres Herren Rovagug zur Region der Inneren See vernahm. Sie schwamm nach Osten, suchte sich einen Weg durch die Reste Azlants und erblickte schließlich das Auge von Abendego, in dem sie eine Manifestation der zerstörerischen Macht der Grausamen Bestie zu erkennen glaubte. Die monströse Skylla liebt den mächtigen Sturm und predigt Rovagigs Worte der Vernichtung in den Ruinen, die sie selbst schafft.

Seitdem Urtleytlar sich im Golf von Abendego niedergelassen hat, hat sie zahlreiche böse aquatische Humanoide und sogar ein paar verderbte Seefahrer um sich geschart. Die größten Gruppen stellen dabei die Abscheulichen und die Boggards, durch welche ihre Macht bis zu den zerbrochenen Ufern der Flutlande und der Fesselinseln reicht. Manche behaupten, sie würde närrische Seeleute in den Wirbelsturm führen und als vorübergehende Sicherheit bieten gegen einen Vorgeschmack auf ihre Seelen.

Eine Handvoll Boggardstämme zeigt der Sturmkönigin ihre Treue, indem sie Sklaven einfangen und als Opfergaben zum Ufer schleppen. Urleytlar wählt aus diesen

Die Seemonster Golarions

Opfergaben einige Leckerbissen aus und überlässt die Reste ihren Boggarddienern. Sie benötigt die froschartigen Humanoiden zwar nicht für ihre Eroberungen, erfreut sich aber an ihrer Verehrung. Neben diesen Dienern verfügt sie über mehrere Armeen aus Abscheulichen, die von ihren Abolethenherren führerlos zurückgelassen worden waren. Unter den heulenden Winden des Auges von Abendego hausen hunderte von Abscheulichen in den versunkenen Ruinen Lirgens. Von dort aus trieben sie Handel mit den Boggards und Menschen, die es schaffen, in den überfluteten Ödlanden der Flutländer zu überleben. Diese Stämme und Banden liefern Urtleytlar Sklaven und Nahrung und dehnen ihre Macht aus, indem sie bei zerstörerischen Vorhaben Hilfe leisten. Neben diesen Humanoiden nutzt Urtleytlar Megrexti, ihr Charybdisgegenstück und liebstes Spielzeug, als lebende Waffe, welche sie mitten in Schiffsflotten oder andere Angreifer hineinschickt. Während Megrexti ihre Opfer in Stücke reißt, lacht Urtleytlar vor Begeisterung.

Als alternative Gestalt hat Urtleytlar eine seltsam attraktive Zyklopenfrau gewählt. Als alte Kreatur spürt sie vielleicht eine gewisse Verwandtschaft zu den Riesen, welche einst das Land und die Gewässer beherrschten, die sie nun ihr Zuhause nennt. Mit ihrer alternativen Gestalt hat sie davon unabhängig bereits viele Entdecker getäuscht, die nach ghol-ganischen Ruinen suchten; erst versetzt sie diese in trügerische Sicherheit, ehe sie diese und ihre Begleiter vollkommen vernichtet.

Berüchtigte Taten

Die Sturmkönigin gedeiht innerhalb der gefährlichen Kräfte des Auges von Abendego und fällt voller Begeisterung über jedes Schiff und jede Flotte her, welche versucht, in den Sturm vorzudringen. Viele Entdecker auf der Suche nach untergegangen lirgenischen Städten oder uralten ghol-ganischen Ruinen riskieren es, dieser zornerfüllten Kreatur über den Weg zu laufen. Urtleytlars Verhalten ist von irrsinnigen, zerstörerischen Launen gekennzeichnet und sie nimmt die geringste Beleidigung freudig zum Anlass für absoluten Verrat. Manchmal führt sie einige Seefahrer sicher durch den Sturm, hebt dann aber die Zonen der Ruhe auf und lässt die armseligen Matrosen von wirbelnden Wassern und reißenden Winden in Stücke zerfetzen.

Nach den Logbüchern des berühmten Entdeckers Escobar Vellian bestand dessen letzte bedeutende Begegnung in den Flutländern darin, den Klauen Urtleytlars zu entrinnen. Während seines Fluchtversuches wurde er von ihren fanatischen Abscheulichen angegriffen und war das Ziel zahlreicher magischer Streiche. Er verlor zwei Schiffe und kehrte in seinen Heimathafen mit nur einem Schiff und nicht einmal einem Fünftel seiner ursprünglichen Mannschaft zurück.

Abenteueraufhänger

Urtleytlar neigt dazu, Seefahrer zu finden, ehe diese sie finden. – Und wer nach dem legendären Monster sucht, der wird für verrückt gehalten.

- Um weitere Macht für ihr Werk der Zerstörung zu gewinnen, schickt Urtleytlar Abscheuliche aus, um die Unterwasserstadt Wetan in der Nähe der Flutländer zu überfallen. Diese einstige lirgenische Hafenstadt versank im Meer, als das Auge von Abendego entstand und wurde von einem Lokathastamm neu besiedelt. Die Lokatha stießen auf ein inaktives planetarisches Tor und schafften eine teilweise Reaktivierung. Urtleytlar kann die Macht des Tores spüren und will diese für sich, auch wenn sie nicht genau weiß, um was es sich handelt.
- Obwohl Urtleytlar die Berührung des Auges genießt, hält es sie selten an einem Ort. Man kann ihre Hand an den Ufern der Fesselinseln, der Flutländer und der Insel Mediogalti spüren. Ihr zerstörerisches Wandern sorgt insbesondere bei den Piraten der Fesseln für Ärger, so dass einige von ihnen ihre Streitigkeiten beigelegt haben und ungewöhnliche Allianzen entstanden sind. Diese Piraten haben einen Pakt geschlossen, die gefährliche Skylla aufzuspüren und zu töten. Natürlich suchen sie für dieses Unterfangen nach zusätzlicher Unterstützung.

Das Buch der toten Sklaven

Die Chroniken der Kundschafter: Der Schatz im Fernen Thallai (6 von 6)

Auf einer Bank neben der Pinne entrolle Düstermeer eine Seekarte. Es würde ein Rennen zur Bucht des Toten Sklaven werden, wo sich die Seeteufel mit Kered Firsk treffen wollten. Sie waren nach Westen aufgebrochen, was bedeutete, dass sie aller Wahrscheinlichkeit nach die große Insel Motaku zur Nordseite umrunden würden. Auf der Karte zeichneten wir von dort aus ihren wahrscheinlichsten Kurs nach. Dieser würde sie tief in die Fesseln führen; sie würden weiter nach Westen reisen, bis sie die Haiinsel erreichten. Von ihrem westlichsten Punkt aus trennten uns ungefähr zwanzig Seemeilen von unserem Ziel, der Raptoreninsel.

Im offenen Gewässer würde unser Schiff am schnellsten vorankommen, da wir dort gerade auf Kurs bleiben konnten. Keine Kanäle (seicht oder eng) würden uns aufhalten. Der Wind stand für uns ein wenig ungünstig (nach Südsüdwest statt Südsüdost, was für uns ideal gewesen wäre), aber durch geübtes Wenden konnten wir unsere Gegner durchaus noch einholen. Ebenso wie eine Infanterie an Land, würde auch ein Trupp schwimmender Fischmenschen nur so schnell unterwegs sein wie der langsamste Teil ihres Trosses. In diesem Falle Königin Kless und ihr Gefolge.

Die Priester an Bord stimmten ein Gebet an den Gott der See und der Stürme an. Sie hielten keine Fürbitte; Gozreh um Hilfe anflehen hieß seine Willkür heraufbeschwören. Stattdessen bezeugten sie lediglich ihren Respekt und gaben ihrer Hoffnung Ausdruck, der Gott würde sich weder gegen uns noch die Fischmenschen richten und stattdessen Luft- und Wasseratmer gleichermaßen ihrem Schicksal überlassen. Ich selbst richtete noch eine stumme Bitte an Schelyn die Muse.

Als wären unsere Gebete erhört worden, drehte der Wind ein paar Grad zu unseren Gunsten. Der Himmel blieb klar und der Wind stark. Die Sonne versank am Horizont und wurde von einem hellen Mond abgelöst. Sein Fernglas auf die Sterne gerichtet hielt Düstermeer uns auf Kurs.

Am späten Nachmittag erreichte die *Aspidochelone* die Raptoreninsel. Die Bucht des Toten Sklaven erhob sich am

Die Chroniken der Kundschafter

Südufer. In der Hoffnung, dass wir das Überraschungsmoment auf unserer Seite hatten, beschrieben wir einen weiten Bogen und näherten uns von der Westseite her. Wir gingen längs einer Landzunge vor Anker, die uns von der Bucht abschirmte. Ich wollte gerade einem Spähtrupp befehlen überzuholen, als uns das Zischen von Donnerechsen auf die Anwesenheit von Kered Firsks Mannschaft aufmerksam machte.

Auf einem mit Gras bewachsenen Kamm standen drei zweibeinige, menschengroße Bestien (teils Echse, teils Vogel) und glotzten starr auf einen bunt zusammengewürfelten Haufen von Plünderern. Diese Tiere, die der Raptoreninsel ihren Namen gaben, drehten ihre langen Hälse, um die Eindringlinge im Auge zu behalten. Ihre Mäuler waren mit Reihen messerscharfer Zähne besetzt. Eines der Bestien balancierte auf einem Bein. Mit dem anderen schwang es eine Klaue in Form einer Sense. Die Gruppe der Piraten bestand aus einem Humanoiden mit dem Kopf einer Hyäne, einem Schläger mit olivgrüner Haut und offensichtlich orkischer Abstammung sowie einem Humanoiden mit blassgrünen Glubschaugen unbekannter Herkunft, der einen langen Mantel und einen Dreispitz trug. Der Hyänenmann schoss mit einer Armbrust ab. Der Bolzen flog zwischen den Donnerechsen hindurch, die sich auf die Piraten stürzten, die daraufhin auf dem Absatz kehrt machten und flohen. Die Raptoren warfen den Humanoiden zu Boden und machten sich daran, ihn zu zerfleischen. Seine Kameraden überließen ihn seinem Schicksal, ohne sich auch nur einmal umzublicken, und stürzten den Abhang zur Bucht hinunter.

Es bestand kein Zweifel daran, zu wessen Mannschaft sie gehörten. Kered Firsk nannte man den Monsterkapitän, weil er die *Schnitter* mit Humanoiden exotischer Herkunft bemannte; von Kobolden bis hin zu Tengu. Die eine Hälfte seiner Seeleute passte auf diese Beschreibung. Die andere Hälfte bestand entweder aus Menschen oder aus Vertretern der anderen verbreiteten Völker. Was sie zu Monstern machte, waren ihre Taten.

Wir ließen den Überlebenden des Raptorenangriffs Zeit, zu ihrem Schiff zurückzukehren. Dann bestieg Rira ein Boot und nahm als Ruderer Jumlet und Ruff mit. Sie saßen in unserem Tarnboot: Es war blau angestrichen und wies weiße Schattierungen auf, so dass es auf den Wellen nicht zu sehen war. Den Trick hatte ich von Düstermeer gelernt, der ihn bei meiner ersten Jagd auf ihn anwendete. Die List wirkte, weil ein Beobachter im Krähennest dazu neigte, den Horizont abzusuchen, und einem Objekt nahe beim Schiff nur flüchtig Beachtung schenkte.

Die Drei duckten sich im Boot nieder und machten sich zu einer Position hinter der Landzunge auf, von wo aus sie die *Schnitter* sehen konnten.

Kaum eine Stunde später, während der er sein Fernglas auf Rira gerichtet hatte, schrie Düstermeer auf. Ein Schauer magischer Energie blühte am Himmel auf. Das war Riras Signal: Sie Seeteufel waren eingetroffen. Als wir die Segel ausgebreitet hatten, war das Boot zurück.

„Haben sie Drillich übergeben?", fragte ich Rira, als sie über die Reling kletterte.

„Die Verhandlungen sind ins Stocken geraten."

Entweder hatten die Seeteufel beschlossen, den Preis weiter zu erhöhen, oder Firsk hatte ihr arrogantes Zartgefühl verletzt. Welche Erklärung es auch gab, sie erkaufte uns die Zeit, die wir brauchten. Ich befahl der Mannschaft, auf Gefechtsstation zu gehen. Die Feuerwerfer an Backbord klapperten in ihren schweren Messinggehäusen, als die Seeleute sie nach Steuerbord schoben.

Düstermeer führte das von uns geplante Manöver aus: Wir würden schnell und nahe an ihnen vorbeifahren und unser Feuer auf ihre Masten konzentrieren. Zusammen mit den Schüssen aus den Feuerwerfern würden wir gewöhnliches Feuer in Form brennender Ballistabolzen herüberschicken. Damit würden wir den Rumpf der *Schnitter* bombardieren, insbesondere das Heck, weil wir hofften, das Ruder zu beschädigen. Mit einer erfolgreichen Salve würden wir die *Schnitter* manövrierunfähig machen, bevor das Schiff überhaupt den Anker lichtete. Danach hätten wir die volle Kontrolle über die Geschwindigkeit und den Winkel folgender Ausfälle.

Beim Einsatz von Feuer hielt ich jedoch inne, da der Schatz von Thallai an Bord von Firsks Schiff war. Da er Drillich noch nicht in Gewahrsam genommen hatte, konnte ich annehmen, dass der Schatz sicher in seiner schützenden Truhe verblieb. Darin verbarg er, wie ich innigst hoffte, der Monsterkapitän nicht kommen würde: Er könnte versuchen, die *Aspidochelone* zu versenken. Um den Schatz zu schützen, konnte ich nicht zulassen, dass dasselbe mit der *Schnitter* geschah.

Firsks Schiff kam in Sicht: eine tief liegende Schaluppe aus reinstem Schwarzholz. Eine geschnitzte Holzspinne war am Bug befestigt. Mit ihren Beinen durchstach sie die Figur ihres Opfers, eine ausgeweidete Meerjungfrau. Jede Rundung des Schiffes zeigte, dass es uns an Geschwindigkeit weit überlegen war. Seine schmalen Masten würden einem direkten Treffer kaum standhalten, boten gleichzeitig aber ein recht kleines Ziel.

Die Fischmenschen, die sich in den Fluten zwischen den Schiffen versammelten hatten, bemerkten uns zuerst. Ein Wächter der Seeteufel gab mit Stößen in sein Muschelschalenhorn Alarm. Rufe erklangen an Bord der *Schnitter*, als die Mannschaft auf Position hastete. Auf dem Achterdeck entdeckte ich eine hochgewachsene, knochige Gestalt. Ebenso wie ich hielt sie ein Fernglas. Dies war Kered Firsk, und er hatte mich ebenfalls entdeckt.

Neben ihm kauerte Drillich Neunfinger. Wie auch immer die vorherige Verzögerung ausgesehen hatte, die Seeteufel hatten die Übergabe offensichtlich beendet. Vielleicht würden die Fischmenschen ihr Interesse in dieser Sache für erledigt erklären und es die Schiffe untereinander ausfechten lassen.

Sobald wir in Schussweite unserer Werfer waren, brüllte Rira den Feuerbefehl. Eine Feuerwelle erschien über dem Deck der *Schnitter*. Wir fuhren näher heran, und die Männer an den Ballisten feuerten ihre Geschosse ab. Ein paar waren zu kurz, andere blieben im Rumpf des feindlichen Schiffes stecken. Ein schwarzgekleideter Seemann stürzte brennend aus der Takelung der *Schnitter*. Als das Feuer jedoch nachließ, hatte das Schiff des Feindes kaum Schaden genommen. Die Umhüllungen unsere Ballisten brannten aus. Weder Mast noch Tau noch Segel war von den Flammen (ob magisch oder weltlich)berührt worden.

„Er hat sein Schiff gegen Feuer geschützt!", rief Rira.

Damit hatte ich nicht gerechnet. Die *Aspidochelone* wies keinen solchen Schutz auf. Unsere Feuerwerfer waren nutzlos. Mit seinen konnte er unseren Rumpf durchschlagen und uns in die Tiefen des Meeres schicken.

Während unsere ineffektive Vorbeifahrt beendeten, lichtete die Mannschaft der *Schnitter* den Anker und löste die Segel.

Ich befahl Düstermeer, zu wenden und das Schiff für eine zweite Vorbeifahrt in Stellung zu bringen.

Rira kam zu mir herauf und erhielt spezifischere Anweisungen.

„Zielt mit den Werfern auf die Mannschaft", befahl ich. „Wenn wir sein Schiff nicht niederbrennen können, dann können wir doch mit Sicherheit seine Männer verbrennen. Was die Ballisten angeht: Lasst die brennenden Lumpen aus und zielt auf die Takelung. Mit ein wenig Glück schießen wir wenigstens irgendetwas ab."

„Aye, Kapitän."

Die *Schnitter* machte ihrem Namen alle Ehre und durchpflügte das Wasser mit erschreckender Geschwindigkeit. Der Schutz gegen Feuer war nicht die einzige Verzauberung, die auf Firsks Schiff lag. Düstermeers Anstrengungen zum Trotz, im letzten Moment auszuweichen, manövrierte uns ihr Steuermann aus. Wir fuhren seitlich aneinander vorbei, und der Vorteil lag bei der feuerfesten *Schnitter*. Glühende Funken erschienen über unseren Köpfen. Sie verteilten sich und fraßen sich durch Segel und Mast. Brennende Bruchstücke regneten herab.

Wir beschossen uns gegenseitig mit Ballistabolzen. Eines der Geschosse traf Hallegg junior. Es streifte ihn nur, doch die Wucht reichte aus, um ihn gegen die entgegengesetzte Reling zu schleudern.

Nachdem die Vorbeifahrt geendet hatte, packte unsere Löschmannschaft die Eimerketten. Sie waren an Flaschenzügen am Mast befestigt und kippten nun. Meerwasser regnete herab und löschte die zehrenden Flammen.

Ich machte mir ein Bild von der Zerstörung: Zumindest war der Schaden nicht so verheerend, wie ich zuvor angenommen hatte.

Das Wasser zwischen den beiden Schiffen schäumte; die Seeteufel würden über uns herfallen.

Rira befahl, die Feuerwerfer auf die herannahenden Wellen zu richten.

Ich rannte zu ihr. „Nicht schießen, bevor einige an Bord gekommen sind."

„Bist du des Wahnsinns?"

„Wart's ab", antwortete ich.

Sie nickte, als hätte sie verstanden, was das Entern für die Fischmenschen bedeutete.

Die Mannschaft machte sich für einen Bordkampf bereit. Innerhalb weniger Augenblicke sprangen die ersten Monster über die Reling. Entermesser stieß auf Dreizack, als die Massenschlacht begann.

Otondo stürzte sich aus dem Tauwerk auf eine Gruppe Seeteufel. Die ersten paar tötete er allein dadurch, dass er auf ihnen landete. Die nächste Reihe mähte er mit rhythmischen Hieben seines großen Entermessers nieder. An der Reling hielt Aspodell ein Quartett aus Fischmenschen in Schach, bis einer nach dem anderen den Rumpf hinabfiel, die Hände an den aufgeschlitzten Kehlen.

Wie ein schwarzes Ungetüm raste die *Schnitter* auf uns zu.

„Er fährt längsseits zum Entern!", brülle Düstermeer.

„So war's geplant!", erwiderte ich. Die Seeteufel waren unser Schutz gegen einen weiteren Feuerhagel aus den Werfern der *Schnitter*. Nicht einmal Kered Firsk wagte es, sie gegen sich aufzubringen, indem er das Feuer auf die Soldaten von Königin Kless an Bord eröffnete. Zum ersten Mal war ich dankbar für die legendäre Gehässigkeit der Seeteufel, die sie zu diesem Fehler verleitet hatte.

Die *Schnitter* fuhr längsseits und war klar zum Entern. Unsere Männer an den Feuerwerfern gaben eine letzte Salve ab. Das Feuer hüllte die Männer an der Reling des feindlichen Schiffes ein. Ballistabolzen krachten in den Rumpf und den Master der *Schnitter* und erfüllten die Luft mit Schrapnellen. Eine frische Reihe von monströsen Seeleuten trat vor und ersetzte diejenigen, welche die Feuerwerfer verbrannt hatten. Mit Planken überbrückten sie die Distanz zwischen den Schiffen oder schwangen sich an Seilen auf die andere Seite. Düstermeer rannte hin und schlug nach ihnen, während sie hinüberzukommen versuchten. Ein buckliger Golbinpirat schlich sich von hinten an ihn heran und schlug ihm in die Nieren. Düstermeer drehte sich um, verpasste der Kreatur einen Schlag mit seiner Wampe, packte dann den Goblin und brach ihm das Genick.

Eine donnernde Stimme rief meinen Namen. Kered Firsk rannte über das Deck auf mich zu und schleuderte seine und meine Männer zur Seite. Über seinen brennenden Augen trug er ein rotes Stirnband. Sein beinahe haarloser Skalp war mit schwarzen, krebsartigen Malen bedeckt. In der Mitte des Stirnbandes prangte ein aufgesticktes Maul mit Spinnenbeinen; das Zeichen des wahnsinnigen Gottes Rovagug. Firsks Oberkörper war nur mit einer Fellweste bekleidet. Unterhalb der Taille flatterten Pluderhosen aus schwarzer Seide über einem Paar hoher, schwarzer Stiefel. Er trug einen knotigen, schwarzen Knüppel, auf seinen Rücken war eine Armbrust geschnallt, und in den verschiedenen Taschen seiner Weste steckte eine Sammlung von Fleischermessern. Letztere waren eher Folterwerkzeuge als Waffen. Von den Wangen bis hinunter zu den wie gemeißelt wirkenden Bauchmuskeln bedeckten Nähte aus Katzendarm die entblößte Haut. Bei der Einhaltung bestimmter Riten des Rovagug hatte er sein eigenes Fleisch aufgeschnitten und es auf grässliche Weise wieder zusammennähen lassen. Einige Hautfetzen waren entweder abgestorben und danach als ständige Teile gegerbter Haut verbunden geblieben, oder sie stammten von einem völlig anderen Lebewesen. An seinem Arm hing ein Büschel Haare, das entweder von einer riesigen Raupe oder Tarantel stammte. Aus seiner Schulter spross Hundefell. Der Monsterkapitän hätte

"Der Monsterkapitän machte seinem Namen alle Ehre."

schon vor Jahren einer tödlichen Infektion erliegen müssen. Dass es nicht soweit gekommen war, verdankte er sicherlich seinem Gott, der ihn für seine nihilistischen Strapazen belohnt hatte.

Um ihn herum waberte eine rauchige Aura, aus der sich windende Zungen herausschossen, die an die Borsten auf dem Bein einer Spinne erinnerten. Er bahnte sich einen Weg durch meine Mannschaft, brach Glieder und zerschmetterte Schädel. Wenn die Männer einen Schlag gegen ihn führten, zog sich die Aura zusammen, wehrte die Hiebe ab und ließ die Klingen stumpf werden.

Er brüllte meinen Namen und hieb mit der Keule nach mir. Ich parierte; die Wucht seines Schlages ließ den Stahl von Sirenensang und meine Knochen erzittern.

Firsks Aura loderte auf. „Zwischen uns gab es keinen Streit, Weib, bis du ihn begonnen hast!"

Seine Keule streifte meinen Arm, und ein Schmerz wie von Nadelstichen schoss meinen Arm hinauf. „Du stehst schon seit einer Weile auf meiner Liste", erwiderte ich zwischen zusammengebissenen Zähnen. „Als ich hörte, dass du den Schatz von Thallai besitzt …"

„Es ist also falsch, was man über dich sagt." Er setzte mich unter Druck und hielt mich in der Defensive.

„Wie das?" Ich gab mir alle Mühe, seinen Schlägen zu entgehen.

„Auch du bist von Gier getrieben."

„Das ist wahr. Jedoch nicht von der Art, die du kennst."

Ein feindlicher Seemann schwang an einem angesengten Tau vorbei. Ich trat nach ihm, so dass er gegen Firsk stürzte, und packte selbst das Tau. Es trug mich zum Vordeck. Ich landete auf einem Grottenschrat und schlitzte ihm den Arm bis zum Knochen auf. Kered Firsk war mir auf den Fersen und preschte einmal mehr durch seine und meine Mannschaft.

Rira stand über die Reling gelehnt, ihre Aufmerksamkeit galt den Seeteufel, die unten im Wasser geblieben waren. Ein Feuerball erschien und raste in die Fluten, in denen sie schwammen. Mehrere Meter im Umkreis um den Punkt, an dem er aufgeschlagen war, kochte das Wasser. Die Fischmenschen kreischten und verschwanden unter der siedenden Oberfläche. Einige Haie trieben dort mit dem Bauch nach oben. Rira hatte ihren Feuerball sorgfältig platziert, so dass er kaum einen Meter von Kless, der Königin Seeteufel auftraf. Durch die Hitze wurden ihre prunkvollen Gesichtsstacheln durchsichtig. Sie hingen herab, rutschten dann gänzlich von ihrem Gesicht und rissen einen großen Brocken verkochtes Fischfleisch mit. Halb pochierte Fischmenschen schwammen aus dem kochenden Kreis, nur um aufs Grässlichste zu verenden, da ihnen die Muskeln in weißen Fetzen von den Gräten fielen. Dampf stieg aus diesem Todeswirbel auf und wehte den quälend-verlockenden Duft eines Festmahls aus Meeresfrüchten über das Schiff.

Plötzlich stand Kered Firsk über mir und verpasste mir einen Hieb gegen die Schulter, dass ich ungelenk gegen Ruff fiel. Firsk hieb erneut nach mir und traf den Seemann; dessen Schädel barst hörbar.

Ich versuchte, Firsk zu erwischen, als dieser noch aus dem Gleichgewicht gebracht war. Doch er erholte sich zu schnell und konterte mit einem Schlag, der mich überraschte. Durch die Wucht wurde ich gegen den Fockmast geschleudert.

Firsk bellte wie eine Hyäne. „Du bist mir nicht gewachsen, Weib."

„Ich muss dich nur einmal treffen."

„Lächerlich! Niemand kann mich mit einem einzigen Treffer niederstrecken. Nicht der mächtigste Krieger auf der Welt; und du gewiss nicht!"

„Das haben die anderen auch gesagt." Ich duckte mich unter einem Hieb in Höhe meines Kopfes hinweg.

Sein Knüppel durchschlug ein Stück der ansonsten stabilen Reling.

„Lass mir einen freien Schlag", sagte ich. „Beweise, dass ich falsch liege."

Sein Blick wanderte zum Heft von Sirenensang. Ich versuchte eine Finte, er wich zurück.

Hinter mir spürte ich eine Bewegung und wirbelte gerade rechtzeitig herum, um dem Dolch eines hinterhältigen Dunkelelfen zu entgehen. Er zuckte und fiel auf mich; eines von Aspodells Wurfmessern steckte zwischen seinen Schulterblättern. Seine Beine verstrickten sich mit meinen. Als ich mich befreite, schlug Firsk auf meine Schwerthand.

In hohem Bogen entglitt Sirenensang meinem Griff.

Lächelnd umklammerte Firsk meine Kehle. „Dies war die Waffe, die mich niederstrecken sollte? Die mich versklavt hätte wie die anderen?"

Meine Adjutanten erstarrten gleichzeitig und hörten auf zu kämpfen. Firsks Männer zogen sich von ihnen zurück; entweder sie ahnten, was geschehen war, oder sie waren dankbar für die Verschnaufpause. Rira lachte. Düstermeer rückte seinen Hut zurecht. Otondo leckte sich die Lippen.

Ihre Unterbrechung des Kampfes breitete sich aus, bis alle Klingen auf dem Schiff schwiegen. Die überlebenden Seeteufel nutzten die Gelegenheit, glitten über die Reling und verschwanden in den Fluten.

Firsk wandte sich an die Anderen. „Sie kann euch nicht beherrschen, wenn ihr Schwert dort drüben liegt, oder?"

„Nein", antwortete Rira, „kann sie nicht."

„Was bietet ihr also für das Recht, eure Fängerin töten zu dürfen?"

Ich dachte an das Messer in meinem Stiefel und daran, wie wenig ich damit ausrichten konnte.

„Ich kann dich zu einem vergrabenen Lager mit fünfzigtausend Goldsegeln führen", erwiderte Rira.

„Mein bestes Lager enthält doppelt so viel", bot Düstermeer an.

„Ich werde dir ein Jahr und einen Tag lang dienen", sagte Otondo, „und durch mein Entermesser erntest du mehr als einer von denen dir geben kann."

„Verlockende Angebote", sagte Firsk, „aber ich bin immer noch geneigt, es ihr selbst zu besorgen."

Hallegg junior stürzte sich von der Takelung auf ihn. Firsk schlug ihn mit dem freien Ellenbogen nieder, den er ihm in den Kehlkopf stieß. Er ließ mich los, um ihm wie beiläufig in die Rippen zu treten, und lächelte, als eine von ihnen knackte.

„Ein Angebot hast du noch nicht gehört." Aspodell hatte sich einen Weg durch das verstummte Gedränge gebahnt und stand nun wenige Meter hinter uns. An seiner Seite hing Sirenensang. Die Männer beider Mannschaften gingen ihm aus dem Weg. Zwischen seinen Fingern konnte ich erkennen, dass das Leuchten der Kristalle erloschen war; ein Zeichen dafür, dass die Geasa aufgehoben worden waren.

„Willst du mir das Schwert geben?", fragt Firsk.

„Ja und nein."

Aspodell zwinkerte und warf es mir zu. Bevor Firsk seinen Knüppel hob, lag Sirenensang in meiner Hand. Bevor er ihn herabsausen lassen konnte, rammte ich meine Klinge in sein Brustbein. Blassblaue Energie umschloss sie, als ich sie noch tiefer hineintrieb. Firsk erschlaffte. Er fiel, und die Klinge glitt heraus.

Während ich Firsks Blut abwischte, erwachten die Kristalle erneut zum Leben und mit ihnen ihre Kontrolle. Die Vier verzogen unangenehm die Gesichter, als sie wieder von den Geasa erfasst wurden.

Ohne ihren Kapitän ergab sich die Mannschaft der *Schnitter*. Das Schiff würden wir nach Port Fährnis bringen, es dort verkaufen und den Erlös in Übereinstimmung mit unserer Charta aufteilen.

Drillich Neunfinger wurde auf einer Trage von der *Schnitter* an Deck der *Aspidochelone* gebracht. Auf der rechten Gesichtshälfte schimmerten Teile des Knochens durch schwarzes, verbranntes Fleisch durch. Aus seiner Brust ragte ein Holzsplitter, vermutlich ein Teil der zerbrochenen Reling. Es war ein Wunder, dass er überhaupt noch bei Bewusstsein war. Er streckte die Hand aus und versuchte vergeblich, mein Handgelenk zu umfassen.

„Kapitän Silberweiß", keuchte er.

„Versucht nicht zu sprechen."

Mein suchender Blick wanderte zu den Heilern, die mit ausgebreiteten Händen antworteten. Es gab keinen Grund, weiter zu fragen: Sie hatten all unsere Heiltränke aufgebraucht, und auch die Götter konnten sie derzeit nicht mehr anrufen.

„Ich habe Euch gesagt, dass dies mein Untergang sein wird", brachte Drillich hustend hervor. „Hab es seit Monaten geahnt."

„Genug davon."

„Mein Stündchen hat geschlagen. Ich werde Firsks Truhe nun nicht mehr öffnen können."

„Denkt nicht nicht darüber nach."

„Ihr schuldet mir nichts, aber ich möchte Euch trotzdem um einen Gefallen bitten." Er hielt inne und schluckte das Blut herunter. „Werft mich ins Meer."

„Natürlich werden wir Euch auf See bestatten."

„Nein, werft mich jetzt ins Meer. Wenigstens verblute ich dann nicht."

Ich wollte schon fragen, doch dann verstand ich.

„Ich werde stattdessen ertrinken …"

„… und Ihr werdet Euren Bruder wiedersehen, auf der Insel der Geister. Drillich, hört mir zu. Wollt Ihr wirklich die Ewigkeit auf Tidentod verbringen?"

Seine Finger schlossen sich um meinen Ärmel. „Besser als die möglichen Alternativen. Zumindest wartet dort mein Bruder." Daraufhin verfiel er in einen tiefen Schlaf, der dem Tod vorausgeht. Seine Brust hob und senkte sich kaum noch.

„Otondo!", rief ich.

Er humpelte zu mir. An der Oberseite seiner Hüfte zeigte sich ein langer Schnitt, der bisher nicht behandelt worden war.

„Wird den Mann über Bord", befahl ich.

„Mit Vergnügen."

Der Oger warf sich Drillich über die Schulter, trug ihn zur Reling und schleuderte ihn ohne viel Federlesens über Bord. Nur einen Augenblick später erfolgte das unausweichliche Platschen. Wie lange, fragte ich mich, bis die Essenz seiner Seele Tidentod erreichte? Ich stellte mir vor, wie er auf Deck dieser unheimlichen Schiffsfestung saß und mit seinem Bruder Geor gemeinsam den Kelch hob. Bis zum Ende aller Zeiten konnten sie die Kluft schließen, die sie zu Lebzeiten entzweit hatte.

Düstermeer warf mir eine Messingkiste vor die Füße, die mit Silber und Gold durchwirkt war. Sonnen, Monde und Sterne aus Zinn schmückten die Oberfläche. „Es ist also alles umsonst gewesen."

„Warum sagst du das?"

„Wir waren hinter Drillich her, genauso wie Firsk, um diese äußere Hülle zu durchstoßen und an den Schatz des Fernen Thallai zu gelangen. An den Eingang zu einem sagenhaften Reich, wo es schöne Jungfern nach unerfüllten Begierden gelüstet. Wo Göttertränke jenseits weltlicher Berauschung darauf warten, hinuntergestürzt zu werden. Wo überall Gold und Edelsteine bloß eingesammelt werden müssen."

„Was das betrifft, Düstermeer …"

Alle Mann bildeten einen Kreis. Aspodell drückte einen Lappen fest auf die Wunde an seiner Stirn. Otondo hielt sein großes Entermesser so, als wäre er bereit, die Kiste aufzuschlitzen. Rira tat so, als würde sie diese nicht betrachten.

„Ohne den Schlossknacker können wir sie nicht öffnen, oder doch, Herrin?", fragte Düstermeer. „Es ist nur ein Stück Treibgut."

„Ich habe gesagt, dass nur Drillich sie öffnen könnte", antwortete ich. „Für Firsk stellte er die einzige Möglichkeit dar, um an den Schatz zu kommen. Das ist der Grund, warum wir nach ihm gesucht haben: Er würde uns zu dem Monsterkapitän führen. Genau das hat er getan. Doch wenn ich die Baupläne für die Kiste studiert hätte, zum Beispiel in einem anderen Leben als behütete Gelehrte, wüsste ich vielleicht die Kombination und müsste die Kiste überhaupt nicht mit Gewalt öffnen."

„Du genießt es richtig, uns Informationen vorzuenthalten", meinte Rira.

Ich ging neben der Kiste in die Hocke. „Ich gebe zu, eine Vielzahl von Schwächen zu haben, würde aber behaupten, dass diese mich nur charmanter macht."

In Wahrheit benötigte ich mehrere Ansätze, um mich an die genaue Abfolge zu erinnern. Jeder einzelne Himmelskörper steckte auf einem Stift im Inneren und konnte entweder senkrecht oder waagerecht bewegt werden. Mit einer Reihe von fünf Bewegungen würde sich das Schloss öffnen und der Deckel aufspringen. Schließlich, unter den fast spürbaren Blicken meiner Adjutanten, gelang es mir. „Und da ist er."

In der Kiste lag eine Schriftrolle, die vom Alter vergilbt war. Durch Feuchtigkeit waren die Seiten verklebt worden; allerdings konnten sie mit geschickten Fingern voneinander gelöst werden.

„Das ist die Beschwörung?", fragte Rira. „Die uns nach Thallai bringt?"

„Um euch auch weiterhin zu motivieren, habe ich es erneut versäumt, euch von einem Irrtum zu kurieren. Es handelt sich hierbei um ein Gedicht."

Otondo und Düstermeer äußerten gegensätzliche Obszönitäten.

„Dies ist *Thallai*, ein Epos, das man über die Jahrhunderte verloren glaubte und von dem lediglich diese eine Abschrift existiert. Verfasst im Zeitalter der Legenden von Zeneus von Azlant."

„Zeneus", sinnierte Aspodell. „Ich glaube, mein Lehrer hat von ihm gesprochen, als ich noch ein Junge war."

„Und was hast du damals gelernt?"

„Dass mein Interesse eher der Schmerzgrenze verschiedener Melkerinnen galt."

Ich legte das Dokument in die Kiste zurück und schob den Riegel vor. „Ja, es bringt euch in ein Land voller Schönheit, Überfluss und Erotik. Vor eurem geistigen Auge, wenn ihr es hört. Im Verlauf der Jahrtausende haben vergangene Gelehrte immer wieder davon gesprochen, dass es sich um den größten Triumph azlantischer Schreibkunst handelt. Es für immer zu verlieren (was mit Sicherheit geschehen wäre, hätte Kered Firsk die Kiste geöffnet und nur ein Gedicht darin vorgefunden), hätte die größte Tragödie unseres Zeitalters bedeutet. Er hätte es zerfetzt."

Aspodell wandte sich ab. Otondo und Düstermeer gingen die Schimpfwörter in der Gemeinsprache aus, und sie verlegten sich, aufs Riesische beziehungsweise Zwergische.

Die Chroniken der Kundschafter

„Wir werden dieses Dokument einer Akademie in Rahadoum übergeben, wo es sicher abgeschrieben und dann an alle Völker Golarions verschickt werden wird. Damit ihr nicht auf den unglücklichen Gedanken kommt es über Bord zu werfen, befehle ich euch hiermit mit der Macht der Geasa, *Thallai* und die Kiste, in der es liegt, mit unumstößlicher und unermüdlicher Gewissenhaftigkeit zu bewahren."

Ein merkwürdiges Geräusch drang hinter Riras Maske hervor. Einen Augenblick später wurde mir klar, dass sie lachte.

An meiner Hüfte verspürte ich einen heißen Stich. Der fünfte und letzte Kristall in Sirenensangs Heft leuchtete vollkommen auf. Schnell ging ich zu Kered Firsks Körper hinüber, den irgendein Seemann naiverweise bedeckt hatte. Mit der Spitze meiner Scheide zog ich die Decke weg.

Kered Firsk erwachte aus dem transformativen Schlaf, den das Schwert ihm auferlegt hatte, und verzog das Gesicht. Wie bei den anderen vier vor ihm, begleitete eine kurzweilige Verwirrung und Gestotter sein Erwachen. Als er sich beruhigt hatte, hieß ich ihn aufstehen. Er knurrte. „Von dir nehme ich keine Befehle an, Weib. Egal wie belanglos."

„Falsche Antwort." Ich verstärkte meinen Griff auf das Heft von Sirenensang und konzentrierte mich auf den fünften Kristall. Kered Firsk zuckte, als sei er vom Blitz getroffen worden. Er stand auf und schrie vor Fassungslosigkeit, dass sein Körper ihm nicht gehorchte.

„Du hast aus mir eine Marionette gemacht!"

„In einem gewissen Sinne, ja. Allerdings wirst du einen Teil deines freien Willens behalten, so dass du nach Kräften dem Leben, der Gerechtigkeit und dem Wissen dienen kannst; eben jenen Zielen, die du zuvor zerstören wolltest. Es wäre nicht unrichtig von dir, das Wort grausam zu benutzen. Ich würde es eher verdiente Ironie nennen."

Speichel spritzte aus seinem Mund. „Ich werde dich von Kopf bis Fuß aufschlitzen. Ich werde auf deiner Leiche tanzen."

„Vielleicht wirst du das eines Tages. Vorausgesetzt, einer der anderen kommt dir nicht zuvor." Ich wies auf seine vier Kameraden, die auf dem Achterdeck ins Gespräch versunken waren. „Bis dahin wirst du mit aller Macht für die Zerstörung aufkommen, die du angerichtet hast. Übe dich in Geduld, Kered Firsk. Während der nächsten Tage wirst du sie brauchen, wenn ich dir die Bedingungen des Geas erkläre. Du kannst dir eine Menge unnötige Mühe ersparen, wenn du sie dir zu Herzen nimmst. Sei versichert, deine Vorgänger haben die Vorschriften zu genüge erprobt; das Ergebnis ist eine erschöpfende Liste von Verbesserungen und Zusätzen."

Kered akzeptierte diese Fakten alles andere als sofort. Während ich ihn die gewohnte Litanei der Verwünschung herunterbeten ließ, wurde meine Aufmerksamkeit von den vier anderen Adjutanten in Anspruch genommen. Sie standen zu weit weg, als dass ich sie hätte hören können, doch wie ich schon erwähnt habe, kann ich Lippen lesen. Rira war selbstverständlich immun, und von Otondo konnte ich lediglich den muskulösen Rücken sehen. Er und Düstermeer schubsten Aspodell abwechselnd. Der Adlige nahm diese Angriffe lustlos hin und ließ die Schultern in augenscheinlichem Einvernehmen mit seinen Folterknechten hängen. Zu weit konnte es nicht gehen. Unter den zuvor schon erwähnten Verbesserungen und Zusätzen besagte die erste verabschiedete Klausel, dass jeder, der dem Geasa unterworfen war, unter Feindseligkeiten mitzuleiden hatte.

„Du Idiot!", fluchte Düstermeer immer wieder.

„Dem kann ich nicht widersprechen", erwiderte Aspodell.

„Warum hast du das getan?"

„Ich verstehe es auch nicht."

„Es war nicht das Geas. Wenn sie soweit von dem Schwert entfernt ist, kann sie es nicht aufrechterhalten."

„Das wusste ich."

„Und trotzdem hast du sie nicht getötet."

„Ja, das hätte ich tun sollen. Wirklich."

„Also war es nicht die Marionette Aspodell. Das warst du, der wahre Aspodell, der ihr das vermalledeite Schwert zurückgegeben hat!"

Dann übernahm Rira für eine ziemlich lange Zeit das Missbilligen.

Als sie fertig war, sagte Düstermeer: „Du hättest ihr die Kehle aufschlitzen können. Oder einfach abwarten, bis Firsk sie getötet hätte, und dann hätten wir ihn erledigt."

„Hätte ich", gestand Aspodell.

Düstermeer packte ihn am Wams. „Warum hast es dann nicht getan?" Er schleuderte Aspodell gegen die Kabinenwand.

Einen Augenblick lang schien Aspodell wie benommen. Dann sagte er: „Ich wünschte, ich wüsste es, Düstermeer. Ich wünschte, ich wüsste es."

"Anscheinend ist an Aspodell mehr dran, als man erwartet; sogar er selbst."

Bestiarium

Wir wanderten stundenlang durch die teilweise überfluteten Meereshöhlen, bis wir die verborgene Tür fanden. Sie war durch Illusionen geschützt und wir sahen die massive Stahltür erst, nachdem Baythus seinen Zauber gewirkt hatte. Ich brauchte fast zehn Minuten, um die Falle zu entschärfen und den Verschlussmechanismus freizulegen, doch es stellte sich heraus, dass diese Schutzmaßnahmen nur unsere geringsten Sorgen darstellten. Hinter der Tür befand sich ein vielfarbiger Albtraum, welcher wahrscheinlich seit Jahrzehnten den magischen Schatz bewachte. Der arme Januo kämpfte tapfer, doch wir konnten nur voller Schrecken zusehen, wie ihn die Bestie ertränkte, ehe wir unseren Verstand sammeln und sie schließlich töten konnten.

- Aus den Aufzeichnungen von Marliss Nalathani, Entdeckerin

Bestiarium

Der letzte Teil des Bestiariums zu „Unter Piraten" liefert dir weitere grausame und entsetzliche Monster für deine Abenteuer zur See. Es gibt prähistorische Bestien, eine extragolarische Bedrohung und Seeschlangenvarianten, um alle Arten von Abenteurern zu gefährden.

Seefahrer, Schiffe und andere Opfer

Die Wellen des Fesselarchipels bergen monströse und humanoide Schrecken. Während die SC sich im Archipel einen Namen machen, begegnen sie den unterschiedlichsten Schiffen und Piraten der Fiebersee. Manche liegen im Hafen, während andere im Schiffskampf auf hoher See begegnen. Weiter unten folgen drei Piratenschiffe voller gefährlicher Gegner, denen sie bei ihrer Mission, die berüchtigsten Piraten der Fesseln zu werden, begegnen können. Ein Spielleiter, der seine SC auf dem hohen Meer vor Herausforderungen stellen will, kann diese Schiffe als Gegner einsetzen. Jeder Eintrag liefert Informationen zu einem bestimmten Piratenschiff und seinem Platz im Archipel. Sofern die Regeln zu Plündergut aus dem ersten Band des Abenteuerpfades „Unter Piraten" Verwendung finden, sollten die SC für jedes erfolgreich überfallene Schiff mit 1W4 Punkten Plündergut belohnt werden.

Die *Keuchen der Jungfer*: Dieses heruntergekommene Schiff hat zerrissene Segel und faserige Seile. Es ist das Heim eines Vettelzirkels. Eine Grüne Vettel (*Pathfinder Monsterhandbuch*, S. 141) namens Heldra und ihre beiden Seevettelschwestern (*Pathfinder Monsterhandbuch*, S. 236) Juvala und Nikrasti befehligen eine Mannschaft aus 22 Fuarthgremlins (*Pathfinder Monsterhandbuch III*). Die Fuarths sind entsetzliche Matrosen, so dass das Schiff meist mit der Strömung treibt. Manchmal schleppt auch der Riesentintenfischgefährte (*Pathfinder Monsterhandbuch*, S. 262) der Seevetteln das kaum seetaugliche Schiff mit sich. Die Vetteln lassen ihr Schiff als Wrack erscheinen. Heldra und ihre Diener verbergen sich, bis die Mannschaft eines anderen Schiffes die *Keuchen der Jungfer* betrifft, um dann aus dem Hinterhalt anzugreifen. Die Fuarths springen die Besucher an, während die Vetteln ihre zauberähnlichen Zirkelfähigkeiten nutzen, um die Angreifer außer Gefecht zu setzen. Dies ist eine Begegnung mit HG 12.

Rachsucht: Die Aufgabe der *Rachsucht* besteht darin, bei großflächigen Angriffen der chelischen Marine als Vorhut zu fungieren. Sie ist ein schlanker Dreimastschoner und durchaus in der Lage, während eines Gefechts mitzuhalten. Dieses Schiff gehört zu den Spähern der kaiserlichen Marine von Cheliax, den *Majestra Mala*. Jeder an Bord trägt als Tätowierung einen fünfzackigen Stern, der von einem Wal gefressen wird. Dieses Schiff steht unter dem Kommando von Kapitänin Aryal Missolet (Spielwerte wie Piratenkapitän, *Pathfinder Spielleiterhandbuch*, S. 287). Ihr Erster Maat (*PF SLHB*, S. 293) befehligt vier Kriegsknechte (*PF SLHB*, S. 297), die ihrerseits jeder zwei Plünderer (*PF SLHB*, S. 286) kommandieren. Neben diesen Soldaten befinden sich 40 Matrosen (*PF SLHB*, S. 292) an Bord, die ebenfalls kampfbereit sind. Insgesamt ist dies eine Begegnung mit HG 15.

Wachender Albtraum: Dieses Schiff unterscheidet sich äußerlich von anderen, welche die Fiebersee befahren, nur dadurch, dass es tagsüber den Anker wirft und während der Nacht segelt. Erfahrene Matrosen hissen die Segel und kümmern sich darum, dass das Schiff vortrefflich in Ordnung ist, ihr Kapitän ist aber dafür eine wahrlich finstere Kreatur: Eine Ätherspinne (*PF MHB*, S. 18) hat diese Fregatte gekapert und die Mannschaft versklavt! Viele sprangen lieber über Bord, als solch einer Kreatur zu dienen, doch 32 Matrosen (*PF SLHB*, S. 292) blieben an Bord. Diese Seeleute werden von Albträumen geplagt und scheinen sich während der Arbeit in anhaltender Trance zu befinden. Sollte einer von ihnen wach genug werden, um sich zu widersetzen, bedroht die Ätherspinne ihn mit dem Belebten Traum (*PF MHB II*, S. 36), den sie sich im Laderaum unter Deck hält. Im Falle eines Angriffs oder Überfalls weiß die Ätherspinne, dass sie jeder wirklichen Gefahr durch Überwechseln auf die Ätherebene ausweichen kann. Sollten alle Kreaturen an Bord zum Angriff übergehen, ist dieses Schiff eine Begegnung mit HG 13.

Zufallsbegegnungen in Meereshöhlen

W%	Begegnung	Ø HG	Quelle
1–6	1 Albino-Höhlenwalzenspinne	4	PF MHB II, S. 238
7–9	1 Seevettel	4	PF MHB, S. 236
10–13	1 Schlickpirscher	4	PF MHB II, S. 226
14–16	1 Ockergallerte	5	PF MHB, S. 200
17–21	1W20 Lacedonen	5	PF MHB, S.125
22–25	1 Höhlenriese	6	PF MHB III
26–31	1W6 Riesige Schwarze Witwen	6	PF MHB II, S. 239
32–38	1W6 Werkrokodile	6	PF AP Band 22
39–43	1W4 Cecaeliae	7	PF MHB III
44–49	1W10 Würger	7	PF MHB, S. 280
50–53	1W10 Kakerlakenschwärme	7	PF MHB I, S. 219
54–58	1 Geisterkapitän	7	ALM Fesselarchipel, S. 62
59–61	1 Tupilaq	7	PF MHB III
62–64	1 Riesenschnecke	8	PF MHB II, S. 230
65–69	1W8 Seekatzen	8	PF AP Band 20, S. 86
70–73	1 Sucuyante	8	ALM Fesselarchipel, S. 60
74–78	1 Korallengolem	9	ALM Fesselarchipel, S. 47
79–82	1 Galvo	9	PF AP Band 23
83–86	1 Riesenschnappschildkröte	9	PF MHB II, S. 222
87–90	1W8 Königsseeigel	9	PF AP Band 20, S. 85
91–95	1W6 Duppys	10	ALM Fesselarchipel, S. 45
96–99	1 Tiberolith	10	PF AP Band 20, S. 88
100	1W8 Chuuls	11	PF MHB, S. 36

Addu

Diese Bestie windet ihren gewaltigen Leib durch die Wellen, welcher in den hellen Farben eines Sonnenaufgangs auf See gestreift ist. Einer Schnauze voller entsetzlicher Zähne und zwei drahtigen, klauenbewehrten Armen folgt ein Fächer von messerscharfen Flossen.

Addu	HG 15

EP 51.200
N Gigantische magische Bestie (Aquatisch)
INI +4; **Sinne** Dämmersicht, Dunkelsicht 18 m; Wahrnehmung +21
VERTEIDIGUNG
RK 28, Berührung 10, auf dem falschen Fuß 24 (+4 GE, -4 Größe, +18 natürlich)
TP 212 (17W10+119)
REF +14, **WIL** +9, **ZÄH** +17
Immunitäten Gift; **Resistenzen** Feuer 30
ANGRIFF
Bewegungsrate 3 m, Schwimmen 24 m
Nahkampf Biss +26 (4W6+13/19–20), 2 Klaue +26 (2W8+13/19–20), Schwanzschlag +21 (2W8+6)
Angriffsfläche 6 m; **Reichweite** 6 m (9 m mit Schwanzschlag)
Besondere Angriffe Kentern lassen, Miasmaodem, Strömung erzeugen
SPIELWERTE
ST 36, **GE** 18, **KO** 25, **IN** 2, **WE** 15, **CH** 13
GAB +17; **KMB** +34; **KMV** 48 (kann nicht zu Fall gebracht werden)
Talente Ausdauer, Eiserner Wille, Heftiger Angriff, Konzentrierter Schlag, Kritischer-Treffer-Fokus, Kritischer Treffer (Kränkelnd), Verbesserter Eiserner Wille, Verbesserter Kritischer Treffer (Biss), Verbesserter Kritischer Treffer (Klaue)
Fertigkeiten Schwimmen +25, Wahrnehmung +21
LEBENSWEISE
Umgebung Warme Ozeane
Organisation Einzelgänger oder Paar
Schätze Keine
BESONDERE FÄHIGKEITEN
Miasmaodem (ÜF) Alle 1W4 Runden kann ein Addu einen 9 m-Kegel giftigen Odems ausstoßen. Kreaturen im Zielbereich müssen einen Zähigkeitswurf gegen SG 25 bestehen oder erleiden 1W6 Punkte KO-Schaden. Dies ist ein Gifteffekt. Der SG des Rettungswurfes basiert auf Konstitution.
Strömung erzeugen (ÜF) Ein Addu kann das Wasser derart aufwirbeln, dass in seiner unmittelbaren Umgebung mächtige Strömungen entstehen. Als Bewegungsaktion kann ein Addu Kreaturen und Gegenstände entweder bis zu 9 m weit von sich fortstoßen oder Kreaturen und Gegenstände innerhalb von 9 m zu sich heranziehen. In der Strömung gefangene Kreaturen und Gegenstände können der Bewegung mit einem Reflexwurf gegen SG 25 widerstehen. Diese Fähigkeit kann nur im Wasser eingesetzt werden. Der SG des Rettungswurfes basiert auf Konstitution.

Addus stammen aus den höllischsten Winkeln von Golarions tiefsten Meeren und sind ebenso rätselhaft wie gefährlich. Glücklicherweise begegnet man ihnen nur selten, doch jene, die eine Begegnung mit einer dieser Bestien überlebt haben, berichten von der unvorstellbaren Macht der Kreaturen. Als Ergebnis halten die Ausgucke von Handels- und Piratenschiffen gleichermaßen den Horizont nach gezackten, feuerfarbenen Stacheln im Auge, welche zum Zeichen für bevorstehendes Unheil geworden sind.

Die Farben der tropischen Tiefen – schimmernde Rot-, Gelb- und Orangetöne – schmücken den langen, schlangenartigen Leib eines Addu. Neben der bedrohlichen Rückenflosse sprießen einem Addu kleinere Finnen aus der Schnauze, dem Kopf und dem Hals. Seine kurzen, aber kräftigen Vorderarme können Fleisch von Knochen reißen, insbesondere wenn sie diese neben ihren barkengroßen Kiefern mit den dolchlangen Zähnen einsetzen. Einschließlich des langen Schwanzes, der peitschenartig aus dem Wasser schnellen kann, erreicht ein durchschnittlicher Addu eine Länge von 15 m und ein Gewicht von bis zu 14.000 Pfund.

Lebensweise

Den Legenden nach drangen zu einer Zeit, als Golarion noch jung war, giftige Gase aus Rissen an den tiefsten Stellen des Meeres. Diese Gase waren Überbleibsel aus der Entstehung der Welt und lieferten den äquatorialen Ozeanen lebensspendende Wärme, machten aber auch kleine Teile der Tiefsee unbewohnbar.

Golarions gedeihendes aquatisches Ökosystem wehrte sich dagegen, so dass in dieser giftigen Umgebung die zähen Addus entstanden. Die Geysire am Meeresgrund nährten und stärkten diese gewaltigen, schillernden Kreaturen und verliehen ihnen gedankenlose Grausamkeit und einen Heißhunger auf rohes Fleisch.

Laut den Legenden trieben sich die ersten Addus am Rand der giftigen Zonen herum und nutzten ihre Gabe, Strömungen zu erzeugen, um Beute heranzuholen und zu töten, welche sich in den Bereichen dahinter aufhielt. Schließlich entwickelten sie sich weiter und passten sich nicht nur ihrer giftigen Heimat an, sondern begannen zudem, das Gift als Waffe zu nutzen, welche jeder Kreatur den Tod bringt, die es einatmet. Experten sind sich uneins, wie die Addus ihre Jagdtechniken entwickelten – möglicherweise hatte Magie die Hand im Spiel, vielleicht war es auch nur eine Laune der Natur. Es ist den heutigen Gelehrten aber nicht möglich, diese tödlichen Fähigkeiten zu erklären. Mit der Zeit entwickelten die Tiefseekreaturen bessere Instinkte und blieben den verräterischen Dämpfen fern, welche die Heimat der Addus kennzeichneten. Aus Hunger mussten die Bestien daher ihre Jagdgründe in seichtere Gewässer verlegen. Aufgrund ihrer angeborenen Bösartigkeit kämpfen sie untereinander, bis jeder Überlebender genug Raum hatte, um allein jagen und fressen zu können. Die Gelehrten glauben, dass Addus alle paar Wochen unter einem geistbetäubenden Hunger leiden, der sie veranlasst, die Meere mit dem Blut ihrer Mahlzeiten rot zu färben, welche häufig aus hunderten an Pfund rohen, noch zuckenden Fleisches besteht. Man weiß, dass Addus Wale, Riesentintenfische, Schreckenshaie sogar Seeschlangen angreifen, wenn andere Beute rar ist. Viele seefahrende Nationen erzählen Geschichten über epische Kämpfe zwischen Addus und Seeschlangen, mit denen Kinder verängstigt und Seefahrer gewarnt werden. Noch furchtbarer aber sind die Gerüchte, dass es Addus immer wieder nach humanoiden Fleisch gelüstet und sie Schiffe zum Kentern bringen, die so lang sind wie sie selbst, nur um an ein paar leckere Happen zu gelangen. Gelehrte streiten darüber, ob Addus Schiffe jagen oder sie

BESTIARIUM

nur versehentlich angreifen, weil sie sie von unten mit an der Oberfläche schwimmenden Walen verwechseln. Unabhängig davon sind Addus eine große Bedrohung für alle Schiffe, welche die weiten Meeresgebiete befahren, die diese Bestien als Jagdrevier beanspruchen.

Lebensraum & Sozialverhalten

Aufgrund ihrer gewalttätigen Natur trifft man Addus in der Regel allein an. Angeblich kommen sie in den südlichen Meeren Golarions am häufigsten vor, wo den Legenden nach die uralten, giftigen Geysire früher in großer Zahl existierten. Eine besonders beunruhigende Erzählung spricht von einem Gebiet viele hundert Kilometer westlich des Fesselarchipels, in dem die Jagdgründe der einzelnen Addus wie die Teile eines tödlichen, unsichtbaren Puzzles ineinander verwoben sind.

Obwohl ein Addu, der in die Jagdgründe eines Artgenossen eindringt, mit einem Kampf bis zum Tod rechnen muss, arbeiten diese Kreaturen einigen Piratenlegenden nach zuweilen zusammen, wenn es ihnen gefällt. So behauptete ein Pirat aus Ollo einst, einen heftigen Kampf zwischen zwei Addus beobachtet zu haben, welche ihren Kampf abbrachen und sein Schiff angriffen, als sie die Segel erspähten. Nachdem es ihm gelungen war, ihnen davon zu segeln, nahmen sie ihren Zweikampf wieder auf. Da aber die Überlebenden von Adduangriffen immer die hohe Bewegungsrate der Kreaturen betonen, gehen die meisten Seebären davon aus, dass der Kapitän gewaltiges Seemannsgarn gesponnen hat. Man glaubt, dass noch niemand einen Kampf überlebt hat, an dem mehrere Addus beteiligt waren.

Den Gelehrten nach patrouillieren die weiblichen Addus Jagdgründe, die nur ein paar Quadratkilometer messen, während die Männchen weitaus nomadischer sind und alle paar Wochen neue Reviere beziehen. Dies könnte auch die Fortpflanzungspraktiken der Bestien erklären – Seeelfen berichten, dass weibliche Addus in den Jahren der Fruchtbarkeit bis zu fünf Male Gruppen von sechs bis acht Eiern an den Rändern ihrer Reviere platzieren. Die Eier geben die giftigen Dämpfe ab, welche mit den Addus in Verbindung gebracht werden, und locken nahe Männchen an, die sie sodann befruchten. Die Jungen der Addus werden als Addlets bezeichnet. Sie scheinen beim Schlüpfen vom Blutrausch erfüllt und fallen sofort übereinander her, bis nur noch der stärkste am Leben ist. Dieser sucht sich dann ein eigenes Revier, in dem er über seine Opfer Unheil bringen kann.

Trotz ihrer gewalttätigen Tendenzen scheinen Addus recht langlebig zu sein. Eingeborene berichten von einzelnen Addus, welche seit sechshundert Jahren dieselben Gewässer terrorisieren. Diesen Geschichten nach gieren die Addus nach humanoidem Fleisch umso mehr, je älter sie werden. Und einige sprechen von jahrtausendealten Addus, welche Schiffe zum Kentern bringen, ehe die Mannschaften überhaupt erkannt haben, dass sie angegriffen werden. Dann greifen diese uralten Addus ihre Opfer aus dem Meer und reißen ihnen das Fleisch von einem Knochen nach dem anderen, wobei die einzige Gnade, welche sie gewähren, schlussendlich der Tod ist.

Algensirene

Die drei singenden Köpfe dieser Kreatur bewegen sich wiegend auf schlangenartigen Hälsen, welche aus einem knollenförmigen Leib wachsen. Dieser wird durch ein breites Maul voller Zähne geteilt. Stinkende Algenstränge bedecken die Kreatur wie schleimiges Haar.

Algensirene	HG 13

EP 25.600
CN Große magische Bestie (Aquatisch)
INI +2; **Sinne** Dämmersicht, Dunkelsicht 18 m; Wahrnehmung +15
Aura Kakophonie 30 m

VERTEIDIGUNG
RK 26, Berührung 11, auf dem falschen Fuß 24 (+2 GE, –1 Größe, +15 natürlich)
TP 184 (16W10+96)
REF +12, **WIL** +8, **ZÄH** +16
Immunitäten Geistesbeeinflussende Effekte; **Resistenzen** Feuer 10, Schall 10

ANGRIFF
Bewegungsrate 9 m, Schwimmen 9 m
Nahkampf Biss +25 (2W8+15/19–20)
Fernkampf Schrille Böen +17 (Berührungsangriff im Fernkampf; 4W6 Schall)
Angriffsfläche 3 m; **Reichweite** 1,50 m
Besondere Angriffe Entsetzlicher Blick, Fluch hervorstoßen, Trampeln (1W10+15, SG 28),
Zauberähnliche Fähigkeiten (ZS 15; Konzentration +19)
Beliebig oft - *Zerbersten* (SG 16)
3/Tag – *Monster bezaubern* (SG 18), *Verwirrung* (SG 18), *Zungen*

SPIELWERTE
ST 30, **GE** 15, **KO** 22, **IN** 11, **WE** 16, **CH** 19
GAB +16; **KMB** +27; **KMV** 39 (47 gegen Zu-Fall-bringen)
Talente Blind kämpfen, Fähigkeitsfokus (Fluch hervorstoßen), Heftiger Angriff, Kernschuss, Kritischer-Treffer-Fokus, Kritischer Treffer (Taub), Verbesserter Kritischer Treffer (Biss), Wachsamkeit
Fertigkeiten Bluffen +14, Heimlichkeit +16 (im Wasser +20), Motiv erkennen +5, Schwimmen +18, Wahrnehmung +15; **Volksmodifikatoren** Heimlichkeit im Wasser +4
Sprachen Aklo
Besondere Eigenschaften Dreiköpfig, Wasserabhängigkeit

LEBENSWEISE
Umgebung Beliebige Küste
Organisation Einzelgänger
Schätze Keine

BESONDERE FÄHIGKEITEN
Dreiköpfig (AF) Wenn eine Algensirene Köpfe verliert, kann sie entsprechend weniger Strahlen mit ihrer Fähigkeit Kreischende Böen verschießen. Um einen Kopf abzutrennen, muss einem Angreifer ein Kampfmanöver (Zerschmettern) mit einer Hiebwaffe gegen den Kopf gelingen. Ein Kopf wird als eigenständige Waffe behandelt mit Härte 0 und TP in Höhe der TW der Algensirene. Der Kopf muss genug Schaden erleiden, um auf 0 TP oder weniger reduziert zu werden. Das Abtrennen eines Kopfes fügt dem Leib der Algensirene Schaden entsprechend der Anzahl ihrer TW zu. Eine Algensirene kann mit einem abgetrennten Kopf nicht angreifen. Sollte sie alle Köpfe verlieren, kann sie ihre Fähigkeiten Kakophonie, Fluch hervorstoßen und ihre zauberähnlichen Fähigkeiten nicht mehr einsetzen.

Entsetzlicher Blick (ÜF) Wankend 1W6 Runden; 9 m; Willen SG 22, keine Wirkung.
Der SG des Rettungswurfes basiert auf Charisma.

Fluch hervorstoßen (ÜF) Eine Algensirene kann einmal am Tag *Fluch* (SG 20) als zauberähnliche Fähigkeit mit Reichweite 9 m wirken. Der SG des Rettungswurfes basiert auf Charisma.

Kakophonie (ÜF) Eine Algensirene singt miteinander im Widerstreit liegende Melodien und brabbelt unharmonische Töne, wenn sie angreift. Um innerhalb von 30 m Entfernung zu einer Algensirene einen Zauber wirken zu können, muss ein Konzentrationswurf gegen SG 15 + Zaubergrad gelingen. Ferner ist der SG aller anderen Konzentrationswürfe und Fertigkeitswürfe auf Wahrnehmung, die auf Gehör basieren, um +5 erhöht. Eine Algensirene kann diese Fähigkeit als Freie Aktion beginnen und beenden.

Schrille Böen (ÜF) Eine Algensirene kann ihre Gegner mit Geschossen aus Schallenergie bombardieren. Sie kann von jedem ihrer Köpfe aus einen Strahl mit 18 m Reichweite als Berührungsangriff im Fernkampf verschießen, welcher 4W6 Punkte Schallschaden verursacht. Die Strahlen können alle auf dasselbe oder unterschiedliche Ziele gerichtet werden.

Wasserabhängigkeit (AF) Eine Algensirene kann außerhalb des Wassers für 1 Stunde pro Konstitutionspunkt überleben. Nach Ablauf dieser Zeit riskiert sie zu ersticken (als würde sie ertrinken).

Auf den ersten Blick scheint diese Kreatur die Grenze zwischen Pflanze und Tier zu verwischen. Drei augenlose Köpfe wiegen sich über der zentralen Körpermasse. Sie sind ständig am Singen, intonieren Sprechgesänge und reden in unsinnigen Sprachen oder plappern unverständlich vor sich hin.

Die drei falschen Köpfe und der Leib sind von Seetang bedeckt. Diese Tarnung hilft der Bestie, sich während der Jagd zu verbergen. Sechs stämmige krabbenartige Beine tragen die Kreatur an der Küste entlang und durch die felsigen Gezeitentümpel, welche sie bewohnt.

Eine Algensirene ist über 2,40 m hoch von den Spitzen ihrer stummeligen Beine bis zur Spitze ihrer Köpfe und hat einen Durchmesser von knapp 2,10 m. Die Kreatur wiegt etwas mehr als 3.500 Pfund.

Lebensweise

Algensirenen jagen in der Nähe der Küste, wo sie auf Muschelsucher, einsame Fischer und sogar vorbeifahrende Schiffe lauern. Sobald eine Algensirene ihre Beute erspäht, verbirgt sie sich im Wasser, dass nur ihre drei seltsamen Köpfe herausschauen. Diese singen Lieder und brabbeln in unverständlichen Sprachen, um die vielen besondere Fähigkeiten der Kreatur zum Einsatz zu bringen. Selbst wenn die Köpfe nicht gegen potentielle Mahlzeiten zum Einsatz kommen, scheinen sie sich miteinander zu unterhalten und langwierige Gespräche aus zufällig zusammengefügten Silben und erfundenen Worten zu führen. Sobald die Algensirene ihre Beute angelockt hat, versucht sie diese zu bezaubern oder zu verwirren, um einen Vorteil zu erlangen. Anschließen bewegt sich die Kreatur näher heran und beginnt damit, ihr noch lebendes Opfer zu verzehren. Auch wenn eine Algensirene es bevorzugt,

Bestiarium

lebende Humanoide zu fressen, nutzt sie ihre Kreischenden Böen, um Beute auszuschalten oder zu töten, falls sie flieht oder der Bezauberung widersteht.

Algensirenen bedienen sich einer Form aggressiver Nachahmung. Sie täuschen vor, Humanoide zu sein, um ihre bevorzugten Mahlzeiten anzulocken. Die Köpfe einer Algensirene sind aber dennoch nur Gliedmaßen. Sie haben zwar Münder, durch welche die Kreatur atmen kann, die aber nicht zur Nahrungsaufnahme genutzt werden. Das Aussehen der Köpfe hängt davon ab, wo die Kreatur aufgewachsen ist, und ahmt den Hautton und die Volksgruppenzugehörigkeit der dort vorherrschenden humanoiden Bevölkerung nach. Die Köpfe sind zudem augenlos – die Kreatur sieht mit den vielen Augen auf ihrem Körper. Diese zucken und drehen sich in ihren Höhlen, wenn die Kreatur ihren Entsetzlichen Blick einsetzt.

Wenn Algensirenen ihre bevorzugte Nahrung nicht finden können – intelligente Kreaturen und Humanoide –, können sie sich auch von Fisch ernähren, ziehen dann aber aquatische Säugetiere wie Robben und Otter vor. Diese Kreaturen müssen die Bestien aber aktiv jagen, da ihre ködernden Eigenschaften bei ihnen wirkungslos sind und sie eher verschrecken als anlocken.

Manche Seeleute berichten von größeren und gefährlicheren Varianten der Algensirene. Sollten diese Berichte stimmen, werden manche Algensirenen doppelt so groß wie die Norm, besitzen mehr als drei Köpfe und verfügen über mächtigere Fähigkeiten.

Lebensraum & Sozialverhalten

Algensirenen sind Einzelgänger, die kaum jemals anderen ihrer Art begegnen. Die Gelehrten wissen nicht, wie sie sich fortpflanzen. Dass sie es aber tun, belegen die Sichtungen entlang von Golarions Küsten über einen Zeitraum von Jahrtausenden hinweg. Manche Forscher hegen die Theorie, dass sie ihre Jungen aus dicken, ledrigen Schalen gebären ähnlich Schildkröteneiern oder feinfaserigen Saaten.

Algensirenen verbünden sich manchmal mit anderen aquatischen Kreaturen zum gegenseitigen Schutz oder zur gemeinschaftlichen Jagd. Sahuagin vertrauen ihnen meist nicht genug und haben auch nicht die Geduld, um lange mit ihnen eng zusammenzuarbeiten. Man weiß aber, dass durchaus Bündnisse bereits entstanden sind, welche zumindest lange genug gehalten haben, dass die Sahuagin neue Sklaven einfangen und ihre humanoiden Nahrungsvorräte auffüllen konnten. Lokatha nutzen diese seltsamen Bestien zuweilen als Beschützer und halten sie gutgenährt, im Gegenzug dienen die Kreaturen als Ausguck und Wächter. Das Meervolk und die Seeelfen gehen Algensirenen aus dem Weg und warnen sogar andere humanoide Ansiedlungen, wenn sie eine Algensirene in der Nähe jagen sehen.

Eine Algensirene kann Aklo sprechen und brabbelt ständig in unverständlicher Glossolalie. Sollte sie sich aber lange genug mit einem anderen intelligenten Wesen unterhalten, welches über eine Sprache verfügt, mimt sie schließlich dessen Sprache und Sprachmuster nach, bis sie völlig gleich klingt. Obwohl eine Algensirene *Zungen* nutzen kann, um jede Sprache zu verstehen und zu sprechen, zieht sie es vor mit Gesprächspartnern zu reden und diese schließlich nachzuahmen, ohne auf diese Fähigkeit zurückzugreifen. Manche spekulieren, dass die Kreatur jedes Gespräch katalogisiert, um es ihrer Sammlung an Worten und Geräuschen hinzuzufügen, welche ihre besondere Fähigkeit Kakophonie antreiben.

Ertränkender Teufel

Zerbrechlich wirkende, flossenartige Schwingen ragen aus dem Rücken dieser sschlangenartigen Kreatur. Ihr Kopf ähnelt einem vieräugigen Fisch mit Widderhörnern und ihre kräftigen Arme enden in zuckenden Tentakelmassen, als bestünden ihre Fäuste aus Seeanemonen.

Ertränkender Teufel (Sarglagon) HG 8
EP 4.800
RB Großer Externar (Böse, Extraplanar, Rechtschaffen, Teufel)
INI +7; **Sinne** Dunkelsicht 18 m, Im Dunkeln sehen, *Unsichtbares sehen*; Wahrnehmung +17
Aura Meeresdruck (3 m, SG 18)

VERTEIDIGUNG
RK 21, Berührung 17, auf dem falschen Fuß 13 (+1 Ausweichen, +7 GE, –1 Größe, +4 natürlich)
TP 103 (9W10+54)
REF +10, **WIL** +11, **ZÄH** +12
Immunitäten Feuer, Gift; **Resistenzen** Kälte 10, Säure 10; **SR** 5/ Gutes; **ZR** 19

ANGRIFF
Bewegungsrate 9 m, Fliegen 9 m (Durchschnittlich), Schwimmen 12 m
Nahkampf Biss +15 (2W6+5), 2 Hiebe +15 (1W8+5 plus Gift)
Angriffsfläche 3 m; **Reichweite** 3 m
Besondere Angriffe Ertränken
Zauberähnliche Fähigkeiten (ZS 12; Konzentration +16)
Immer – *Unsichtbares sehen, Wasser atmen*
Beliebig oft – *Lügen erkennen, Mächtiges Teleportieren* (selbst plus 50 Pfd. an Gegenständen), *Wasser kontrollieren, Wasserstrahl*, Wasser verfluchen*
3/Tag - *Schutz vor Gutem, Sturzflut*, Vergiften* (SG 18)
1/Tag - *Bewegungsfreiheit, Herbeirufen* (Grad 4, 1 Ertränkender Teufel 35%)
* Siehe Pathfinder Expertenregeln.

SPIELWERTE
ST 20, **GE** 25, **KO** 23, **IN** 16, **WE** 20, **CH** 19
GAB +9; **KMB** +17; **KMV** 33 (kann nicht zu Fall gebracht werden)
Talente Ausweichen, Behände Manöver, Kampfreflexe, Schnell wie der Wind, Waffenfinesse
Fertigkeiten Bluffen +16, Diplomatie +16, Einschüchtern +16, Fliegen +5, Heimlichkeit +15, Motiv erkennen +17, Schwimmen +22, Wahrnehmung +17, Wissen (Die Ebenen) +15, Wissen (Natur) +15,
Sprachen Celestisch, Drakonisch, Gemeinsprache, Infernalisch; Telepathie 30 m

LEBENSWEISE
Umgebung Beliebig (Hölle)
Organisation Finzelgänger, Paar oder Garde (3–10)
Schätze Standard

BESONDERE FÄHIGKEITEN
Ertränken (ÜF) Als Volle Aktion kann ein Ertränkender Teufel in die Lungen eines Zieles innerhalb von 9 m Entfernung Wasser herbeizaubern. Sollte das Ziel nicht imstande sein, Wasser zu atmen, kann es nicht die Luft anhalten und beginnt sofort zu ertrinken. Zu Beginn seines nächsten Zuges muss dem Ziel ein Zähigkeitswurf gegen SG 18 gelingen, um das Wasser auszuhusten, andernfalls wird es bewusstlos und fällt auf 0 TP. In der nächsten Runde muss ein weiterer Rettungswurf gelingen, um nicht auf -1 TP zu fallen. In der dritten Runde muss ein Rettungswurf gelingen, um nicht zu sterben. Der SG des Rettungswurfes basiert auf Charisma.

Gift (AF) Hieb - Verwundung; **Rettungswurf** Zähigkeit, SG 20; **Frequenz** 1/Runde
für 6 Runden; **Effekt** 1W4 ST-Schaden; **Heilung** 2 aufeinander folgende Rettungswürfe.
Wasserdruck-Aura (ÜF) Wenn eine Kreatur die Wasserdruck-Aura des Ertränkenden Teufels betritt, muss ihr ein Willenswurf gegen SG 18 gelingen oder ihre Bewegungsrate wird reduziert, als schleppe sie eine Traglast der nächsten Gewichtskategorie oder eine Rüstung, welche um eine Kategorie schwerer ist, je nach dem was ungünstiger für sie wäre. Der Rüstungsmalus der Kreatur verschlechtert sich um -2. Eine Kreatur, welche bereits eine schwere Last oder schwere Rüstung trägt, kann sich innerhalb der Aura nicht bewegen, falls ihr der Rettungswurf nicht gelingt. Gelingt der Rettungswurf, ist die Kreatur gegen die Wasserdruck-Aura dieses Teufels für 24 Stunden immun. Der SG des Rettungswurfes basiert auf Charisma.

Nur wenige Kreaturen unter den Heerscharen der Hölle haben ein derart entsetzliches Antlitz wie ein Ertränkender Teufel – oder Sarglagon, wie diese Scheusale auf Infernalisch heißen. Vier starr blickende Augen sitzen in dem vagen Fischkopf, flankiert von einem Paar gebogener Ziegenbockhörner und oberhalb eines breiten Mundes mit zahllosen kantigen Zähnen. Wo man eigentlich Hände oder Klauen erwarten würde, hat ein Ertränkender Teufel stattdessen Fäuste aus zuckenden, stechenden Tentakeln, als trüge die Höllenkreatur ein Paar Seeanemonen als giftige Totschläger. Zwei flossenartige Flügel wachsen aus den Schultern der Bestie und schwingen wie Seetang an den ausgefaserten Enden. Unterhalb der Gürtellinie ähnelt ein Ertränkender Teufel einem langen, schlangenartigen Fisch mit einer breiten Schwanzflosse und einem Stachelkamm, der seinen Rücken entlang läuft.

Ertränkende Teufel sind sehr stolz darauf, die am besten angepassten Wächter der Wasserstraßen der Hölle zu sein. Sie gehören zu den wenigen Scheusalen, welche die Seen und Flüsse des Multiversums als Teil bedeutenderer infernaler Intrigen bereisen. Obwohl ein Ertränkender Teufel auch an Land oder in der Luft keine Probleme hat, perfekt zu funktionieren, ist er in seiner natürlichen aquatischen Umgebung ein noch gefährlicherer Gegner. In jedem Umfeld bewegt er sich mit einer unheimlichen Leichtigkeit fort, als schwimme er durch die Luft oder über den Boden.

Der typische Ertränkende Teufel wiegt 600 Pfund und kann voll ausgestreckt vom Kopf bis zum Schwanz über 4,50 m messen.

Lebensweise

Die meisten Sarglagonen entstehen, wenn Bittsteller der Hölle besondere Begabung oder Leidenschaft für das Bewahren von Geheimnissen, Bewachen von Passagen und Beschützen gegen Eindringlinge aufweisen. Ertränkende Teufel sind standhafte Wächter, deren Vielseitigkeit in allen Umgebungen sie zu den idealen Wächtern macht. Dies gilt insbesondere für die Wasserwege der Hölle. Egal ob es sich um die Sümpfe von Stygia oder den Fluss Styx handelt, Eindringlinge nutzen oft die aquatischen Kanäle der Hölle, um aus anderen Ebenen in diese vorzudringen. Außerdem nutzen feige Seelen diese Wasserwege in der Hoffnung, dort einen Fluchtweg aus ihrer ewigen

Bestiarium

Qual zu finden. Daher werden jene rangniederen Teufel, welche die Herren der Hölle damit erfreuen, dass sie die Geheimnisse und Gefangenen bewachen, welche die Ebene mit Macht versehen, manchmal in Sarglagonen verwandelt. Dies verleiht ihnen bessere Werkzeuge, um die Sicherheit und Abgeschiedenheit ihrer Schutzbefohlenen durchzusetzen.

Lebensraum & Sozialverhalten

In den stinkenden Sümpfen Stygias, der fünften Schicht der Hölle, ragen die Akademien der Lügen auf, in denen der Erzteufel Geryon und seine Untertanen Geheimnisse, Lügen und wertvolles Wissen horten, mit denen sie schwächere Seelen im Multiversum manipulieren und den Heerscharen der Hölle unzählige Verstärkungen zuführen können. Doch während die Osyluthen aktiv nach diesen Lügen und Geheimnissen suchen, um ihre Bibliothek-Tempel zu füllen, dienen Ertränkende Teufel als Wächter der sie umgebenden Sümpfe und stellen sicher, dass keine unwillkommenen Augen die Geheimnisse erblicken, welche die Vorherrschaft der Hölle sicherstellen. Zudem vereiteln sie, dass Eide, welche von ihren Herren wohl kontrolliert werden, sich dem Zugriff der Teufel entziehen.

Ertränkende Teufel dienen nicht nur als die Wächter der Hölle, sondern werden auch oft von Diabolisten und Beschwörern auf die Materielle Ebene gerufen, um als Wächter finsterer Verstecke, verborgener Schätze oder persönlicher Geheimnisse zu dienen. Die Dienste eines Sarglagonen haben häufig einen hohen Preis, da ein Ertränkender Teufel nicht einfach nur Wache steht, wenn er Zugang zu einem Gegenstand hat, welcher derart wertvoll ist, dass er einen teuflischen Beschützer braucht. Der Kontrakt, mit dem er gebunden wird, enthält in der Regel strikte Klauseln, wie lange der Teufel als Beschützer dienen wird, inwieweit er zu der beschützten Sache Zugang hat und wie sein Lohn aussieht, wenn sein Dienst endet. Wer einen Ertränkenden Teufel binden oder als Verbündeten aus den Ebenen rufen will, hat damit eher Erfolg, wenn das Geheimnis oder der wertvolle Preis, den der Sarglagon schützen soll, wertvoller, verdammender oder schlussendlich attraktiver für den Teufel ist, da die Versuchung, etwas zu bewachen, das er später selbst nutzen kann, ihn zu mehr Flexibilität motivieren kann, da er nicht riskieren will, den Zugang zu solch einem Preis zu verlieren, nur weil er zu stur oder gierig war. Doch auch dann müssen Sterbliche ebenso wachsam sein wie ihre teuflischen Diener, damit die Sarglagonen keine Lücke in der Übereinkunft nutzen. Einige Wesen auf der Materiellen Ebene entdecken, dass sie die Schutzbefohlenen von Ertränkenden Teufeln sind, ohne jemals persönlich einen Vertrag mit einem Sarglagon eingegangen zu sein. Dies gilt oft für Fälle, in denen infernalisch beflecktes Blut in den Adern eines Menschen fließt oder ein Mensch ein Tieflingkind zur Welt bringt. In diesem Fall beauftragt der Teufel, welcher mit dem Sterblichen oder dem Tiefling verwandt ist, die Sarglagonen damit, als seine Vertreter auf der Materiellen Ebene zu fungieren und für die Sicherheit seiner humanoiden Verwandtschaft zu sorgen.

Ob die Teufelsahnen dies tun als Sorge um die Sicherheit ihrer sterblichen Nachfahren, weil sie eine Art von Familienloyalität verspüren oder um sie für ihre weitreichenden Pläne zu bewahren, hängt vom Einzelfall ab. Für die Schutzbefohlenen eines Ertränkenden Teufels zählt die dahinterstehende Motivation in der Regel nicht. Die Wachsamkeit eines Sarglagon steht in absolutem Widerspruch zu einem potentiellen Wunsch seines Schutzbefohlenen nach Privatsphäre und freiem Willen. Oft ist die größte Gefahr für einen Schutzbefohlenen eines Ertränkenden Teufels dieser Schutzbefohlene selbst, da viele Selbstmord als einzigen Ausweg aus der ständigen Überwachung durch ihre unheimlichen diabolischen Wächter sehen.

Gargiya

Diese blutrote Seeschlange erhebt sich mit brennenden Augen und schnappendem Maul aus den Tiefen des Meeres. Von ihren Schuppen geht unglaubliche Hitze aus.

Gargiya	HG 10

EP 9.600
N Riesige magische Bestie (Aquatisch)
INI +1; **Sinne** Dämmersicht, Dunkelsicht 27 m; Wahrnehmung +6
VERTEIDIGUNG
RK 24, Berührung 9, auf dem falschen Fuß 23 (+1 GE, –2 Größe, +15 natürlich)
TP 138 (12W10+72)
REF +11, **WIL** +4, **ZÄH** +14
Immunitäten Feuer
ANGRIFF
Bewegungsrate 6 m, Schwimmen 15 m
Nahkampf Biss +20 (3W6+10/19–20 plus Ergreifen), Schwanzschlag +15 (2W6+5)
Angriffsfläche 4,50 m; **Reichweite** 4,50 m
Besondere Angriffe Kochendes Meer, Todesseufzer, Versengende Schuppen, Würgen (3W6+12)
SPIELWERTE
ST 31, **GE** 13, **KO** 23, **IN** 2, **WE** 10, **CH** 10
GAB +12; **KMB** +24 (Ringkampf +28); **KMV** 35 (kann nicht zu Fall gebracht werden)
Talente Blitzschnelle Reflexe, Heftiger Angriff, Kritischer-Treffer-Fokus, Verbesserter Ansturm,
Verbesserter Kritischer Treffer (Biss), Wuchtiger Schlag
Fertigkeiten Heimlichkeit +4, Schwimmen +22, Wahrnehmung +6
LEBENSWEISE
Umgebung Warme Ozeane
Organisation Einzelgänger oder Schwarm (2–3)
Schätze Keine
BESONDERE FÄHIGKEITEN
Kochendes Meer (AF) Einmal pro Minute kann eine Gargiya die Hitze in ihrem Körper konzentrieren und das Seewasser in einem 6 m-Radius für 1W6 Runden zum Kochen bringen.
Alle Kreaturen im Wirkungsbereich erleiden 4W8 Punkte Feuerschaden. Kreaturen, die 2 oder mehr aufeinander folgende Runden diesem Schaden ausgesetzt sind, müssen einen Zähigkeitswurf gegen SG 22 bestehen, um nicht bewusstlos zu werden. Der SG des Rettungswurfes basiert auf Konstitution.
Todesseufzer (ÜF) Wenn eine Gargiya getötet wird, löst sich in ihrem Rachen der geschmolzene Fels, welcher ihren Leib erhitzt. Ihre feurigen Todeszuckungen verursachen bei allen Kreaturen innerhalb eines Explosionsradius von 6 m 6W6 Punkte Feuerschaden. Ein Reflexwurf gegen SG 22 halbiert diesen Schaden. Der SG des Rettungswurfes basiert auf Konstitution.
Versengende Schuppen (AF) Eine Gargiya erzeugt derart intensive Hitze, dass alles, was mit ihr in Berührung kommt, 2W6 Punkte Feuerschaden erleiden. Kreaturen, welche eine Gargiya mit natürlichen Angriffen oder waffenlosen Schlägen treffen, unterliegen diesem Schaden. Jeder Metallwaffe, welche eine Gargiya trifft, muss ein Zähigkeitswurf gegen SG 22 gelingen, um nicht zu schmelzen und den Zustand Beschädigt zu erlangen. Eine Metallwaffe, deren zweiter Rettungswurf misslingt, wird zerstört. Holzwaffen werden nach nur einem gescheiterten Rettungswurf zerstört. Der SG des Rettungswurfes basiert auf Konstitution.

Gargiyae sind grausamer und feuriger als ihre Seeschlangenvettern. Sie sammeln sich um seismische Erdbebenherde und nähren sich von diesen. Diese blubbernden Risse stellen für die Bestien keine Gefahr dar, stattdessen verleiht das hervorquellende Magma ihnen unglaubliche Fähigkeiten. Von Geburt an verdauen Gargiyae vom Meeresboden aufsteigendes Magma. Wenn das Monster das Erwachsenenalter erreicht, bildet es in seinem Schlund einen geschmolzenen Kern aus, der es ihm gestattet, beliebig oft brühende Hitze zu erzeugen. Ihr aggressives Auftreten gegenüber Seeleuten hat ihnen einen nur allzu passenden Spitznamen verschafft: „Kochende Bestien".

Die Affinität der Gargiyae für alles Vulkanische hat auf ihren gewaltigen Schlangenleibern ein blutrotes Tüpfelmuster hinterlassen. Die stachligen Krausen an ihren Köpfen und entlang der Hälse ähneln gewaltigen, aus Eisen geschmiedeten Klingen und hunderte von Gliedmaßenstummeln ziehen sich an den Seiten ihrer Bäuche entlang und zucken bedrohlich, wenn die Bestien sich aus dem Wasser aufbäumen. Von allen Merkmalen der Gargiyae sind aber ihre Augen und Mäuler am einschüchterndsten, die im Licht und der Hitze brennender Kohlen glühen – und dies besonders, wenn die Bestien erzürnt sind. Eine Gargiya kann sich durchs Wasser schlängeln wie eine gewaltige Python. Sie erreicht eine Länge von 9 m und wiegt bis zu 5 Tonnen.

Lebensweise

Die auf den Meeren kursierenden Legenden besagen, dass zu Beginn der Existenz der Gargiyae die Wärme der jungen Unterwasservulkane die Bestien faszinierte und anzog, während um sie herum der Meeresboden erzitterte. Für die Gargiyae ging von diesen seismischen Regionen ein Sirenenruf aus, der Sicherheit, Isolation und Macht versprach – auch wenn ihr tierhafter Verstand letzteres nicht zuordnen konnte. Es ist zwar unklar, wie dieses Magma den Gargiyae solche Macht verleihen kann, jedoch sind sich die Gelehrten einig, dass es sich dabei um die Hauptnahrungsquelle und den Ursprung der hyperthermalen Fähigkeiten der Bestien handelt. Die Gelehrten glauben ferner, dass die Gargyae die Magmaschlote zu beschützen begannen, welche ihr Zuhause darstellen, je besser sie darin wurden, die Hitze zu manipulieren. In den alten Legenden sind Gargiyae Kreaturen, die nur selten auftauchen und es vorzogen, in der Nähe ihrer vulkanischen Zufluchten zu bleiben. Doch die Geschichten der letzten Zeit berichten von Gargiyae, die alle denkenden Wesen als Bedrohung sehen, die sie angreifen müssen – und seien sie noch kilometerweit entfernt. Die wenigen Seeleute, welche Begegnungen mit Gargiyae überlebt haben, warnen, dass diese aktiv die Umgebung ihrer Magmaschlote patroullieren und auftauchen, sobald sie nur erahnen, dass sich jemand in der Nähe befinden könnte. Wie es scheint, gehen sie davon aus, dass jeder, der sich ihren hochgeschätzten Nestern nähert, diese begehrt.

Trotz der Aggressivität der Gargiyae widmen sich einige Ozeankartographen der Aufgabe, ihre bekannten Unterschlupfe zu markieren. Diese, auf den Märkten vieler südlicher Hafenstädte erhältlichen Karten sind unter Händlern und Piraten sehr beliebt, gestatten sie es doch, feurigen Schlachten aus dem Weg zu gehen. Allerdings kommt es aufgrund der gnadenlosen Konkurrenz unter den Händlern durchaus vor, dass diese Karten „Fehler" enthalten,

Bestiarium

welche von ihren vorherigen Besitzern eingearbeitet wurden, um Rivalen in einen entsetzlichen Tod zu locken oder um bevorzugte Schifffahrtslinien zu schützen.

Obwohl Gargiyae einen zerstörerischen Ruf besitzen, verehren manche golarische Kultuten sie als Symbol von Status und Reichtum. Insbesondere Taldani werden vom verführerisch geheimnisvollen Glanz der Kerne aus dem Schlund der Gargiyae angezogen. Die reichsten taldanischen Patriarchen glauben, dass der Besitz solch seltener Schätze ein anstrebenswertes Lebensziel wäre – und natürlich, dass man wunderbar mit ihnen angeben könnte. Diesen Patriarchen sind die mit der Jagd auf Gargiyae verbundenen Risiken egal und manchmal finanzieren die Abenteurergruppen, welche auf die Jagd nach diesen Kernen gehen. Die meisten dieser Expeditionen enden in Blut und Feuer, doch für manche zähe Seeleute ist die Verlockung von Ruhm und Reichtümern zu groß, als dass sie ihnen widerstehen könnten

Im Gegensatz zu vielen Reptilien gebären Gargiyae lebend. Die Gelehrten sind sich einig, dass männliche und weibliche Gargiyae in der Regel etwa alle zehn Jahre zur Paarung zusammenkommen, um danach wieder ihrer Wege zu gehen. Wenn das Weibchen zu ihrem Nest zurückkehrt, glaubt man, dass es dort große Mengen an Magma konsumiert, während der Nachwuchs in ihm heranwächst während der nächsten zehn Jahre. Bei der Geburt entlässt es seinen Nachkommen in einen magmaausspeienden Riss, in dem er wächst und Stärke sammelt, bis er sich aufmacht, ein eigenes Zuhause zu finden. Die Gelehrten debattieren über die Lebenserwartung der Gargiyae, glauben aber, dass sie grob 300 Jahre alt werden können. Gerüchteweise gibt es Gargiyae, die bereits länger leben und vielleicht älter sind als die gegenwärtigen Zivilisationen – doch sollte jemand einem solchen uralten Schrecken begegnet sein und es überlebt haben, so hat er bisher nicht davon erzählt.

Lebensraum & Sozialverhalten

Gargiyae leben in der Regel allein in der Nähe von ausgedehnten Archipelen mit größeren vulkanischen Aktivitäten. Sie sind sehr zahlreich in den Gewässern rund um die Fesselinseln vertreten, wurden aber vereinzelt auch schon in anderen warmen Meeresgebieten Golarions gesichtet. In der Nähe des Schlots halten sich viele von ihnen auf, wo Magma aus dem Meeresboden austritt. Es gibt auch Gerüchte über einen Bereich nördlich der Haiinsel, wo Gargiyaenester dutzendweise auf dem Meeresboden zu finden sein sollen. Ob letzteres stimmt, weiß allerdings niemand wirklich. Es kann ebenso gut sein, dass auf diese Weise andere von den Verstecken der Bukanier ferngehalten werden sollten, die auf den Inseln hausten, ehe die Sahuagin kamen.

Eine Gargiya teilt ihr Heim in der Regel nicht mit ihren Artgenossen. Seefahrer erzählen aber Geschichten, deren siegreiche Protagonisten nach langem und brutalem Kampf gegen eine Gargiya plötzlich einer weiteren gegenüberstanden, welche möglicherweise ihrer Artgenossin zu Hilfe eilen wollte. Ob diese Geschichten reine Übertreibungen oder ein Beweis für eine Zusammenarbeit der Bestien sind, hat schon so manche Prügelei in den Hafenkneipen provoziert. Meist ist es ein Indiz für den Wahrheitsgehalt der Geschichte, wenn der Erzähler sich in einer solchen Schlägerei gut hält. Als wären Geschichten über zusammenarbeitende Gargiyae noch nicht beunruhigend genug, verbreiten Seefahrer, die das Auge von Abendego durchfahren haben, noch finsterere Gerüchte: Dort sollen sich in der aufgewühlten See unter Golarions ewigem Wirbelsturm Gruppen an Gargiyae verbergen, welche von dem Sturm, der nach Arodens Tod vor einem Jahrhundert begonnen hat, in einen Blutrausch versetzt wurden. Der Legende nach durchstreifen sie das Gebiet des Auges auf der Suche nach Beute und greifen Schiffe an, um ihre Besatzungen im Salzwasser zu kochen. Angeblich schmücken sie ihre Nester mit den Knochen ihrer Opfer, was ein Hinweis wäre, dass Gargiyae möglicherweise intelligenter sind als bloße Tiere.

Gesichtsloser Wal

Ein tiefes, kaum hörbares Stöhnen geht dem Auftauchen dieses blinden Leviathans voraus, dessen bleicher Leib sich aus dem dunklen Wasser hebt und dabei nur schwache Wellenkräuselungen verursacht.

Gesichtsloser Wal   HG 15

EP 51.200
N Kolossale magische Bestie
INI −2; **Sinne** Blindsicht 45 m; Wahrnehmung +19

VERTEIDIGUNG
RK 30, Berührung 0, auf dem falschen Fuß 30 (−2 GE, −8 Größe, +30 natürlich)
TP 248 (16W10+160)
REF +8, **WIL** +7, **ZÄH** +22
Immunitäten Blickangriffe, Schall, sichtbasierende Angriffe, visuelle Effekte und Illusionen
Schwächen Blind

ANGRIFF
Bewegungsrate 0 m, Schwimmen 12 m
Nahkampf Biss +25 (6W6+17), Schwanzschlag +20 (4W6+8)
Angriffsfläche 9 m; **Reichweite** 9 m
Besondere Angriffe Kentern lassen, Verschlingen (4W6 Säureschaden, RK 25, 24 TP), Widerhallender Gesang

SPIELWERTE
ST 45, **GE** 6, **KO** 30, **IN** 4, **WE** 11, **CH** 5
GAB +16; **KMB** +41; **KMV** 49
Talente Ausdauer, Eiserner Wille, Große Zähigkeit, Heftiger Angriff, Unverwüstlich, Verbesserter Ansturm, Verbessertes Niederrennen, Wuchtiger Schlag
Fertigkeiten Schwimmen +25, Wahrnehmung +19,
Sprachen Aklo (kann nicht sprechen)
Besondere Eigenschaften Blind, Luft anhalten

LEBENSWEISE
Umgebung Beliebiges Gewässer
Organisation Einzelgänger, Paar oder Schule (3–16)
Schätze Keine

BESONDERE FÄHIGKEITEN
Blind (AF) Ein Gesichtsloser Wal nimmt seine Umgebung ausschließlich über seine Fähigkeit Blindsicht wahr, welche auf Klängen und Bewegungen basiert. Der Wal wird gegenüber allem, das jenseits von 45 m liegt, behandelt, als wäre er blind. Ein tauber Wal ist effektiv ebenfalls blind. Er ist immun gegen alle sichtbasierenden Effekte und Angriffe, darunter Blickangriffe.

Widerhallender Gesang (ÜF) Als Standard-Aktion kann ein Gesichtsloser Wal einen 18 m-Strahl Schallenergie gegen ein einzelnes Ziel richten. Dieser Strahl verursacht 8W6 Schadenspunkte, bei Gegenständen verursacht er normalen Schaden, allerdings wird die Härte des Gegenstandes berücksichtigt. Alternativ kann ein Gesichtsloser Wal auch einen 18 m-Kegel erzeugen. Kreaturen im betroffenen Bereich müssen einen Zähigkeitswurf gegen SG 28 schaffen oder sind für 1W4 Runden betäubt. Eine Kreatur unter Wasser, welche die Luft anhält, muss einen zweiten Zähigkeitswurf gegen denselben SG bestehen, um nicht die Luft auszustoßen und zu ertrinken zu beginnen.

Gesichtslose Wale werden auf Aklo als „Ansiktsloschvals" bezeichnet. Man nennt sie auch Finsterlandwale. Sie sind rätselhafte Raubtiere des Lichtlosen Meeres, die man nur selten anderswo auf oder in Golarion antrifft. Wie Höhlenfische haben Gesichtslose Wale ihre Augen und Pigmentierung im Laufe zahlloser Generationen in den lichtlosen Tiefen verloren. Ihre Haut wirkt wie ein dünner, trandurchzogener Überzug, eine silberne Membran, durch welche man pulsierende Adern und tätige Organe erkennen kann.

Den Seefahrergeschichten vom Lichtlosen Meer nach kann man die letzte Mahlzeit eines Gesichtslosen Wals durch die straffe Haut seines Bauches sehen. Es ist unbekannt, wie lange Gesichtslose Wale bereits das Lichtlose Meer bevölkern. Manchen Legenden nach begannen sie als gewöhnliche Zahnwale, die es während des Erdenfalls oder noch früher in die Finsterlande verschlagen hat. Dunkleren Erzählungen nach wurden die Gesichtslosen Wale von einem Zirkel mächtiger Seevetteln nach

Bestiarium

Orv getrieben, die ihnen ihr Augenlicht raubten, als sie sich weigerten, die Vetteln ihr mächtiges Lied zu lehren.

Ein erwachsener Gesichtsloser Wal ist 21 m lang und wiegt 90.000 Pfund. Manche Individuen werden noch einmal halb so lang.

Gesichtslose Wale ähneln den im Arkadischen Ozean verbreiteten Zahnwalen im Körperbau und verfügen über einen keilförmigen Mund voller kegelförmiger Zahnstummel und einen stromlinienförmigen Körper. Ohne Augen müssen Gesichtslose Wale sich vollkommen auf ihre scharfe Blindsicht verlassen, um zu navigieren, Beute aufzuspüren und den entsetzlichsten Bewohnern des Lichtlosen Meeres aus dem Weg zu gehen. Sie ziehen es vor, in der Nähe des Meeresgrundes zu jagen, wo der hohe Druck und die eisige Temperaturen große, langsame Organismen hervorgebracht haben, die sich kaum irgendwo verstecken können, und wo die Wale vor anderen bedrohlichen Raubtieren in Sicherheit sind.

Da die Kreaturen in den unteren Tiefen ungewöhnlich und völlig fremdartig sind, haben Gesichtslose Wale einen Appetit entwickelt, der keine Unterschiede zwischen Lebewesen trifft – ein hungriger Gesichtsloser Wal verschlingt absolut jedes lebende Wesen, welches in sein Maul passt, darunter auch die zahlreichen aquatischen Aberrationen. Gesichtslose Wale können stundenlang unter Wasser bleiben und in Tiefen von über 2.000 m vorstoßen. Wenn sie unter den harschen, in Orv herrschenden Bedingungen das Erwachsenenalter erreichen, können Gesichtslose Wale 80 Jahre oder älter werden. Als Raubtiere, die den Großteil ihres Lebens in den tiefsten Gewässern verbringen, werden Finsterlandwale nur selten gesichtet. Jene, die auf den dunklen Strömungen des Lichtlosen Meeres und dem Nirthransee segeln, erblicken diese Bestien nur, wenn sie zum Luftholen auftauchen. Ein Gesichtsloser Wal atmet dann mehrere Minuten lang und stößt dabei gewaltige Mengen an Luft in großen Nebelfontänen aus. Wenn ein Gesichtsloser Wal auf Beute stößt, die er leicht einholen kann, stößt er mit geöffnetem Maul in die Tiefe und schnappt den Leckerbissen, ehe dieser entkommen kann. Bei der Jagd auf größere oder schnellere Beute ist ein Gesichtsloser Wal ein ausdauernder Jäger, der seiner Beute mit täuschend gemütlicher Geschwindigkeit folgt. Nach zuweilen Tagen der endlosen Verfolgungsjagd ist die Beute des Wals dann zu erschöpft, um weiter zu schwimmen. Ehe sie aber ihre letzten Kräfte zur Verteidigung aufwenden kann, macht der Wal seine Beute mit seinem Widerhallenden Gesang wehrlos. Außerhalb von Kämpfen nutzt ein Gesichtsloser Wal diesen Schallangriff, um durch Felsen zu brechen und sich neue Jagdgründe innerhalb von Orv und dessen Grenzen zu erschließen.

Lebensraum & Sozialverhalten

Gesichtslose Wale jagen und schwimmen in der Regel allein, sofern es nicht Beute in Fülle gibt. Wo die Vorkommen an Beute es erlauben, organisieren sie sich in Schulen, die vom ältesten, meist weiblichen Wal geführt werden. Solche Schulen bestehen nicht lange und ein Gesichtsloser Wal gehört im Laufe seines Lebens vielleicht einer Handvoll an. Während dieser Zusammenkünfte konkurrieren die Männchen energisch um die Paarungsrechte. Sobald die Nahrung wieder seltener wird und nicht mehr zur Ernährung einer ganzen Walschule ausreicht, löst diese sich auf und die einzelnen Wale stellen sich den kalten Gewässern des Lichtlosen Meeres wieder allein auf der Suche nach reichhaltigeren Jagdgebieten. Paare bleiben bei den Gesichtslosen Walen nur so lange zusammen, wie sie brauchen, um ihr erstes Kalb großzuziehen. Diese Periode dauert selten länger als fünf Jahre, in dieser Zeit lehren die Eltern dem Kalb die grundlegenden Jagdstrategien und beobachten, wie es erstmals ohne Hilfe Beute erlegt. Danach gehen die Eltern ihrer Wege und überlassen es dem Kalb, das Erwachsenenalter zu erreichen oder in den unsichereren Tiefen zu sterben.

Ein Gesichtsloser Wal verbringt den Großteil seines Lebens allein bei der Suche nach Beute in den Tiefen des Lichtlosen Meeres, auf der Suche nach einem Sexualpartner und nach Jagdgründen, welche vorübergehend eine Schule ernähren könnten. Wenn er eine solche Entdeckung macht, umkreist er die Grenzen des neuen Gebietes und ruft nach seinen Artgenossen mit einem stöhnenden, klagenden Lied, welches meilenweit trägt. Walfänger auf dem Lichtlosen Meer lauschen nach diesem Ruf mit fanatischer Besessenheit. Gesichtslose Wale liefern zahlreiche alchemistische Zutaten und aus ihren Knochen und Zähnen kann man exzellente Rüstungen herstellen. Ein erwachsener Gesichtsloser Wal kann eine Walfängerbesatzung reich machen, so sie den Mut und das Können besitzen, die Kreatur zu töten.

Obwohl Gesichtslose Wale größere Mahlzeiten bevorzugen, jagen sie auch bereitwillig Humanoide, wenn andere Nahrung knapp ist. Ein über Bord gegangener Seefahrer stellt eine leicht erreichbare Zwischenmahlzeit für einen Erwachsenen oder eine volle Mahlzeit für einen Heranwachsenden dar.

Eine Volksweisheit behauptet, dass Gesichtslose Wale Wasserfahrzeuge für unverdaulich erachten, doch das Schlangenvolk zischt Geschichten über Gesichtslose Wale von außergewöhnlicher Größe, welche Schiffe zum Kentern bringen oder aufbrechen und sich an der ertrinkenden Besatzung nähren, welche sie aus dem anderen Treibgut pflücken.

In seltenen Fällen findet ein Gesichtsloser Wal den Weg in die Ozeane Golarions. Manche glauben, dass die Kreaturen über ein instinktives Wissen hinsichtlich der verborgenen Wasserwege zwischen dem Lichtlosen Meer und der Welt an der Oberfläche verfügen – vielleicht ist dies alles, was noch von den nomadischen Instinkten übrig ist, welche Vorfahren einst angetrieben haben. Die wenigen Gesichtslosen Wale, welche die Finsterlande verlassen, tun dies meist nur vorübergehend und tauchen in mondlosen Nächten gerade lange genug auf, um einen Atemzug an Luft zu nehmen, welche nicht stinkend und schal ist wie in Orv.

Es gibt Gelehrte, welche die Ansicht vertreten, dass das Lichtlose Meer keinen Grund besäße und dass seine tiefsten Tiefseegräben Verbindungen zu Ebenen urzeitlicher Dunkelheit seien, wo der Druck Lebewesen zu Stein zerquetschen könne. Möglicherweise in das Lichtlose Meer nur einer der Jagdgründe der Gesichtslosen Wale. Sollte dies der Fall sein, kann niemand sagen, was ein Gesichtsloser Wal vielleicht aus den schwarzen Tiefen mit sich bringen mag.

LORELEI

Was zuerst wie ein gewöhnlicher Felsen wirkt, präsentiert plötzlich Tentakel, die aus seiner Oberfläche wachsen. Ein menschliches Gesicht umspannt beinahe den gesamten fassförmigen Leib und verleiht der Kreatur schwache Ähnlichkeit mit einem körperlosen Kopf inklusive Halsstumpf, welcher Tentakel anstelle von Haaren besitzt.

LORELEI	HG 12

EP 19.200
NB Große Aberration (Aquatisch)
INI +5; **Sinne** Dunkelsicht 18 m; Wahrnehmung +24
VERTEIDIGUNG
RK 27, Berührung 10, auf dem falschen Fuß 26 (+1 GE, –1 Größe, +17 natürlich)
TP 162 (12W8+108)
REF +5, **WIL** +13, **ZÄH** +13
Immunitäten Schall; **Resistenzen** Kälte 10
ANGRIFF
Bewegungsrate 6 m, Klettern 6 m, Schwimmen 6 m
Nahkampf 4 Tentakel +18 (1W8+9 plus Gift)
Angriffsfläche 3 m; **Reichweite** 4,50 m
Besondere Angriffe Gift, Murmeln, Strudel
Zauberähnliche Fähigkeiten (ZS 12; Konzentration +17)
Beliebig oft – *Bauchreden* (SG 16), *Geisterhaftes Geräusch* (SG 15), *Mit Toten sprechen* (SG 18), *Windgeflüster*
3/Tag – *Nebelwolke*, *Untote befehligen* (SG 17), *Wasser kontrollieren*
SPIELWERTE
ST 28, **GE** 13, **KO** 29, **IN** 11, **WE** 16, **CH** 20
GAB +9; **KMB** +19; **KMV** 30 (kann nicht zu Fall gebracht werden)
Talente Eiserner Wille, Fertigkeitsfokus (Heimlichkeit, Wahrnehmung), Heftiger Angriff, Verbesserte Initiative, Waffenfokus (Tentakel)
Fertigkeiten Bluffen +15, Heimlichkeit +18 (in felsigen Gebieten +26), Klettern +21, Motiv erkennen +15, Schwimmen +21, Wahrnehmung +24; **Volksmodifikatoren** Akrobatik (Springen –4), Heimlichkeit in felsigen Gebieten +8
Sprachen Aqual, Gemeinsprache
Besondere Eigenschaften Starre, Wasserabhängigkeit
LEBENSWEISE
Umgebung Jede Küste
Organisation Einzelgänger
Schätze Keine
Besondere Fähigkeiten
Gift (AF) Tentakel - Verwundung; **Rettungswurf** Zähigkeit, SG 25; **Frequenz** 1/Runde für 4 Runden; **Effekt** 1W4 ST-Schaden; **Heilung** 2 aufeinander folgende Rettungswürfe.

Murmeln (ÜF) Das Murmeln einer Lorelei besitzt die Macht, jene zu infizieren, welche es hören, und sie an die Seite des Monsters zu rufen. Dieser Effekt kann sogar Untote beeinflussen, die ansonsten gegen geistbeeinflussende Effekte immun sind. Wenn eine Lorelei murmelt, müssen alle Kreaturen außer anderen Loreleien innerhalb einer 90 m-Ausdehnung einen Willenswurf gegen SG 20 bestehen oder sind von der Lorelei gefesselt. Eine Kreatur, deren Rettungswurf gelingt, ist für 24 Stunden gegen das Murmeln dieser Lorelei immun. Das Opfer dieses Effektes hingegen bewegt sich auf möglichst direktem Wege auf die Lorelei zu. Sollte es dabei gefährliches Gelände wie Feuer durchqueren müssen oder z.B. von einer Klippe springen, erhält es einen zweiten Rettungswurf, um den Effekt zu

Bestiarium

beenden, ehe es die Gefahr betritt. Betroffene Kreaturen können keine anderen Aktionen ausführen, als sich selbst zu verteidigen. Ein Opfer, welches sich der Lorelei auf 1,50 m angenähert hat, bleibt stehen und wehrt sich nicht gegen ihre Angriffe. Dieser Effekt hält an, solange die Lorelei murmelt plus 1 Runde. Die ist ein schallbasierender, geistesbeeinflussender Bezauberungseffekt. Der SG des Rettungswurfes basiert auf Charisma.

Strudel (ÜF) Eine Lorelei kann als Standard-Aktion beliebig oft einen Wasserwirbel erzeugen. Diese Fähigkeit funktioniert wie die besondere Monsterfähigkeit Wirbelwind (*Pathfinder Monsterhandbuch*, S. 305), funktioniert aber nur unter Wasser und kann das Wasser nicht verlassen. Einer Kreatur muss ein Reflexwurf gegen SG 25 gelingen, um nicht vom brodelnden Wasser mitgerissen zu werden. Der Strudel ist 6 m breit und 24 m tief und verursacht 2W8+9 Schadenspunkte. Der SG des Rettungswurfes basiert auf Konstitution.

Eine Lorelei ähnelt einer gewaltigen steinernen Seeanemone mit einem menschenähnlichen Gesicht, welches einen Großteil ihres Körpers bedeckt. Sie ist bekannt dafür, ein magisches Gemurmel hervorzubringen, welches Seeleute verzaubert, die an ihrem Nest vorbeifahren, und gilt als ein Anziehungspunkt der Vernichtung. Die Kreatuen lauern in der Nähe felsiger Vorsprünge, welche bei heftigem Wellengang oder in rasch fließenden Flüssen kaum zu sehen sind, und warten darauf, Humanoide in den Tod locken zu können.

Eine Lorelei ist auch als „Murmelnder Stein" bekannt aufgrund ihrer felsartigen Tarnung. Diese Kreaturen sind Einzelgänger, welche den friedlichen Kontakt mit anderen Lebewesen meiden. Sie brüten in den Schatten von Meeresklippen und -gräben und kommen nur heraus, um die Lebenden zu quälen. Wenn eine Lorelei nicht gerade umfangreichere Pläne verfolgt, lässt sie gern Schiffe auf nahen Felsen auflaufen oder lockt Seefahrer unter Wasser, um sie zu ertränken.

Manche behaupten, dass diese Kreaturen einst ein Volk wunderschöner Feen gewesen seien, das von finstern Mächten verflucht wurde. Dies wird von dem Umstand unterstützt, dass sie sich sehr wie Nereiden, Nixen und Sirenen verhalten. Eine Lorelei ist 2,70 m hoch ohne die Tentakel und wiegt etwa 2.000 Pfund.

Lebensweise

Der Leib einer Lorelei hat die Form eines Fasses. Am Boden befindet sich ein Fuß, welcher als eine Basalscheibe bezeichnet wird. Diese ist weniger klebrig als die einer Seeanemone, dafür aber flexibler und gestattet einer Lorelei, mit guter Geschwindigkeit zu klettern und zu schwimmen, indem diese die Unterseite bewegt. Am oberen Ende des Leibes sitzen Dutzende von Tentakeln rund um ein zahnloses Maul, mit dem Nahrung aufgenommen wird. Neben diesen seltsamen Merkmalen verfügt eine Lorelei zudem über ein menschenähnliches Gesicht, welches auf einer Seite den Gutteil ihres Leibes bedeckt. Der Mund dieses Gesichts kann keine Nahrung aufnehmen, sondern nur sprechen und Geräusche produzieren. Die Augen einer Lorelei dagegen sind voll funktionsfähig. Sie hat zwar keine Ohren, kann aber mit ihrem Körper Klänge im selben Spektrum wahrnehmen wie ein durchschnittlicher Mensch.

Das Gehirn einer Lorelei befindet sich hinter dem Gesicht und wird von einer Schicht Knorpelgewebe geschützt. Dies ist der einzige Teil ihres Körpers, der nicht nachgiebig und gummiartig ist. Die Haut einer Lorelei ist schwer zu zermalmen und aufzuschlitzen und dient ihr als überraschend effektive natürliche Rüstung. Sie hat zudem eine felsartige Erscheinung und kann sich damit sehr gut tarnen. Eine Lorelei kann ihre Tentakel einziehen, um als Felsbrocken zu erscheinen, und sich so vor ihrer Beute verbergen, bis diese zu nahe ist, um ihr noch zu entkommen.

In Bezug auf die Seltenheit der Loreleien und ihr einzelgängerisches Wesen ist es nicht überraschend, dass sie sich asexuell fortpflanzen. Alle paar Jahrzehnte kann eine Lorelei einen Artgenossen hervorbringen, indem sie einen Teil ihres Körpers abspaltet, der daraufhin zu einer jungen Lorelei heranwächst. Auf diese Weise erzeugte Nachkommen erben einen Teil der Erinnerungen ihres Elters und damit einen voll funktionsfähigen erwachsenen Verstand, der keine Instruktionen benötigt und auch kein Sozialverhalten erlernen muss.

Lebensraum & Sozialverhalten

Eine Lorelei zieht die einsame Einzelgängerexistenz vor und geht ihren Artgenossen ebenso aus dem Weg wie anderen Lebewesen. Die brütenden, übellaunigen Loreleien erfreuen sich nur an einer Sache: wenn sie andere, glücklichere Kreaturen leiden lassen. Loreleien inszenieren immer wieder Streitigkeiten, Schiffbrüche und Katastrophen, um die grausame Hand des Schicksals zu feiern, welche die in ihren Augen nihilistische Welt beherrscht.

Da eine Lorelei sich nur selten von ihrem felsigen Unterschlupf entfernt, wartet sie manchmal wochenlang darauf, dass ein Opfer in die Reichweite ihres gemurmelten Liedes kommt. Sie würde zwar um ihren Unterschlupf kämpfen, verabscheut aber langgezogene Konflikte und gibt ihren Vorsprung oder ihre Meereshöhle auf, sollte der Ort zu viele Besucher oder Aufmerksamkeit anziehen.

Manchmal unterhält eine Lorelei zwei oder drei Unterschlupfe, um zwischen ihnen regelmäßig umzuziehen und so weniger Aufmerksamkeit auf jeden einzelnen zu lenken.

SAGEN UND LEGENDEN

Die Geschichte der Lorelei stammt von einem Felsen am Rhein in Deutschland in der Nähe von St. Goarshausen.

Den Legenden lebten einst Zwerge in den Höhlen im Inneren des Felsens, dessen Name – Lorelei – „Murmelnder Fels" bedeutet (auf wenn manche ihn als „Lauernder Fels") übersetzen. Die ursprüngliche Geschichte der Lorelei erzählt, wie eine junge Frau sich unsäglich verliebt, von ihrem Geliebten aber missachtet wird. Sie wird sodann angeklagt, Männer zu verhexen, und in ein Nonnenkloster geschickt. Unterwegs passiert sie den Fels und bittet ihn, besteigen zu dürfen, um den Rhein noch einmal zu sehen. Oben angekommen stürzt sie in den Tod – manche Quellen sagen auch, sie sei gesprungen. Der schnelle Fluss reißt sie mit sich davon.

Die meisten Geschichten enden damit, dass die wunderschöne Jungfrau in eine Meerjungfrau, Wassernymphe oder Sirene verwandelt wurde und nun Flussschiffer mit ihrem gemurmelten Lied in den Tod auf den Felsen lockt.

Urzeitmeereskreaturen

Der Ozean ist voller Lebensformen, die so unterschiedlich und spezialisiert sind wie in jeder anderen Umgebung. Doch nicht alle Meereskreaturen sind das Ergebnis jahrtausendelanger, beständiger Evolution. Einige waren bereits vor Millionen von Jahren Raubtiere an der Spitze der Nahrungskette und sind dies bis zum heutigen Tage geblieben. Sie stellen eine entsetzliche Bedrohung für jene Kreaturen dar, die ihren Weg kreuzen, egal ob es sich um ihre üblichen Beutetiere oder ahnungslos Seefahrer handelt, welche zur falschen Zeit am falschen Ort sind. In den meisten Fällen sind diese Kreaturen eng mit anderen Wassertieren verwandt, seien es Fische, Säuger oder Reptilien, und einige besitzen erkennbare Ähnlichkeit mit landbewohnenden Kreaturen.

Kronosaurus

Dieses gewaltige, flossentragende Reptil hat ein langes Maul voller scharfer Zähne und bewegt sich mit unglaublicher Geschwindigkeit durchs Wasser.

KRONOSAURUS HG 10

EP 9.600
N Gigantisches Tier
INI +1; **Sinne** Dämmersicht, Geruchssinn; Wahrnehmung +20

VERTEIDIGUNG
RK 23, Berührung 7, auf dem falschen Fuß 22 (+1 GE, –4 Größe, +16 natürlich)
TP 138 (12W8+84)
REF +9, **WIL** +7, **ZÄH** +15

ANGRIFF
Bewegungsrate Schwimmen 18 m
Nahkampf Biss +19 (3W8+19/19–20 plus Ergreifen)
Angriffsfläche 6 m; **Reichweite** 6 m
Besondere Angriffe Verschlingen (3W6+12 Schaden, RK 18, 13 TP)

SPIELWERTE
ST 36, **GE** 13, **KO** 24, **IN** 2, **WE** 13, **CH** 9
GAB +9; **KMB** +26 (Ringkampf +30); **KMV** 37 (kann nicht zu Fall gebracht werden)
Talente Ausdauer, Eiserner Wille, Fertigkeitsfokus (Wahrnehmung), Heftiger Angriff, Verbesserter Kritischer Treffer (Biss), Waffenfokus (Biss)
Fertigkeiten Schwimmen +26, Wahrnehmung +20

LEBENSWEISE
Umgebung Warme Ozeane
Organisation Einzelgänger, Paar oder Schule (3–8)
Schätze Keine

Der mächtige Kronosaurus ist ein erbarmungsloser Jäger, der selten von einem Opfer, dessen Geruchsfährte er aufgenommen hat, abläßt, ehe sein Appetit gesättigt ist. Er ernährt sich von allem, egal ob große Fische, Haie, kleine Wale, Riesentintenfische oder Seeschildkröten. Selbst die Überreste anderer Riesensaurier wurden bereits in den Mägen jener wenigen Kronosaurier gefunden, die von Jägern erlegt oder tot an den Strand gespült werden. Im Gegensatz zu anderen Reptilien legt ein Kronosaurus keine Eier, sondern bringt lebende Junge zur Welt. Diese bleiben weniger als ein Jahr bei der Mutter, bis sie ihre eigenen Wege gehen und alleine jagen. Ein vollausgewachsener Kronosaurus kann bis zu 15 m lang werden und 40.000 Pfund wiegen.

Nothosaurus

Dieses langhalsige Reptil nutzt vier paddelartige Füße, um sich im Wasser vorwärts zu bewegen. Es hat einen langen, schlanken Schwanz und im Maul nadelartige, scharfe Zähne.

NOTHOSAURUS HG 5

EP 1.600
N Großes Tier
INI +1; **Sinne** Dämmersicht; Wahrnehmung +11

VERTEIDIGUNG
RK 18, Berührung 10, auf dem falschen Fuß 17 (+1 GE, –1 Größe, +8 natürlich)
TP 57 (6W8+30)
REF +6, **WIL** +4, **ZÄH** +9

ANGRIFF
Bewegungsrate 6 m, Schwimmen 12 m
Nahkampf Biss +10 (1W8+6), Schwanzschlag +7 (1W8+3)
Angriffsfläche 3 m; **Reichweite** 3 m

SPIELWERTE
ST 23, **GE** 12, **KO** 18, **IN** 2, **WE** 15, **CH** 7
GAB +4; **KMB** +11; **KMV** 22 (26 gegen Zu-Fall-bringen)
Talente Abhärtung, Mehrfachangriff, Waffenfokus (Biss)
Fertigkeiten Wahrnehmung +11, Schwimmen +14
Besondere Eigenschaften Sprinten

LEBENSWEISE
Umgebung Beliebiges Gewässer
Organisation Einzelgänger, Paar oder Herde (3–12)
Schätze Keine

Besondere Fähigkeiten
Sprinten (AF) Ein Nothosaurus kann einmal pro Minute sprinten. Dies erhöht 1 Runde lang seine Bewegungsrate auf dem Land auf 12 m.

Der Nothosaurus ähnelt einer kleineren Version des landbewohnenden Brachiosaurus. Er besitzt den hervorstehenden langen Hals, langen Schwanz und die kurzen Beine seines Pflanzen fressenden Verwandten.

Nothosaurier ähneln aber auch auf vielerlei Weise Robben – sie verbringen einen Gutteil ihrer Zeit im Wasser auf der Jagd, kommen zum Schlafen und zur Fortpflanzung aber an Land. Sie legen ihre Eier in große Sandmulden im Sommer, überlassen die Nester dann sich selbst und kehren ins Meer zurück. Außerhalb des Wassers ist ein Nothosaurus am verletzlichsten, doch sollte er überrascht werden, kann er trotz seiner ungeschickt wirkenden kurzen Beine und des disproportional langen Halses und Schwanzes mit alarmierender Geschwindigkeit ins Wasser zurückkehren.

Nothosaurier sind auf keine bestimmten Wassertemperaturen angewiesen, ziehen aber wärmere, äquatoriale Gewässer vor. Ganze Herden begeben sich saisonbedingt auf die Wanderschaft und folgen Fischschulen monatelang. Vom Kopf bis zur Schwanzspitze misst ein erwachsener Nothosaurus 3,60 m. Er wiegt 3.000 Pfund.

Bestiarium

Zeuglodon

Diese langgestreckte, walartige Kreatur bewegt sich wie ein Aal schlängelnd durch das Wasser, obwohl sie über eine breite Schwanzflosse verfügt. Ihr fast reptilisches Maul ist voller messerscharfer Zähne.

Zeuglodon	HG 9

EP 6.400
N Gigantisches Tier
INI +8; **Sinne** Dämmersicht; Wahrnehmung +20

VERTEIDIGUNG
RK 25, Berührung 11, auf dem falschen Fuß 20 (+1 Ausweichen, +4 GE, −4 Größe, +14 natürlich)
TP 115 (11W8+66)
REF +11, **WIL** +6, **ZÄH** +13

ANGRIFF
Bewegungsrate Schwimmen 18 m
Nahkampf Biss +17 (2W8+19 plus Ergreifen)
Angriffsfläche 6 m; **Reichweite** 6 m
Besondere Angriffe Herumschleudern

SPIELWERTE
ST 37, **GE** 18, **KO** 22, **IN** 1, **WE** 13, **CH** 6
GAB +8; **KMB** +25 (Ringkampf +29); **KMV** 40 (kann nicht zu Fall gebracht werden)
Talente Ausdauer, Ausfallschritt, Eiserner Wille, Heftiger Angriff, Rennen, Verbesserte Initiative
Fertigkeiten Schwimmen +27, Wahrnehmung +20; **Volksmodifikatoren** Wahrnehmung +8
Besondere Eigenschaften Luft anhalten

LEBENSWEISE
Umgebung Warme Ozeane
Organisation Einzelgänger oder Paar
Schätze Keine

BESONDERE FÄHIGKEITEN
Herumschleudern (AF) Ein Zeuglodon, welcher sich mit einem Gegner im Ringkampf befindet, kann seinen Körper schnell vor und zurück schleudern und durch die brutale Peitschenbewegung seines Kopfes zusätzlichen Schaden verursachen. Sein Gegner im Ringkampf erleidet 4W8+19 Schadenspunkte, kann zugleich aber als Freie Aktion versuchen, aus dem Ringkampf zu entkommen. Gelingt dies, wird die Kreatur 9 m in eine zufällige Richtung geschleudert durch die zuckenden Bewegungen des Zeuglodons.

Luft anhalten (AF) Ein Zeuglodon kann für eine Anzahl von Runden gleich dem Vierfachen seines Konstitutionswertes die Luft anhalten, ehe er zu ertrinken droht.

Der urzeitliche Zeuglodon wird oft mit einem Dinosaurier oder anderem großen Reptil verwechselt. Dies liegt zum Teil ebenso an seiner fast krokodilartigen Schnauze, wie auch seinem schlangenhaften Körperbau. Dennoch ist er verwandtschaftlich den Walen und anderen Tieren der Kategorie der Meeressäuger näher als Reptilien oder Fischen. Ein Zeuglodon bewegt sich in vertikaler, aalartiger Bewegung voran durch das Wasser, welche an eine primitive Form der effizienten, von der breiten, paddelartigen Schwanzflosse angetriebenen Bewegung seine Cetaceaverwandten erinnert. Ein Zeuglodon atmet durch ein Blasloch in der Schädeldecke, besitzt aber nicht das Lungenvolumen, um ebenso lange unter Wasser bleiben zu können wie seine weiterentwickelten Verwandten. Sein rechtwinkliger Kopf ist zu klein für ein vergrößertes Gehirn oder das melonenartige Organ, welches andere Meeressäuger als Echolot oder zur Kommunikation mit ihren Artgenossen entwickelt haben, daher sind Zeuglodons weniger sozial als Wale oder Delphine. Was ihnen an derart spezialisierter Anatomie fehlt, machen sie aber mit reiner Wildheit und Geschwindigkeit wieder wett. Ein Zeuglodon auf der Jagd ist ein gefährlicher Gegner.

Ein erwachsener Zeuglodon misst etwa 15 m in der Länge und wiegt über 50.000 Pfund.

Abrogails Zorn

1 Feld = 1,50 m

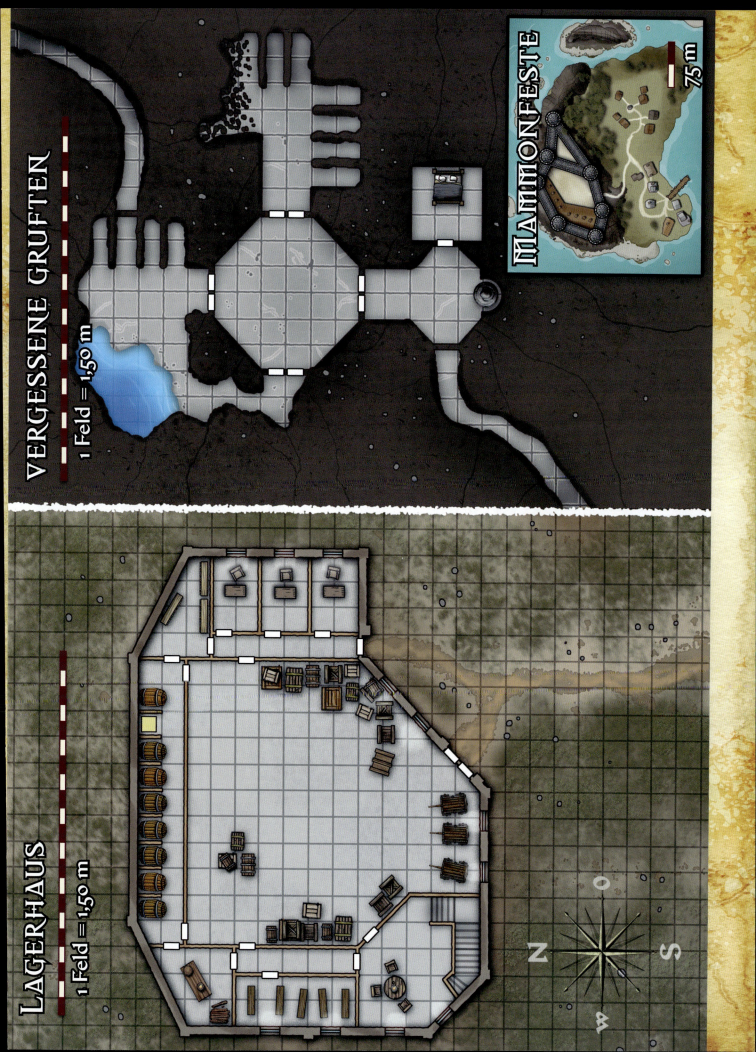

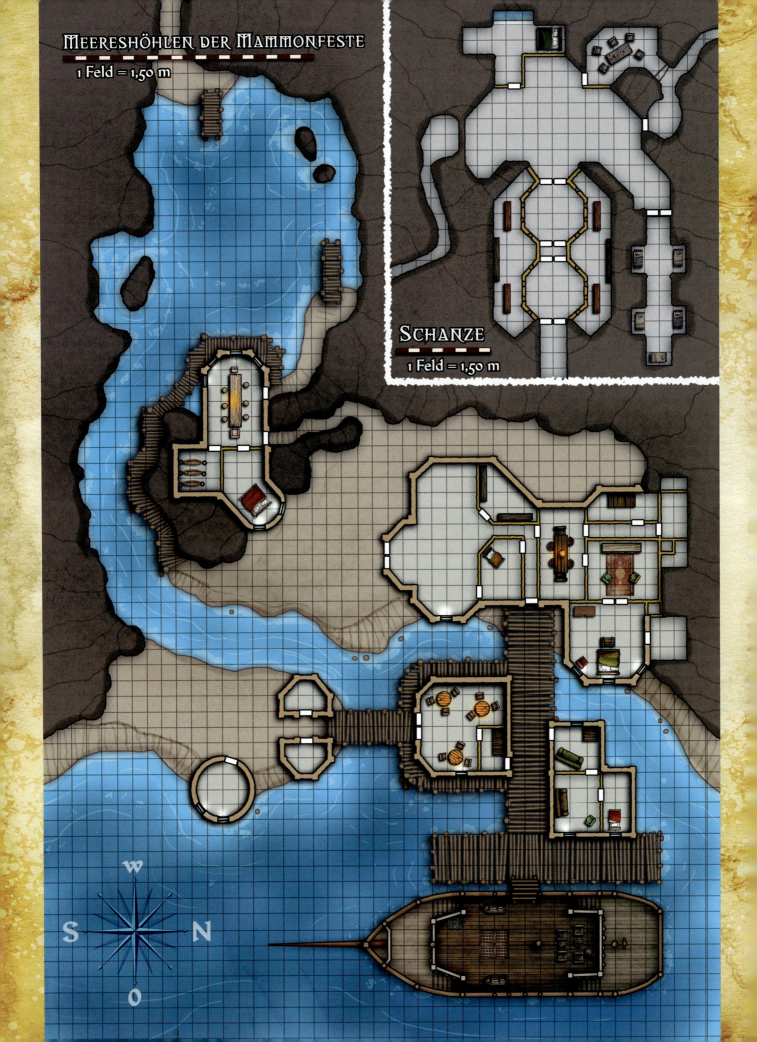

Vorschau

Im nächsten Band:

Der Zerbrochene Stern beginnt!

Überall in Varisia tauchen Teile eines mächtigen thassilonischen Artefakts auf und mit ihnen Schrecken, welche mit den Runenherrschern begraben gedacht waren. Wird eine Gruppe aus tapferen Abenteurern in die tiefsten Gewölbe vorstoßen bei der Suche nach dem legendären Zerbrochenen Stern?

Scherben der Sünde
von Greg A. Vaughan

Der *Pathfinder Abenteuerpfad* „Der Zerbrochene Stern" beginnt mit einem aufregenden neuem Abenteuer aus der Feder Greg A. Vaughans! In Varisias geschäftiger Küstenstadt Magnimar rekrutiert die neueste Loge der Gesellschaft der Kundschafter eine Gruppe aus Neulingen, um die abtrünnige Kundschafterin Natayla Vancaskerkin aufzuspüren. Diese gehört außerdem zum varisischen Verbrecherclan der Sczarni. Jedoch stoßen die jungen Helden auf weitaus mehr als eine Frau auf der Flucht. Sie finden sich rasch in die Jagd auf die Teile eines zerbrochenen Artefaktes aus dem alten Reich Thassilon verwickelt, welche sie in die gefährlichsten Winkel Varisias führen wird!

Der Zerbrochene Stern

Entdecke die Natur und die Herkunft des Sihedron, des Artefakts, welches im Mittelpunkt des Abenteuerpfades steht. Erfahre mehr über seine Geschichte und Kräfte. Finde Einzelheiten zu den sieben Himmelsmetallen!

Und mehr!

Stoße in die finstersten Ecken von Rätselhafen vor in den neuen Chroniken der Kundschafter, „Das Licht eines fernen Sterns", von Bill Ward. Stelle dich fünf geheimnisvollen und gefährlichen Monstern aus Varisia und anderen Landstrichen im Bestiarium!

Open Game License Version 1.0a

The following text is the property of Wizards of the Coast, Inc. and is Copyright 2000 Wizards of the Coast, Inc ("Wizards"). All Rights Reserved.

1. Definitions: (a) "Contributors" means the copyright and/or trademark owners who have contributed Open Game Content; (b) "Derivative Material" means copyrighted material including derivative works and translations (including into other computer languages), potation, modification, correction, addition, extension, upgrade, improvement, compilation, abridgment or other form in which an existing work may be recast, transformed or adapted; (c) "Distribute" means to reproduce, license, rent, lease, sell, broadcast, publicly display, transmit or otherwise distribute; (d) "Open Game Content" means the game mechanic and includes the methods, procedures, processes and routines to the extent such content does not embody the Product Identity and is an enhancement over the prior art and any additional content clearly identified as Open Game Content by the Contributor, and means any work covered by this License, including translations and derivative works under copyright law, but specifically excludes Product Identity. (e) "Product Identity" means product and product line names, logos and identifying marks including trade dress; artifacts; creatures, characters, stories, storylines, plots, thematic elements, dialogue, incidents, language, artwork, symbols, designs, depictions, likenesses, formats, poses, concepts, themes and graphic, photographic and other visual or audio representations; names and descriptions of characters, spells, enchantments, personalities, teams, personas, likenesses and special abilities; places, locations, environments, creatures, equipment, magical or supernatural abilities or effects, logos, symbols, or graphic designs; and any other trademark or registered trademark clearly identified as Product identity by the owner of the Product Identity, and which specifically excludes the Open Game Content; (f) "Trademark" means the logos, names, mark, sign, motto, designs that are used by a Contributor to identify itself or its products or the associated products contributed to the Open Game License by the Contributor (g) "Use", "Used" or "Using" means to use, Distribute, copy, edit, format, modify, translate and otherwise create Derivative Material of Open Game Content. (h) "You" or "Your" means the licensee in terms of this agreement.

2. The License: This License applies to any Open Game Content that contains a notice indicating that the Open Game Content may only be Used under and in terms of this License. You must affix such a notice to any Open Game Content that you Use. No terms may be added to or subtracted from this License except as described by the License itself. No other terms or conditions may be applied to any Open Game Content distributed using this License.

3. Offer and Acceptance: By Using the Open Game Content You indicate Your acceptance of the terms of this License.

4. Grant and Consideration: In consideration for agreeing to use this License, the Contributors grant You a perpetual, worldwide, royalty-free, non-exclusive license with the exact terms of this License to Use, the Open Game Content.

5. Representation of Authority to Contribute: If You are contributing original material as Open Game Content, You represent that Your Contributions are Your original creation and/or You have sufficient rights to grant the rights conveyed by this License.

6. Notice of License Copyright: You must update the COPYRIGHT NOTICE portion of this License to include the exact text of the COPYRIGHT NOTICE of any Open Game Content You are copying, modifying or distributing, and You must add the title, the copyright date, and the copyright holder's name to COPYRIGHT NOTICE of any original Open Game Content you Distribute.

7. Use of Product Identity: You agree not to Use any Product Identity, including as an indication as to compatibility, except as expressly licensed in another, independent Agreement with the owner of each element of that Product Identity. You agree not to indicate compatibility or co-adaptability with any Trademark or Registered Trademark in conjunction with a work containing Open Game Content except as expressly licensed in another, independent Agreement with the owner of such Trademark or Registered Trademark. The use of any Product Identity in Open Game Content does not constitute a challenge to the ownership of that Product Identity. The owner of any Product Identity used in Open Game Content shall retain all rights, title and interest in and to that Product Identity.

8. Identification: If you distribute Open Game Content You must clearly indicate which portions of the work that you are distributing are Open Game Content.

9. Updating the License: Wizards or its designated Agents may publish updated versions of this License. You may use any authorized version of this License to copy, modify and distribute any Open Game Content originally distributed under any version of this License.

10. Copy of this License: You MUST include a copy of this License with every copy of the Open Game Content You distribute.

11. Use of Contributor Credits: You may not market or advertise the Open Game Content using the name of any Contributor unless You have written permission from the Contributor to do so.

12. Inability to Comply: If it is impossible for You to comply with any of the terms of this License with respect to some or all of the Open Game Content due to statute, judicial order, or governmental regulation then You may not Use any Open Game Material so affected.

13. Termination: This License will terminate automatically if You fail to comply with all terms herein and fail to cure such breach within 30 days of becoming aware of the breach. All sublicenses shall survive the termination of this License.

14. Reformation: If any provision of this License is held to be unenforceable, such provision shall be reformed only to the extent necessary to make it enforceable.

15. COPYRIGHT NOTICE

Open Game License v 1.0a © 2000, Wizards of the Coast, Inc.
System Reference Document. © 2000. Wizards of the Coast, Inc; Authors: Jonathan Tweet, Monte Cook, Skip Williams, based on material by E. Gary Gygax and Dave Arneson.
Aurumvorax from the *Tome of Horrors Complete* © 2011, Necromancer Games, Inc., published and distributed by Frog God Games; Author: Scott Greene, based on original material by Gary Gygax.
Daemon, Piscodaemon from the *Tome of Horrors Complete* © 2011, Necromancer Games, Inc., published and distributed by Frog God Games; Author: Scott Greene, based on original material by Gary Gygax.
Slithering Tracker from the *Tome of Horrors Complete* © 2011, Necromancer Games, Inc., published and distributed by Frog God Games; Author: Scott Greene, based on original material by Gary Gygax.
Pathfinder Adventure Path #60: From Hell's Heart. © 2012, Paizo Publishing, LLC; Author: Jason Nelson. Deutsche Ausgabe: *Aus dem Herzen der Hölle* von Ulisses Spiele GmbH, Waldems unter Lizenz von Paizo Publishing, LLC., USA.